W9-BNA-576

ASALTO AL PARAÍSO

Autores Españoles e Iberoamericanos

MARCOS AGUINIS

ASALTO AL PARAÍSO

 Planeta

A863 Aguinis, Marcos
AGU Asalto al paraíso.- 1ª ed. – Buenos Aires : Planeta, 2002.
336 p. ; 23x15 cm.- (Autores españoles e iberoamericanos)

ISBN 950-49-1000-9

I. Título – 1. Narrativa Argentina

Diseño de cubierta: Mario Blanco

© 2002, Marcos Aguinis
© 2002, Grupo Editorial Planeta S.A.I.C.
Independencia 1668, C 1100 ABQ, Buenos Aires

1ª edición: 25.000 ejemplares

ISBN 950-49-1000-9

Impreso en Grafinor S. A.,
Lamadrid 1576, Villa Ballester,
en el mes de noviembre de 2002.

PRIMERA PARTE

CAPÍTULO 1

Empujó hacia un extremo del balcón la maceta de geranios y acomodó su viejo sillón de mimbre que, como siempre, produjo un crujido musical cuando le encajó el cuerpo. Rosendo Ruiz terminaba de dormir la siesta e iba a gozar una media hora del grato aire que merecían sus sesenta y dos años, de los cuales había destinado la mitad a trabajar como encargado de ese edificio. Estiró las piernas y miró hacia el cielo limpio. Por la calle Arroyo había cesado la brisa. Pero hacia la derecha se dilataba la avenida 9 de Julio, donde jamás cesaba el torrente de vehículos. Casi enfrente estaba la embajada de Rumania y decenas de metros hacia la izquierda, esquinada con Suipacha, la de Israel. En unos minutos su mujer le traería el mate con una hoja de yerba buena.

Era el 17 de marzo de 1992.

Giró los ojos para cerciorarse de que su mujer se acercaba, porque había despertado con picazón en la garganta y sintió que le vendría bien un sorbo caliente. La brutal explosión le dio de lleno en la cabeza.

—¡Qu... ééé! —exclamó hundiendo las uñas en el mimbre.

De la esquina de Arroyo y Suipacha se levantaba una nube de polvo y fuego. Sus lóbulos, vertiginosos, giraban y trepaban hacia el firmamento asombrado. Estallaban vidrios y retumbaban los muros con golpes de maza. Se caían puertas y celosías, se agrietaban las paredes, el mundo temblaba. Ruiz se tomó la cabeza para protegerse de los proyectiles que volaban y se incrustaban en todas partes. Entre los remolinos grises se abrieron nuevas ráfagas que hacían más amenazante el fenómeno. Le costó incorporarse, aplastado por la sorpresa y el miedo; tanteó la inestable baranda y se puso de pie, semioculto tras la columna que marcaba el límite del edificio. La polvareda se expandía a lo largo de la calle. Se apantalló con una mano y logró ver una escena que lo dejó paralizado: el edificio de la embajada de Israel había desaparecido. En su lugar sedimentaba una colina de humo y polvo. La mujer de Ruiz se le acercó tiritando, con el gesto de sostener un mate con la mano derecha que en realidad estaba vacía, aferrando la nada; el mate y su bombilla de peltre habían volado hacia lo desconocido. Ambos permanecieron mudos, sin parpadear.

Empezaron a chillar enloquecidas las sirenas, mientras desde ambulancias y autos policiales atronaban órdenes contradictorias. Rosendo entró en su living y encendió el televisor. Los programas se interrumpían para informar sobre una explosión espeluznante cuya causa se ignoraba. La honda expansiva tenía tanto poder que había roto vidrios y afectado viviendas de varias cuadras a la redonda. Vio que en sus manos había sangre y corrió al espejo: tenía dos cortes en la frente. Se desinfectó y cubrió las heridas con gasas. Mientras lo asistía, temblorosa, su mujer no dejaba de rezar el Avemaría.

Después retornaron al balcón, convertido en observatorio privilegiado. Las palabras de los locutores de la radio, puesta al máximo volumen, eran parrafadas repetitivas, desordenadas, aún desprovistas de datos. Desde su sitio ellos podían enterarse mejor.

A centenares de metros un camarógrafo filmaba un documental sobre la Villa 31 de Retiro. Sorprendido por el fenómeno, giró su cámara Sony Súper Ocho y registró el ascenso de las monstruosas nubes. Filmó durante cincuenta y cuatro segundos. Después voló hacia un canal de televisión y vendió su trabajo por cincuenta dólares. El canal decidió usarlo para abrir y cerrar cada bloque de transmisión de ese día, hasta alcanzar el pico del ráting.

El estampido obligó a saltar de las sillas a los comensales que almorzaban en el último piso del hotel Sheraton. Junto al ventanal se instaló un hombre alto y rubio, Ramón Chávez, para mirar con ojo penetrante la sábana gris que se elevaba a pocas cuadras de distancia. Pese a que sus funciones lo habían entrenado para contingencias semejantes, no dejó de sentir que se le encogía el corazón. En los vidrios se reflejaba la multitud que lo rodeaba, atónita. Conjeturaban que acababa de explotar una caldera, que se había hecho volar un depósito de municiones, que estalló una estación de servicio. El hombre escuchaba y no abrió la boca.

Rosendo Ruiz miraba alternativamente la televisión y la calle Arroyo, convertida en un vendaval. Se tocaba las gasas sobre los cortes de su frente. Desde el balcón veía cómo locutores, camarógrafos y fotógrafos de diarios y revistas se precipitaban sobre el núcleo de la catástrofe. Trataban de entender, trasmitir el horror, ponerle sentido al sinsentido. La gente se desplazaba despavorida, como si estuviese en el infierno. Los periodistas chocaban con el aluvión de médicos, policías, voluntarios, diplomáticos, vecinos y familiares que aullaban nombres. Competían en una carrera contra la muerte, aunque la muerte ya había completado la mayor parte de su inapelable obra.

La embajada de Israel en Buenos Aires había sido reducida a escombros. Se calculaban víctimas fatales al voleo: diez, quince, veinte, treinta, cuarenta. Y muchos heridos. Los daños no se limitaban a ese edificio solamente, sino a todos los ubicados en la vecindad. El impacto también fue grande contra la iglesia Mater Admirabilis, donde se supo que murió el cura párroco y una empleada. La mujer de Rosendo empezó a llorar al enterarse. Y ambos se abrazaron al escuchar que la explosión había agujereado un jardín de infantes próximo, donde había 192 niños. La onda expansiva tampoco tuvo piedad del asilo de ancianos ubicado frente a la embajada.

Cristina Tíbori quebró uno de sus tacos altos entre los escombros pero, decidida, rompió el cerco que había tendido la policía; la acompañaban dos pesadas cámaras del canal cargadas al hombro por los miembros de su equipo. Vestía una falda rosa y blusa de seda. Le costaba caminar por la calle cubierta de vidrios y cascotes; tuvo que esquivar astillas de madera, pedazos de mampostería y orientarse entre las cortinas del polvo que todavía flotaba. A su lado la gente trotaba de ida y de vuelta, sin orden alguno. Lloraba, maldecía, gritaba. La periodista se hizo a un lado para dejar pasar una camilla con un cuerpo bañado en sangre. Oyó aullidos, exlamaciones de espanto, llamadas insistentes. Casi fue derrumbada por una pareja que se precipitó hacia el jardín de infantes en busca de su hijo. Cristina preguntaba a diestra y siniestra. Le decían que había sido una bomba. O un coche-bomba que impactó en el edificio de la embajada. Debía de haber muchas víctimas. ¿Cuántas? Muchas, muchas. ¿Hay indicios del criminal? ¿Quedó algo del coche-bomba? A su lado otros locutores, micrófono en mano, describían la catástrofe sin darse respiro y sin entender demasiado lo que decían.

Sintió que pisaba algo que no era piedra ni madera ni vidrio. Miró hacia sus pies y reconoció un papel, un simple papel desamparado en medio de la calle. Era un dibujo de niño. Uno de sus ángulos estaba manchado por sangre fresca. Mientras lo recogía, alguien le apretó el hombro con nerviosa ternura: era Esteban; la cámara fotográfica le colgaba del hombro. Balbuceó que esta carnicería le quebraba los andamios. Había estado trabajando en la cercana plaza San Martín para un reportaje cuando escuchó la explosión. Abandonó a su entrevistado y vino como un bólido. En la esquina de Suipacha vio un cadáver y desde ese instante su cámara empezó a disparar como poseída. Besó a Cristina y se miraron sin decirse nada. Hacía pocos meses que habían empezado a salir, ambos habían pasado por experiencias duras, pero nunca enfrentaron una catástrofe.

En la caótica cuadra irrumpió una correntada de bomberos, personal de seguridad, policías, la Brigada de Investigaciones, servicios de Inteligencia. Tras ellos, equipos de Defensa Civil y la División Perros.

Cristina se aproximó cautelosa a la colina de polvo donde había estado la embajada. Sus cámaras la seguían de cerca capturando imágenes. Le costaba mantenerse tranquila, profesionalmente tranquila. Por entre la bruma con olor a pólvora y sangre, dio con el vacío. Allí había existido algo robusto que, en un instante, se transmutó en ceniza. Cerró los ojos, que le dolían. Muchas veces había pasado por este lugar y había apreciado la hermosa construcción de principios del siglo erigida por una familia de navieros. Fue la primera sede de la embajada, establecida apenas comenzaron los vínculos diplomáticos de Argentina con Israel. Ahora sólo quedaban las paredes medianeras, con trozos de revoque desprolijamente arrancados. En el espacio rectangular del antiguo edificio se había formado un tolmo de ruinas, un extraño monumento funerario que no encajaba con esta porción residencial de Buenos Aires. Atrapados bajo los escombros yacían decenas de cadáveres y de improbables sobrevivientes.

Los equipos de salvamento corrían hacia los cuerpos tendidos sobre el páramo. Voluntarios ayudaban a salir del lugar a quienes podían caminar, pese a estar heridos, atontados o ciegos. En ese caos muchos se lanzaban a los escombros para encontrar a un pariente; la desesperación les impedía entender que su peso podía dañar a quienes estuvieran aún con vida bajo el polvo de la superficie. Cristina se dirigió enojada a un oficial para que bloquease la marcha de los irresponsables.

—¡Estamos desbordados! —replicó iracundo.

La cámara iba a filmar su boca demudada, pero el oficial se alejó hacia un auto estacionado a pocos metros cuyo esqueleto retorcido había comenzado a arder.

—Parece Beirut —dijo Cristina al micrófono—. La Beirut de la larga guerra civil entre libaneses y palestinos, cristianos y musulmanes, palestinos e israelíes. La Beirut donde los edificios se derrumbaban por las bombas como la que hoy ha explotado aquí, en Buenos Aires. Este pedazo de nuestra ciudad es ahora un espejo de Beirut. Es el testimonio de la locura asesina, del odio y la impunidad que alienta a los fanáticos.

Se dirigió entonces a una mujer que lloraba con las manos sobre los ojos.

—Soy la encargada del edifico de enfrente —dijo temblando—. Con mi marido estábamos durmiendo la siesta cuando escuché un ruido impresionante. Me tiró de la cama. Supuse que había estallado la cocina de algún piso. Así que subí asustada a la terraza y vi los restos de la embajada. Hay muchos heridos. Los vi desde allí arriba.

—También soy portera, pero en el edificio de la otra esquina —se acercó otra mujer—. El humo que se levantó después de la explosión fue como una bomba atómica, como muestran en el cine. Una nube salía del hueco que ahora es la embajada. Lo vimos con Rosendo, mi marido.

—¡Espantoso! ¡Nunca vi algo igual! —exclamó un hombre joven que acababa de depositar un cuerpo herido en el interior de la ambulancia; Cristina le acercó el micrófono—. Caminaba por Suipacha rumbo a Libertador cuando un golpe de aire me aplastó contra la pared. La onda fue brutal. Observe usted: ni un vidrio sano por ninguna parte. Ni uno solo. Hasta las cerraduras volaron como papel.

—¡Casi me muero! Vivo a la vuelta y se desplomó sobre mí un techo de madera y material. Míreme, por favor. Tengo cortes en la cara, en las manos, en el cuello. ¡Qué criminales!… ¡Doctor, doctor! —la mujer corrió tras un guardapolvo blanco que trotaba junto a una camilla.

—Estaba leyendo cuando las puertas se me vinieron encima. Y luego una lluvia de vidrios me abrió acá —el anciano se apretaba la frente con un pañuelo manchado de sangre.

Cristina prosiguió su reporte durante horas. Ya se contaban veinte muertos y más de doscientos heridos, según informes de los equipos de rescate y de los hospitales adonde eran llevados. A las columnas oficiales se añadieron decenas de voluntarios. Por lo menos la mitad eran mujeres. Evacuaban a los heridos, consolaban a quienes se enteraban de que había fallecido un pariente, aplicaban torniquetes a las piernas sangrantes y ayudaban con decisión a médicos y enfermeros cuando había que canalizar una vena. También comunicaban el hallazgo de cadáveres. Algunos porteros se sumaron a los enfermeros depositando heridos sobre las persianas diseminadas entre los escombros: suplían de esa manera la escasez de camillas. Pero las ambulancias, con sus rabiosas luces intermitentes, eran ya tan numerosas que se bloqueaban la salida unas a otras.

Ramón Chávez regresó a su oficina de los Servicios de Inteligencia del Estado y mantuvo prendido el televisor mientras recogía los datos que le acercaban sus agentes. Leía los despachos y repasaba la nómina de quienes habían sido enviados a recoger evidencias. En la pantalla alternaba el tenso rostro de Cristina Tíbori con imágenes de la actividad frenética que se desarrollaba alrededor de los escombros. Consiguió distinguir a uno de sus colaboradores, que estaba en camisa y aparentaba estar prestando ayuda. Sonrió satisfecho al percibir que se inclinaba para recoger una pieza de metal y la guardaba en su mochila. Sonó el teléfono y levantó el auricular: era el Señor 5, que le comunicaba su asombro por el atentado y pedía que mandase de inmediato por lo menos media docena de agentes al lugar.

—Ya están allí, señor —contestó orgulloso, acariciándose los rubios cabellos.

—¿Cómo dice?

—Tomé la decisión apenas escuché el estallido. Estaba almorzando en el Sheraton y vine enseguida.

—Ahá, muy eficaz… —el jefe de la SIDE se apretó la frente; una contradicción de alegría y fastidio le hacía doler la cabeza cada vez que este subordinado le ganaba en velocidad.

Cristina hizo cálculos mientras recogía testimonios. A menos que le probasen lo contrario, éste era el peor asesinato en masa realizado contra un objetivo judío desde que terminó la Segunda Guerra Mundial. Y era el primero de esta magnitud en toda la historia de la República Argentina. Y quizá de América. Si bien hubo dictaduras, persecuciones, matanzas y millares de desaparecidos, nunca se asesinó de una vez, a plena luz del día, a más de dos docenas de personas e hirió a casi tres centenares. Calló unos segundos y disparó un pensamiento comprometedor.

—Este crimen, realizado en un suburbio del planeta como es la Argentina, demuestra que el terrorismo está dispuesto a trasladar su aliento de muerte mucho más allá de donde nace. Es parte de la globalización, su costado más tenebroso.

Mientras seguía reportando circunvaló el cráter que había formado el coche-bomba junto a lo que había sido la vereda, pisó con cuidado un montículo de escombros y se detuvo de golpe. La cámara que la estaba enfocando descendió su objetivo al suelo; su ayudante le hizo señas para que mirase hacia abajo. Un brazo lleno de rasguños asomaba entre las ruinas. Un enfermero llegó al instante, lo tomó con cuidado y tiró hacia fuera para rescatar el resto del cuerpo. Pero no había cuerpo: el brazo salió solo, liviano. La cámara osciló y a duras penas consiguió volver a enfocar el rostro de Cristina, demudado. Ella entregó el micrófono a su asistente para darse un recreo; estaba por vomitar. Hubiera querido ir hasta la oficina de su hermana, que quedaba a unos doscientos metros, para abrazarla y consolarse.

El comisario Adolfo Branca, de la Policía Bonaerense, comentó por su línea telefónica privada lo sucedido. Le acababan de informar que, *por suerte*, el suboficial de la Policía que debía cumplir guardia en la garita junto a la embajada había abandonado su puesto varias horas antes del estallido, *como si le hubiesen advertido a tiempo*.

—Perfecto —exclamó Branca y, tras reflexionar un segundo, preguntó: —¿Hubo reemplazante?

—Tenía que llegar, pero se quedó haciendo trabajos en la talabartería de la Policía Montada. No murió ningún policía.

—Bien... —se atusó la raya negra del bigote y pensó que los muchachos se habían movido correctamente.

Anocheció y se encendieron decenas de reflectores. Muy cerca de Cristina Tíbori un anciano menudo contemplaba el paisaje mientras por sus mejillas resbalaban lágrimas. Tendría un metro cincuenta, estaba arrugado como una pasa y una barbita cenicienta le crecía en torno a la mandíbula. Sus labios murmuraban algo ininteligible. Pese a la estatura escasa, tenía correctas proporciones físicas y una leve comba en la espalda. Usaba un birrete gris, más grande que la *kipá* de los judíos religiosos. Irradiaba una tenue luminosidad, tal vez por la pulcritud de su ropa, extraña en ese ambiente de caos. De tanto en tanto se llevaba el antebrazo a los ojos para secarse las lágrimas. Las personas que circulaban a su alrededor lo miraban sin hablarle. A Cristina le asombró su cabeza achatada, como la de una serpiente, con prominentes lóbulos frontales y mentón afilado. La mirada del anciano estaba fija en un montículo, como si allí hubiese algo extraordinario.

Cristina retomó su micrófono y se acercó.

—¿Puedo hacerle una pregunta?

El hombre subió su enrojecida mirada hasta la de la mujer.

—¿Vive por aquí? ¿Busca un pariente? —su aspecto la había conmovido.

El anciano negó con un movimiento de cabeza.

—Usted parece religioso...

Esta vez asintió.

—¿Dónde estaba Dios cuando hicieron estallar la bomba? —Cristina disparó a quemarropa; los periodistas no deben perder oportunidad de conmover a las audiencias.

Pero él la miró con tal expresión de reproche que ella estuvo a punto de pedirle disculpas.

El hombre dibujó con el brazo una circunferencia vacilante para abarcar el desastre que se extendía en torno y movió los labios sin emitir sonido. Luego dijo con acento árabe:

—Esto fue hecho por los hombres, no por Dios. Dios se ocupará de juzgar y sentenciar.

—¿Es usted judío?

—¿Importa acaso en tragedias como ésta? No, no soy judío. Soy musulmán.

A Cristina casi se le cayó el micrófono, abofeteada por el asombro.

—¡Musulmán!... ¿Y qué opina?

El anciano vaciló.

—Ya se lo dije: es una tragedia.

—¿Justificable? ¿Se justifica este atentado?

El hombre le clavó las pupilas, molesto por el acoso.

—Hubiera sido justificable un accidente, porque en ese caso lo atribuimos a la voluntad de Dios. Aquí no hubo voluntad de Dios, sino de los hombres. Dios no ordena matar inocentes.

17

—¿Quiénes lo cometieron? Usted, como musulmán, ¿tiene alguna pista?

Vaciló nuevamente.

—Vea, no todos los musulmanes pensamos lo mismo sobre ciertos temas. Le diré que algunos fanáticos le hacen poco favor al buen nombre del Islam, si es que fueron musulmanes los autores de esta atrocidad. Ojalá que se realice una buena investigación.

—¿Y si no ocurre así?

—La mancha salpicará en forma indebida.

—¿Piensa que habrá otros atentados?

—¿No le alcanza con éste? —alzó indignado su barbita mal recortada.

—La impunidad invita a repetir el delito —aseguró Cristina—. Y la impunidad se está convirtiendo en una moneda corriente.

—Es probable, desgraciadamente —dio vuelta media.

Esteban reapareció con la lengua afuera luego de entregar varios rollos de fotos en el diario. Con el flash en ristre procedía a registrar los trabajos nocturnos a la luz de los reflectores. Descubrió a Cristina pisando el borde del montículo principal. Y junto a ella, al hombrecito que acababa de darle la espalda.

—¡Imam Zacarías! —exclamó.

El religioso lo reconoció y se estrecharon las manos.

—Querida, te presento al imam del que te hablé. Es un maestro.

—Ya estuvimos conversando —dijo ella y, con leve tono de reproche, agregó—: A mi horror acaba de agregarle una preocupación insoportable.

—¿Por qué? ¿Qué te dijo?

El imam levantó la mano hacia ellos pidiéndoles que callasen. Se había puesto rígido como una estaca. Sus grandes ojos volvieron a apuntar hacia un costado del montículo que había estado mirando antes, y sobre el cual se cruzaban anárquicamente varias vigas.

—¡Allí! —apuntó con el índice impaciente y repitió con todas sus fuerzas—: ¡Allí!

Cristina y Esteban cruzaron miradas, desconcertados.

—¡Urgente, allí! Hay alguien con vida.

Dos enfermeros se acercaron a la carrera con una camilla.

—¡Dónde, dónde!… No vemos nada.

El hombrecito siguió apuntando con el índice, que empezó a temblar.

Los enfermeros avanzaron con cuidado hasta el sitio indicado y bajaron las cabezas para oír. Luego de unos segundos levantaron los brazos:

—¡Ayuda! Hay alguien abajo que se queja. ¡Ayuda! Traigan palas, que se acerque el remolque.

Esteban acarició la combada espalda del hombre que había podido ver por entre los escombros. Cristina estuvo a punto de ceder a su deformación profesional y preguntarle cómo se había dado cuenta. Pero la excitación que se había desatado a su alrededor la detuvo. O quizá la detuvo el respeto que súbitamente empezó a sentir por alguien cuyas visiones eran más poderosas que las del común de la gente. Se mantuvo atenta al desarrollo de la convulsiva búsqueda. Un enjambre de obreros retiraban polvo, cenizas y cascotes mientras varios médicos se acercaban con tubos de oxígeno. Tal vez había más de una persona enterrada y aún viva.

Pudieron detectar en el fondo una cabeza de mujer que emitía quejidos inentiligibles. Intentaron liberar el resto de su cuerpo, pero estaba aprisionado por ligaduras que aún no se podían identificar. Le colocaron una máscara de oxígeno. Médicos, enfermeros y personal de salvataje empezaron a sacar con empeño todo lo que había alrededor de la mujer. Cristina se acercó, seguida por las leales cámaras que se ocupaban de filmar lo que describía. Consiguió abrirse paso entre los voluntarios y curiosos que rodeaban a la víctima. Al principio sólo distinguió fragmentos de un rostro maltrecho. Pero enseguida reconoció de quién se trataba. Arrojó el micrófono a la cara de su asistente y emitió un chillido animal.

Lejos de allí, en una vivienda del Gran Buenos Aires se terminaban de contar paquetes de dólares agrupados en fajos de a cien.
—No está mal un negocio como éste cada tanto.
—¿Te alcanzaría con uno cada dos años?

Capítulo 2

Miró en la agenda electrónica que había comprado en una tienda de Madrid y corroboró la fecha: eran las ocho de la noche del 10 de julio de 1994.

A través del ventanal del aeropuerto contemplaba los enormes pájaros de aluminio. Por el aeropuerto de Francfort marchaban contingentes de turistas rumbo a ciento noventa destinos diferentes.

Dawud Habbif estaba levemente ansioso; miraba las máquinas que se acomodaban en la pista y despegaban con regularidad. A los veinticuatro años de edad iba a cumplir otra osada misión, pero esta vez en un punto lejano. Desde Beirut le habían ordenado embarcar en un vuelo sin escalas de Francfort a Buenos Aires. Fue un mensaje breve, como los que estaba acostumbrado a recibir desde chico.

Se había instalado en España hacía un año y medio en calidad de "topo", como los llama la CIA o "célula dormida", como prefiere el MOSSAD. Estudió castellano y trabajó en un restaurante árabe. Cobraba un buen sueldo, era amable y vestía con informal elegancia. Decía ser cristiano maronita, pero no practicante; en Pascua y Navidad concurría a una iglesia católica vecina a su modesto departamento. Le gustaba el fútbol y simpatizaba con el Real Madrid. Tenía pocos amigos, con los que se mostraba gentil y hasta temeroso. Cuando se sentía solo apelaba a los

21

avisos que le permitían encuentros discretos, sin consecuencias; nunca se citaba dos veces con la misma mujer.

Dawud tenía aspecto anodino, de grandes ojos negros, cabellera abundante, orejas diminutas, hombros caídos y contextura mediana. Era capaz, sin embargo, de asesinar sin clemencia en combates o atentados. Los operativos que había protagonizado lo revelaban como un robot que no se detenía hasta completar las matanzas previstas. Sabía que había sido fichado por los servicios y que tras sus huellas caminaban los sabuesos del Estado sionista. Pero en España vivió con nombre y pasaporte falsos, historia falsa, rostro falso y una sólida conducta falsa. Nadie podía imaginar que detrás de su amable cara afeitada, su sonrisa compradora y su carácter dócil acechaba un tigre en el que la sensibilidad había sido devorada por el resentimiento.

Apenas escuchó el llamado, fascinante e inapelable como si viniese de Dios, fue como si despertara de un letargo. Había estado demasiado tranquilo y le empezó a ronronear el motor de otros tiempos. Por fin ocurría lo que estaba planeado y escrito desde la eternidad. Había estado esperando con paciencia esas palabras clave; podían haberle llegado a poco de instalarse en España, un año más tarde o diez años después; era lo mismo. Estaba seguro de que llegarían. Por eso, con disimulada excitación, se puso en actividad de acuerdo con el programa. Saldó sus deudas y se despidió de la poca gente que extrañaría su partida. Contó una historia verosímil: en Damasco había fallecido su padre y a un hermano lo internaron con una hemorragia cerebral; debía volver para contener a su familia. Actuó con arte, lagrimeó y fue despedido con una guirnalda de buenos deseos. Tal como le indicaron, voló a Estrasburgo con una maleta y desde allí siguió por tren hasta Francfort. Sus jefes habían realizado todos los cálculos y sellado las previsiones, de manera que se alojó en el hotel del aeropuerto, donde ya tenía reservada una habitación. Oportunamente conocería al equipo que lo acompañaría en el operativo.

En España había aprendido a beber alcohol y hasta se salteaba tres de las cinco plegarias diarias. Le habían enseñado que así debía proceder un potencial mártir fuera de su área segura para que los enemigos no lo descubrieran —aún no conocía la fecha de su sagrada inmolación, prerrogativa de sus iluminados jefes—. Pero no tenía dudas de que se aproximaba su momento de gloria y podía —debía— cometer más transgresiones. No sólo para confundir a los enemigos, sino para inyectar dinamita a su tarea. El martirio que consumiría su existencia en un futuro cercano era el gesto supremo del sometimiento a Alá y borraría hasta el menor de los pecados. Una alta dosis de pecados, paradójicamente, brinda al martirio la ocasión de reafirmar su energía purificadora.

Se acostó en la habitación del hotel con mucho tiempo por delante. Arregló las almohadas contra su espalda y encendió el televisor. Iba a darse el gusto de mirar una película pornográfica por unos dólares, que cargó a su tarjeta. Quedó tan excitado que miró una segunda. Las escenas le incendiaban el cráneo. Intentó dormir, pero optó por mirar una tercera. Marcó la tecla de la recepción y preguntó en su modesto inglés si había chicas que viniesen a su cuarto, agregó que tenía suficiente *money*. Le contestaron que en ese momento no quedaba personal a disposición. Pensó que no tenía otro recurso que masturbarse, aunque no le gustaba porque siempre, siempre, le dejaba un regusto de placer malogrado. Entonces fue al baño, empapó un guante en la crema para el cuerpo y de esa manera pudo fantasear que no lo frotaba su mano, sino la de una mujer voluptuosa. Luego de eyacular con gemidos de bestia herida lo tentó vaciarse en el garguero una botella de vodka, pero temió quedarse dormido. Devolvió la botella al minibar y apretó otra tecla del teléfono para reiterar a la operadora en inglés y castellano que lo despertase cinco horas más tarde. Le alcanzaría para afeitarse y una ducha.

En el hall principal del aeropuerto buscó los mostradores de Lufthansa, hizo el *check in*, despachó su valija, pasó Migraciones sin que nadie reparara en la falsedad de su pasaporte y fue a ubicarse en la sala de embarque, donde había medio centenar de viajeros. Había comprado un diario en español y luego de leer los titulares se concentró en la nuca del alemán que tenía enfrente. Quizá no era un alemán, sino un argentino que viajaba de regreso a su país. Tal vez lo haría saltar al infierno junto con las demás personas de ese vuelo.

Le llamó la atención un hombre de mediana edad, pelo gris y piel tostada, vestido con ropa de excesiva calidad para un viaje tan largo; llevaba un maletín de cuero que depositaba con delicadeza, como si contuviese algo frágil. Se ubicó cerca de la entrada de primera clase. Seguro que venía de hacer escala en el salón VIP de Lufthansa, lujoso y bien refrigerado. Dawud vio el Rólex de oro y varios anillos en sus dedos. No parecía un ciudadano alemán, sino un ricachón vinculado con los gobiernos corruptos de Sudamérica. En Madrid había escuchado suficientes anécdotas sobre las ingeniosas tropelías con las que alfombraban su éxito. Caminaba parsimonioso entre las butacas hasta que descubrió una libre. Demoró unos segundos, luego se mezcló entre las personas y se sentó. En ningún momento se desprendió del maletín; debía contener dinero, joyas o documentos valiosos. Dawud, en cambio, no llevaba nada más valioso que su propio cuerpo y un aserrado puñal de plástico bajo su media izquierda.

El aparato 747 con los colores y emblemas de la compañía aérea estaba siendo provisto con el *catering* por el lado opuesto a la manga que usarían los pasajeros. La manga había sido conectada hacía rato y de ella brotó súbitamente una fila de veinte empleados empuñando los utensilios de la limpieza. Acababan de someter las cabinas a una última revisión, como cuadraba a las compañías de un país ordenado.

Dawud reconoció a Hussein Dibb entre los pasajeros que aguardaban, y a su lado hojeaba una revista otro hombre joven que también debía ser del Líbano o quizá de Siria o Palestina. Seguro que constituían parte del grupo que lo acompañaba en esta misión. Si ellos no se acercaban, debía ignorarlos por ahora; nada de provocar sospechas. Con Hussein había compartido dos incursiones a la alta Galilea, donde ambos hubieran deseado inmolarse, pero salieron indemnes por la voluntad de Alá, que los reservaba para este viaje.

Ingresaron cuatro pilotos, de los cuales uno era mujer. Era obvio que el capitán y su reducida tripulación ya habían efectuado los trámites que exigía la seguridad. Entre sus rutinarias tareas figuraba, como siempre, la de registrar el plan de vuelo, señalar su duración y determinar la máxima cantidad de combustible que se podía transportar. Era uno de los puntos más críticos que a los pasajeros ni se les pasaba por la cabeza, porque no sabían que un tercio del peso total del avión correspondía al combustible. A más combustible, más peso, y también más gasto. Había pues que chequear cuidadosamente la meteorología para avanzar por una ruta que exigiese menos gasto y, en consecuencia, menos carga.

Dawud se acercó al ventanal y observó con interés el camión-tanque que proveía de combustible a la nave a través de una enorme manguera. Observaba y calculaba: representaba todo un mar de material inflamable. Pasaban los minutos y el combustible seguía ingresando con la energía de una presa hidroeléctrica. El avión dejaba de ser apenas un aparato de transporte para convertirse en una bomba de inmenso poder destructivo.

El capitán se fijó en las zonas de turbulencia que habría poco antes de abandonar el continente y se repetirían en el área ecuatorial y en las proximidades del golfo de Santa Catarina, en Brasil. Estaba de buen humor luego de pasar cuarenta y ocho horas con su mujer y su única hija. No esperaba que sucediera nada excepcional.

Encargó al más joven de los oficiales que inspeccionase el exterior de la nave. Era una tarea por la que había pasado innumerables veces en su época de neófito, una suerte de ceremonia de iniciación. El oficial salió a la intemperie y respiró el calor húmedo que se extendía por la pista. Marchó por el vasto perímetro sin necesidad de inclinarse bajo las alas. Puso atención para ver si se había formado algún charco por fuga de líquidos. Examinó las junturas y los múltiples paneles. Controló los indicadores de la presión en los neumáticos y dedicó varios segundos a mirar los tubos de las críticas tomas de estática y de dinámica, cuya obturación podía causar accidentes fatales.

El capitán estaba ubicado a la izquierda y el primer oficial a la derecha. Enfrente se extendía la iluminación feérica del tablero, con números, relojes, diales, agujas, botones, pantallas y signos que se aprenden a leer como un director de orquesta aprende una partitura para cuarenta instrumentos. Además estaban las potentes palancas, que se ofrecían como dioses de sobrenatural respuesta al mínimo toque. El capitán repasó la hoja de carga que debía firmar cuando hubiese terminado de subir todo el pasaje. En los inseguros tiempos que corrían empezó a ser fundamental descubrir si algún equipaje despachado a bodega no pertenecía a ningún pasajero.

Llegó el momento de cerrar todas las puertas.

Dawud y Hussein subieron por la escalera caracol a la clase ejecutiva ubicada en el piso superior. En ese nivel también estaba la cabina de mando, separada del pasaje por una delgada puerta. Se sentaron en butacas distanciadas tras intercambiar un guiño. Los auxiliares de vuelo ofrecieron bebidas; en cada bandeja había agua, jugos de fruta y vino del Rhin. Dawud aceptó el vino.

Dos asientos detrás del suyo, Dawud reconoció a Sayyid Nafra. Lo había visto muchas veces en la mezquita del imam Fadlallah, en Beirut; lo reconoció pese a que estaba afeitado y vestía ropa deportiva.

El capitán miró su reloj, listo para iniciar el desplazamiento. Ya no tenía contacto sensorial con el exterior. Estaba seguro de que habían sido desconectados los tubos de alimentación de combustible y el vuelo cursaría sin inconvenientes. El remolcador empujó al monumental 747 hacia atrás. La redondeada punta del avión giró entonces orgullosa hacia la pista.

Los pasajeros estaban levemente tensos porque los diarios comentaban el secuestro de un avión en la India. Un bebé empezó a llorar en la clase económica. Los parlantes ordenaron apagar los aparatos electrónicos para no interferir con las comunicaciones que fluían desde la torre de control. Acto seguido los auxiliares de vuelo se pusieron a realizar la demostración de seguridad exigida al aerotransporte.

La enorme masa recibió la orden de iniciar la aproximación a la pista de despegue. Dawud observó que acababa de alzar vuelo el avión que lo precedía y se frotó las manos, como solía hacerlo ante la proximidad de una acción riesgosa. El 747 se ubicó en el medio de la iluminada avenida cuyo final remoto conducía a las estrellas. El capitan tiró de la palanca y una vibración creciente se fue extendiendo desde los pies de Dawud hasta los últimos confines de la nave.

Siguió adherido a la ventanilla y se despidió de las luces que brillaban en la terminal. Ahí quedaba su última escala. Le recorrió un leve estremecimiento que aplacó recitando en voz baja el credo que le habían enseñado desde su infancia. Los paneles vibraban. Apenas cruzó la perpendicular a la torre de control, el 747 despegó con la fuerza de un titán. La nave ascendió en forma oblicua, a razón de cientos de metros por minuto.

Los parlantes no cesaban de trasmitir informaciones. Al obtener la velocidad de crucero Dawud imaginó que el capitán ponía el piloto automático. Las nubes tenían color peltre por la reverberación de los focos. Pronto las sobrevolaron y estalló una limpia noche con la luna en cuarto menguante. La contempló feliz, como el auspicioso y amado signo que le hablaba desde las esferas superiores. Brillaba con intensidad y regaba su plata sobre el piso de vapores.

Una azafata llamó a la puerta de la cabina de mando e ingresó con una bandeja en la que oscilaban humeantes pocillos de café. Dawud confirmó lo fácil que era invadir ese espacio.

Enseguida repartieron el tarjetón con el menú, que comprendía la cena y el desayuno. Eligió cerdo, para probarlo de una santa vez y continuar con las transgresiones. Ojalá otros hombres provistos de su misma fe siguieran el ejemplo; el martirio es la escoba que barre toda maldad. Se puso los auriculares. No le gustaba la música clásica ni la ópera, tampoco las canciones de moda ni el ritmo del Tirol cargado de falsetes. Se resignó al canal que trasmitía una melodía indefinible, como la cascada de una fuente.

Le tendieron un mantel y sirvieron la comida. Con Hussein y Sayyid cruzaron otra mirada veloz, pero aún no convenía hablar. Ya llegaría el momento de entrar en la cabina de mando y ponerle al capitán un puñal en la garganta mientras sus camaradas amenazaban al resto de la tripulación, pensó Dawud.

Después de la cena volvió a mirar a sus compañeros, que se habían puesto el antifaz y cubierto con la manta. Los imitó e inclinó hacia atrás. Había que tener paciencia.

Despertó en medio de la noche con ganas de orinar, se desabrochó el cinturón de seguridad y fue al baño. Miró hacia la cabina de los pilotos; uno de los comandantes había salido a desentumecer las piernas y dejó la puerta entornada. Descubrió a una azafata preparando café mientras su compañera leía una revista. Era joven y hermosa; Dawud la miró y ella respondió con una sonrisa.

Al salir tropezó con el hombre maduro y elegante, que parecía urgido por satisfacer sus necesidades sin haberse despertado del todo; aún llevaba consigo el maletín. No debía de contener papel higiénico, pensó Dawud, con ganas de abrírselo y hacerle rodar por el piso las joyas o los fajos de billetes o los explosivos. Pidió agua a la azafata de la sonrisa, para quedarse unos minutos al acecho y observarlo de nuevo. Le producía justificada curiosidad.

Comenzó una tanda de turbulencias y se encendieron los carteles que exigían abrocharse los cinturones y regresar a los asientos. Dawud obedeció vacilante, sosteniéndose de todo lo que permanecía fijo a sus costados. Pensó en ese extraño pasajero que se demoraba en el baño, miró a sus quietos compañeros en penumbra y se sentó en su sitio. Poco después volvió a dormirse.

Una hora y media antes de llegar a Buenos Aires fue despertado por los ruidos del servicio de desayuno. Por lo visto, sus jefes no habían querido un secuestro y el trabajo debería desarrollarse en tierra firme. Frotó sus párpados antes de que le entregasen la toallita caliente y perfumada, con la que se limpió la cara, el cuello y las manos. Estiró sus miembros, enderezó el respaldo de su asiento y abrió la mesita plegable. Circulaban los carros con bandejas llenas de jugo, café, panecillos y fruta. En la pequeña pantalla de televisión observó que el avión blanco ya apuntaba hacia el aeropuerto de Ezeiza.

Levantó la persiana de su ventanilla y, a través de las deshilachadas nubes, pudo percibir la invernal tierra de un glauco amarillento, dividida con arte para diversos cultivos. Le asombró el ancho Río de la Plata. Distinguió el borde de una compacta sucesión de edificios: Buenos Aires.

Quedaban pocos kilómetros para aterrizar y la altitud disminuía en forma vertiginosa. En la cabina de mando se habían activado los dígitos, botones y palancas requeridos para el descenso. Vio cómo se movían los flaps de las alas para reducir la velocidad. Cuando la nave se acercó al extremo de la pista, aún se desplazaba a 300 km por hora. Bajó a 250 y las ruedas acariciaron el piso. Mantuvo la misma velocidad apenas un segundo y aplicó los frenos. Un aplauso proveniente de la clase económica celebró el feliz término del viaje; era una gratificación que los argentinos casi nunca olvidaban, según le habían contado.

Los parlantes dieron la bienvenida mientras la máquina enfilaba hacia el punto donde se le acoplaría la manga para el descenso de los pasajeros. El capitán indicó al copiloto que apagase los motores. Al instante se apagaron también los carteles indicadores y doscientos cuarenta y ocho pasajeros se levantaron como resorte, en una sorda competencia por abrir los compartimientos superiores, extraer los efectos personales y aproximarse a la puerta de salida.

El desembarco empezó con los viajeros de primera clase y ejecutiva. Dawud seguía interesado en el hombre del maletín, cuyo aspecto no traducía fatiga; estaba bien afeitado, la corbata prolijamente anudada y emitía el aroma de un perfume caro; saludó a la tripulación con un ¡*Auf wiedersehen*! y marchó por la manga rumbo al mostrador de Migraciones. Caminó hacia el corredor que terminaba en un cartel que decía "argentinos", mientras Dawud, Sayyid y Hussein avanzaron hacia el de "turistas". Los cuatro fueron atendidos al mismo tiempo en cabinas contiguas.

Dawud y sus amigos no generaron sospechas; sus papeles habían sido confeccionados con pericia. El hombre del maletín, en cambio, fue invitado a un aparte. Surgieron de repente dos policías uniformados. Dawud temió por un instante que vinieran en su busca y se inclinó para palpar el arma oculta bajo su media izquierda. Pero los oficiales se dirigieron hacia el hombre del maletín y le dijeron unas palabras. Los miró afligido y apretó su carga contra el pecho; ¿hacía lo que un experimentado contrabandista nunca debía hacer? Lo invitaron hacia una puerta lateral.

Dawud atravesó la barrera de Migraciones, prefirió olvidarse del sujeto y fue a buscar su equipaje. Sayyid le rozó el hombro y murmuró un saludo en árabe. Lo mismo Hussein. Al minuto lo rozó un cuarto individuo, también miembro del grupo, que había venido en económica: no lo conocía y se presentó como Rudhollah. Le dijeron que luego de atravesar la aduana con sus asépticos equipajes serían vistos por quienes los estaban esperando.

Todo funcionaría como una danza perfecta, diseñada en el cielo.

Capítulo 3

El viajero del maletín fue sometido a un minucioso examen. ¿Alguien lo había denunciado? En la oficina de aspecto espartano había un escritorio y varias sillas, una computadora, grabadores y un mapamundi. Los dos policías entregaron al hombre a un oficial que se puso de pie y lo miró a los ojos con cara de boxeador irritado. Para evitar intentos de escape, se quedaron junto a la puerta. El oficial le preguntó qué traía. El recién llegado advirtió que no era oportuno fabricar una mentira e indicó su maletín.

—Es muy valioso —confesó de entrada, con el miedo de un burgués pescado *in fraganti*.

—¿Muy valioso? —el rostro del oficial era severo; estaba entrenado para descubrir delincuentes; calculaba que a este sujeto con pinta de millonario pronto se le doblarían las rodillas.

—No me he desprendido del maletín en todo el viaje —aseguró como un niño que se confiesa ante la maestra.

Los policías intercambiaron miradas, porque en ese dato se basaba su sospecha. Vestía como si fuese a una fiesta de gala, no como alguien que debió soportar catorce horas de vuelo.

—¿Lo ha declarado?

—Todavía no pasé por la aduana... Ustedes ni me han permitido buscar mi equipaje.

—¿Tiene su declaración?

—Sí, claro… Por supuesto —el hombre extrajo la hoja de un bolsillo interior.

La leyó de un golpe.

—Así que trae opalinas antiguas, señor Horacio Dumont.

—Tal cual. Son muy frágiles. Tres piezas de gran valor, para coleccionistas.

—Valuadas en cuatro mil quinientos dólares.

—Así es, así es. Exacto.

—No me parece tanto dinero…

—Me lo encargó un negocio de antigüedades. Las conseguí a buen precio y tengo las facturas. Mi amigo no me perdonaría que les ocurriese el mínimo daño, perderían valor.

—¿Quién es su amigo?

—Un vendedor de antigüedades, justamente.

—¿Nombre?

Dudó un instante, miró a los policías que cuidaban la puerta.

—Santiago Branca —dijo.

—¿Dónde está su negocio?

—¿No lo sabe? En avenida Alvear. Es muy conocido —miró al oficial con ojos vivaces, como si quisiera humillarlo—. Aparece en las principales revistas, toda la gente elegante pasa por ahí.

El oficial hizo una mueca desdeñosa. "¡Qué mierda me puede importar a mí, un policía que gana un sueldo miserable, la avenida Alvear y su gente elegante!", pensó.

—Tendría que ir —insistió.

—Las antigüedades no figuran entre mis gustos —replicó el oficial—. Pero vayamos a lo que trajo. ¿Es para coleccionistas, dijo?

—Claro, claro. Para gente importante, conocedora.

—Yo coleccionaba figuritas de jugadores de fútbol cuando era chico, pero nadie me dio un mango por ellas —se le ablandó el acero del rostro y los policías que vigilaban la puerta carcajearon bajito—. Bueno, ahora abra el maletín y muéstreme las benditas piezas.

Dumont se arregló el nudo de la corbata y acomodó los gemelos de sus puños como si estuviese por acometer una delicada operación quirúrgica. Contrajo los labios y el entrecejo.

—Permiso… —dijo mientras depositaba el maletín sobre el escritorio; sus movimientos eran de una llamativa lentitud; antes de accionar la cerradura y levantar la tapa, acarició el cuero como si fuese la piel de un animalito.

Apareció un colchón de papel con burbujas, que su dueño miró encantado, a punto de mostrar resplandecientes joyas. Se retorció los dedos y los extendió sobre el abultado papel. Con su pulgar e índice derecho agarró una punta, como si fuese el ángulo de la hoja de un libro, y tironeó hacia afuera. Abajo había otra punta, que giró en sentido contrario. Dobló las planchas del aireado envoltorio hacia direcciones opuestas, dejándolas reposar sobre la mesa, alrededor del maletín. Entonces la uniformidad translúcida dejó emerger un medallón de opalina verde con la imagen de las Tres Gracias.

Ante la curiosa mirada de los policías, el hombre introdujo sus dedos en forma suave, como si estuviese por levantar un bebé. Lo sacó delicadamente, lo examinó con veneración y levantó hasta la altura de su cabeza como un sacerdote que eleva la copa de la eucaristía. Estuvo por besarlo, pero contuvo la emotividad. Lo recostó sobre una de las planchas del papel. Luego, con parsimonia siguió hurgando, cada vez más profundo, hasta exhibir las otras dos exquisitas piezas.

—Permítame —dijo el oficial mientras se apoderaba del maletín vacío.

El viajero tendió sus manos sobre las opalinas, por miedo a que las dañaran. No le importaba el maletín, sino el contenido que acababa de exponer sobre una mesa tan rústica, casi profanadora.

—No se preocupe por esos vidrios —dijo con desprecio el funcionario, mientras percutía las paredes del maletín y calculaba su espesor, en busca de los frecuentes compartimientos secretos. En su cara se pintaba la frustración.

—No encontrará otra cosa —dijo Dumont con una pena que aumentó la rabia del oficial—. Ya ve, lo mío es perfectamente legal —señaló las opalinas—. Las tengo anotadas en mi declaración. ¿No le parecen maravillosas?

El funcionario le devolvió el maletín con una mueca.

—¿Le digo la verdad? No me emocionan las ridiculeces que coleccionan los ricos. Puede retirarse y... disculpe las molestias.

—Permítame envolver esto. ¡Deje, deje! Por favor. Lo haré solo. Hay que tener mucho cuidado, hay que tener dedos de artista —se aplicó a envolver cada pieza en forma separada y las aseguró entre colchones de papel con burbujas.

—Ni que transportara huevos... —murmuró uno de los policías.

El oficial no quedó tranquilo. Lo miraba hacer, intentaba penetrar bajo esa enigmática cabellera gris; también observó el Rólex de oro y los anillos caros. La camisa tenía la marca Versace. Tanta coherencia le resultaba sospechosa, una trampa de fino ingenio. Cuando el hombre salió de la oficina, les dijo a sus ayudantes:

—Síganlo.

Uno de los agentes levantó la antena de su transmisor,

hizo una llamada y pasó los datos. En la rambla de arribos estacionó un Renault con una pareja vestida de civil. A Horacio Dumont lo estaba esperando un remís negro. Ambos vehículos enfilaron hacia el centro de la ciudad.

Horas más tarde llegó el informe.

Desde el Renault comunicaban que el remís había ido directo a la exclusiva avenida Alvear. Allí el viajero ingresó en el negocio de antigüedades con su maletín y una valija. Fue recibido por su dueño, Santiago Branca, quien le dio un abrazo. Dumont no soltó su maletín hasta que desaparecieron en un cuarto ubicado en el fondo del local, mientras la valija permanecía con un empleado detrás del mostrador. Veintitrés minutos más tarde ambos regresaron al salón de ventas y el viajero recuperó su valija, pero ya no se veía el maletín. Subió al mismo remís que lo había estado aguardando con las balizas encendidas, y se dirigió a su domicilio en avenida Las Heras, el que había denunciado en Migraciones y en su declaración de aduanas. También averiguaron que el negocio de Branca disponía de otra sala para clientes exclusivos en el piso noveno del mismo edificio, donde probablemente estuvieron reunidos cuando desaparecieron del salón de ventas. Hacia el final de la tarde fue añadida a la vidriera del negocio —concluía el informe— un medallón de opalina verde con la imagen de las Tres Gracias al que le adosaron una tarjeta que decía "vendido".

El oficial hizo un bollo con el informe y bostezó de rabia.

—¡Qué pérdida de tiempo! Ese maricón de mierda decía la verdad...

Capítulo 4

El cabello, negro y lacio, azotaba alternativamente sus hombros mientras caminaba con paso sonoro hacia la oficina del jefe de redacción. Avanzaba feliz, con los ojos verdes encendidos, porque seguro que él la iba a felicitar. Miguel Escudero era un jefe insoportable. Mezquinaba hasta la desesperación su cuota de elogios y se la pasaba encontrando defectos al más pintado. Un año y medio atrás sufrió un ataque al corazón que obligó a practicarle una angioplastia; pero volvió a su trabajo sin aceptar el recreo de una convalecencia. En el canal se dijo deberían haberle hecho la angioplastia en el cerebro. Violaba con entusiasmo sus repetidas consignas de objetividad y prudencia periodísticas cada vez que una idea repentina prometía pedalear el ráting hacia las alturas. Ese hombre, no obstante, era admirado por su talento y audacia.

Cristina podía considerarse privilegiada, porque nunca la había hecho objeto de sus despiadadas críticas por su programa *Palabras cruzadas*. Ese solo dato equivalía a una condecoración. El proyecto se lo había sugerido su amigo o amante o perseguidor Esteban Pasos, y ella lo convirtió en un suceso nacional. Consistía en realizar investigaciones sobre temas comprometedores mediante el uso de cámaras ocultas. Construyó un confiable equipo, cuya eficiencia causó sorpresa dentro y fuera del canal. Hasta se llegó a decir que había reclutado hombres y mujeres de la SIDE. Los delitos eran elegidos con sutileza, rastreados durante meses con perseverancia de hormigas y arrancados en los súbitos vómitos de sinceridad que finalmente hundían a los delincuentes. Los protagonistas de escándalos diversos caían en trampas refinadas y no se daban cuenta de los cepos hasta que ya era demasiado tarde. Sus confesiones se preservaban con el celo que se aplica a las bombas nucleares; luego de un prudencial intervalo otros entrevistadores realizaban reportajes abiertos a los mismos individuos que, por lo general, negaban haber dicho lo que ya estaba grabado. Por último se efectuaba una prolija edición y se lanzaba el cañonazo.

La de Cristina era una lucha periodística con fines éticos que ignoraba los medios éticos. Pero la sociedad estaba agradecida. Alguien comparó el programa con la mentira que un médico dice a un niño para convencerlo de ingerir un remedio de sabor horrible. La Argentina necesitaba remedios horribles para combatir la epidemia de corrupción que se había acrecentado hasta niveles de pesadilla en los años 90. "La mentira no es ética, pero a veces ayuda…", se decía en el canal. Esta inmoralidad inquietaba a Cristina, quien rogaba no tener que enfrentar preguntas que la obligasen a defender lo indefendible. Pisaba barro de albañal y se consolaba repitiéndose que el programa era útil al país.

Golpeó la puerta de Escudero y una voz ripiosa le ordenó entrar.

El olor a habano en medio de paredes revestidas con madera lustrada era inconfundible. Sobre el escritorio había montículos de papeles y, en medio del desorden, un gran cenicero de bronce. Obcecados como Miguel Escudero no renunciaban al tabaco ni ante las manifestaciones de una enfermedad cardíaca.

Cristina verificó que el semblante de su jefe rezumaba

cansancio, algo llamativo en su atractiva cabeza de león. Lo había visto por primera vez hacía tres años, cuando aprobó los exámenes para desempeñarse en el noticiero de la mañana. Demostró entonces que ella no sólo tenía un bello rostro de ojos verdes, labios sensuales y templada voz, sino coraje para improvisar comentarios que a los medrosos les causaban taquicardia. Sus colegas se sintieron molestos por sus desplantes y quisieron cortarle el camino. Miguel Escudero, en cambio, sintió crecer su interés por "esta novicia rebelde" y la dejó hacer. En seis semanas decidió trasladarla al horario de mayor audiencia. Ella mantuvo su estilo singular pese a captar las emanaciones del odio ajeno y, sostenida por los buenos efectos en el ráting, lo acentuó: sus comentarios ganaron oportunidad y frescura. Ya era relativamente famosa cuando Esteban le deslizó su propuesta de lanzar *Palabras cruzadas*.

Esta idea se inspiraba en un programa de la televisión italiana. La sociedad reclamaba algo parecido a la *mani pulite* que en Italia enjuició a ocho primeros ministros y más de cinco mil funcionarios y empresarios corruptos. La farandulización de la política no era simple diversión, sino lisa y llanamente la pulverización de los valores que daban sostén a la república. En la Argentina habían comenzado a publicarse libros de investigación periodística que se convertían en inmediatos *best sellers*. Las denuncias televisivas, por lo tanto, si conseguían presentarse con evidencias de impacto, sacudirían la modorra de los pocos buenos jueces que aún existían y recibirían la gratitud de multitudes. El proyecto tentaba, pero al principio Cristina dudó. Esteban insistió y la ayudó a confeccionar una carpeta donde se incluían hasta los pormenores del tiempo que debía transcurrir entre la acción de las cámaras ocultas y los reportajes a la luz del día. Ella por fin decidió jugarse y entregó el proyecto a Escudero, cuyos instintos raramente fallaban. A Escudero le llevó sólo media hora decirle que contaba con su aprobación.

Esto había ocurrido el año anterior. Fue un momento maravilloso. Pero ahora le hizo un ademán seco que significaba "siéntese".

Cristina obedeció y cruzó las piernas. Se aireó el cabello tras la nuca.

Miguel corrió hacia un lado el canasto de metal lleno de hojas y sobres para darse tiempo. Le brillaba el arrugado cutis. Luego preguntó:

—¿Cuánto hace que lanzamos *Palabras cruzadas*?

—Ocho meses. Pero con el trabajo previo de la producción, más de un año.

—Bastante tiempo ya.

En televisión nunca se sabía cuánto era mucho y cuánto era poco; las evaluaciones correspondían a relojes de otro mundo. De todas formas, Miguel Escudero conocía mejor que nadie los datos. Cristina percibió que hacía un rodeo, porque no encontraba la forma de ser gentil. Volvió a desplazar el canasto hacia su primitivo lugar. Movimientos innecesarios en realidad, imprescindibles para sus sentimientos en continua revulsión.

—Buen trabajo, Cristina.

—Gracias —sabía que era el máximo elogio que él le podía obsequiar.

—Fue buena la idea de Esteban Pasos, también.

Ella enarcó las cejas porque no discernía si estaba haciéndole un elogio adicional o quitándole méritos para equilibrar su generosidad de hacía un instante. No le gustó que metiese a Esteban en este asunto.

—Tuvimos suerte con la gente seleccionada para la producción —comentó ella.

—Algunos programas salieron mejor que otros, como es natural —rebajó su entusiasmo—. Pero hubo una acertada elección de temas.

—La elección es decisiva, ya lo creo.

Miguel le clavó la mirada con tanta fuerza que Cristina debió bajar los ojos. ¿Qué había pretendido manifestarle? En la oficina se impuso un largo silencio, que ella no supo si tenía que romper. Tras medio minuto prefirió devolverle la mirada; Miguel tenía un pequeño estrabismo que confundía a sus interlocutores. Por fin se rascó la barbilla y dijo:

—Está reuniendo materiales sobre la voladura de la embajada, ¿no?

—Ya tenemos una montaña de información. Y algunas confesiones interesantes —Cristina sintió que se exaltaba.

—No me hable de cantidad.

—También me refiero a la calidad; conseguí buenas pistas —dijo convencida. Presentía que nunca lograría la paz interior mientras ese crimen permaneciera impune.

—¿Cree que sus pistas demuestran algo concreto?

—Hay datos sobre el secuestro de evidencias poco después de la explosión, sobre la complicidad de neonazis, sobre varios policías bonaerenses sospechosos, sobre actitudes ambivalentes de la SIDE. ¡Suficiente para incendiar a la opinión pública! —se le arrebolaron las mejillas—. Vamos a prestar un gran servicio al país. Mire, aunque usted sabe que me empuja una razón personal, siento que en esta tarea hay algo patriótico —exageró.

Escudero se apretó las órbitas con su mano izquierda; un mechón de pelo blanco cayó sobre su frente. Pensó un rato y volvió a lanzarle una mirada desconcertante.

—Pistas… pistas… Servicio al país, patriotismo —hizo una mueca cínica—. Recuerde la advertencia de Samuel

Johnson: "El patriotismo es a menudo el último refugio de los pícaros".

Cristina arañó el borde de la mesa. Aunque sin elogios, su jefe siempre la había apoyado y aprobado, siempre le había hablado frontalmente. Ahora le resultaba un jeroglífico. Para colmo, inexplicablemente hostil.

—¿Le hago preparar una síntesis de lo que hemos reunido? —propuso vacilante, pero decidida a no dar su brazo a torcer—. Nuestro trabajo ha sido muy profesional —era obvio que Escudero no estaba conforme, que dudaba—. Será un aporte importante para descifrar un crimen que parece perfecto —agregó—. Y parece perfecto porque así lo quieren ciertos poderes involucrados y...

—No, Cristina. No.

Ella descruzó las piernas y adelantó su cabeza. Volvió a airearse la nuca.

—No acepto —dijo el jefe con voz lenta, aplomada— que un equipo de producción tan eficiente pierda tiempo y recursos en un camino estéril.

—¿Estéril? No entiendo.

Miguel Escudero cerró sus labios con el índice; le estaba ordenando callar de una manera ofensiva. La entrevista tomaba un giro angustiante.

—Su carrera ha sido exitosa, Cristina. Yo la descubrí. Yo la alenté.

—Es cierto. Pero ahora...

—Escuche: no seré yo quien le permita arruinarla.

—Sugiere que... —el diálogo se había tornado fantástico, irreal.

—Su investigación sobre la voladura de la embajada terminará en un grotesco. No quiero que fracase y no quiero que el canal se desacredite.

—Pero es un tema...

—¡Terminado! Un tema terminado, ¡eso es!

Ella sacudió la cabeza; no podía ser verdad. Su jefe era talentoso y debía percibir mejor que nadie cuán importante era lo que había reunido en su investigación. No debía resignarse. Jamás iba a resignarse, porque la cuestión excedía su voluntad.

—Si entiendo bien, ¿me ordena que...?

—Que interrumpa esta investigación. Tal cual. Sobran otros temas, mucho más fascinantes y... patrióticos, ya que le importa el país.

—¿Se burla? Usted sabe que el atentado me concierne personalmente. ¿Cree que voy a resignarme? Miguel, no se trata sólo de esclarecer lo que ocurrió e identificar a los ascsinos y sus jefes, sino... —estaba sentada sobre el borde de la silla, casi a punto de incorporarse y darle un merecido tirón de orejas.

—Ya sé lo que va a decir: "La impunidad invitará a repetir el atentado". Lo escuché de paranoicos y de interesados en alguna rara ganancia. No es cierto. El atentado no dio beneficios a sus autores, ni a los de afuera ni a los de adentro. No van a ser tan idiotas como para repetir algo que no sirvió. La embajada ya no existe, ¿qué volarán ahora?, ¿el Obelisco?

—Discúlpeme, Miguel, ¡no estoy de acuerdo! Para nada.

—Cristina, reserve sus insolencias para la televisión, que ahí lo hace muy bien. Aquí está recibiendo una orden. ¡Una orden firme! Este canal no invertirá un solo centavo más en el caso de la embajada. Y a usted le exijo que ponga su inquieta cabeza en temas diferentes. Sé que algunos ya están avanzados y podrían editarse. Esclarecer el atentado de la embajada es una utopía. No es otra cosa, lamentablemente —abrió la caja de habanos, examinó su interior y la cerró sin sacar ninguno—. Bueno, confío haber sido claro y que usted usará su inteligencia para retrasmitir mis consignas sin que haya malos entendidos. Buenas tardes.

Cristina se puso de pie mientras un temblor le recorría todo el cuerpo. Jamás hubiera esperado semejante situación. Era lo más absurdo que le había sucedido en toda su vida laboral.

—No investigaré otros temas si me prohíbe seguir con el de la embajada.

Miguel Escudero tardó en levantar los ojos del escritorio. Cuando lo hizo parecía un tigre a punto de saltar sobre su víctima.

—Si no investiga otros temas, me obligará a suprimir *Palabras cruzadas* de la programación.

—Y yo me iré del canal con todo el material acumulado.

Escudero abrió la caja de habanos y eligió uno al azar. Lo hizo girar, le cortó la punta y se dio tiempo para encenderlo con una gran llama. Elaboraba su respuesta, que no debía dejar posibilidad de réplica. Su voz pretendía ser apacible.

—No se irá a ninguna parte —hizo una pausa—, porque está bajo contrato. Y si viola el contrato, ¡la haremos polvo!

Cristina salió hirviendo de cólera y no se privó de ofrendarle un portazo. Caminó hacia su distante cubículo sin devolver saludos. Repetía para sus adentros que no iba a ceder, que se iría a otro canal de alguna forma. Telefoneó a Esteban y, cuando iba a empezar a contarle, cambió de idea y exclamó:

—Lo hablamos personalmente. Adiós.

A los pocos segundos sonó su teléfono. Ella se resistió a atender; su humor la llevaría a cometer disparates.

—¡Hola! —gritó.

—Soy Esteban. ¿Se puede saber qué te pasa?

—Ya te dije: hablamos después.

—¿Me vas a volver a cortar?

—Sí, adiós.

Se reclinó en su butaca resoplando, miró el cielorraso donde proyectó su incandescencia y le brotó la idea de otro programa: armar una mesa de debates sobre Medio Oriente para continuar en las sombras su avanzada investigación. La mesa sería una buena pantalla. Y si llegaba a obtener los datos que identificaran a los responsables, haría una última y perentoria oferta a Miguel; entonces él se daría cuenta de que su trabajo no era estéril, y su programa haría historia y contribuiría a desbaratar el probable segundo atentado.

Esteban volvió a llamarla. Su tono era dulce.

—Te noto agotada, mi amor. Propongo que nos vayamos por unos días a una playa tranquila del Brasil. Nos adeudan algo de las vacaciones y es el momento de aprovecharlas.

—No estoy con ánimo para ir a la playa —dijo, cortante.

—Eso prueba que lo necesitás.

—Por favor, ahora lo que necesito es estar sola —no disimulaba su impaciencia.

—También necesitás mis caricias —replicó en tono cálido, como si la estuviese besando.

—¡Vos no entendés nada, Esteban!

—Al contrario, procuro ayudarte, mimarte —mantuvo el mismo tono, con la esperanza de desbloquearla.

—¡Sos un desubicado!

—Mi amor... yo...

—No me vuelvas a llamar en varios días.

—Pero...

—¿Entendiste? Adiós.

Capítulo 5

Apenas Dawud Habbif cruzó las puertas automáticas que aislaban la zona de aduanas, un hombre de cuarenta años, bajo, robusto, de barba corta y renegrida, se le acercó abriendo los brazos.

—Soy Omar Azadegh, de la embajada de Irán; los llevaré al hotel que hemos reservado. ¡Bienvenido a Buenos Aires! —vestía traje oscuro con camisa abrochada en el cuello, sin corbata—. Esperemos a los demás.

Las palabras "Buenos Aires" retumbaron en la cabeza de Dawud. En su vida de lucha y sufrimiento jamás pensó que esta ciudad, ubicada en el confín del mundo, sería el escenario de su gran batalla.

Permanecieron en el rumoroso salón donde hombres y mujeres exhibían carteles con nombres escritos en trazos irregulares; algunos los sostenían contra el pecho y otros los levantaban por encima de la cabeza a fin de que los pasajeros a quienes aguardaban no pasaran de largo. Entre ellos emergían las pegajosas ofertas de taxis y remises. "No, gracias", rechazaba Omar Azadegh a diestra y siniestra. Se acercó otro hombre que susurraba algo a su teléfono celular; también pertenecía a la embajada. Cuando se les unieron Hussein, Sayyid y Rudhollah con sus respectivas maletas, marcharon todos hacia la salida. Al minuto aparecieron dos coches con vidrios polarizados y patente diplomática. Se distribuyeron tres y tres. Omar

Azadegh propuso a Dawud que se sentara adelante, junto al chofer.

—Así conoces mejor la ciudad —sonrió afable.

Atrás se ubicaron Hussein y el mismo Azadegh.

Antes de entrar en el vehículo, Dawud echó una ojeada por encima de su hombro para comprobar si alguien acechaba, como se había acostumbrado a hacerlo desde que lo asaltó un comando enemigo. El conductor cerró los seguros, quitó el freno de mano y apuntó hacia la ruta por entre los vehículos que salían del aeropuerto. Dawud bajó la visera para protegerse del sol que le daba de frente y el espejo le mostró el cansancio en su cara; simuló estar preocupado por su desordenada cabellera, que peinó con los dedos: el espejo también le permitía echar ojeadas al amable Omar Azadegh, quien a su vez le clavaba la mirada en la nuca.

Para el hemisferio sur esa mañana de julio era normalmente fría, con un cielo gris y deprimente. Los árboles flacos alzaban su ramaje espectral. Dawud comenzó a hacer preguntas. Desde que había recibido la llamada con el nombre de su nuevo destino, se activó su curiosidad por la lejana Buenos Aires.

Antes, muchas veces, había escuchado versiones sobre esta ciudad. Se referían a su cosmopolitismo, sus barrios de diferente carácter, los parques extendidos y las plazas con arboledas añosas. Tenía bulliciosas avenidas; una de ellas era la más ancha del mundo o por lo menos tan ancha como los Champs Elysées que recorrió en París. Le habían dicho que cada cuadra desbordaba de restaurantes, cines y cafés. Algunos tramos eran un festival de carteles luminosos.

El chofer conducía con seguridad y no abrió la boca. Omar Azadegh, desde el asiento de atrás, en cambio, se complacía en regalar amplias respuestas. Explicó que el aeropuerto se encontraba en el área sur del Gran Buenos Aires, donde se concentraba casi un tercio de la gente que habitaba el país. Pasaron el Mercado de Abasto. Pese a la grisura invernal, sobre ambos lados de la ruta se extendían manchones de gramínea verde. Atravesaron un barrio militar lleno de chalets, luego otro civil con grandes edificios sin gracia. Antes de llegar a la avenida de circunvalación, Omar extendió su índice hacia la izquierda para destacar construcciones precarias, semejantes a los campos de refugiados tan familiares a Dawud.

—Aquí se llaman "villas miseria", y "favelas" en Brasil. Son los premios de Satán a la obsecuencia del país con los Estados Unidos.

Cruzaron la avenida General Paz e ingresaron en la Capital Federal. Luego de atravesar un peaje, Dawud tuvo la sensación de estar planeando en un helicóptero, a baja altura. Vio desde lo alto terrazas, iglesias, parques y le pareció que ingresaba en una populosa ciudad europea.

Bajaron de la autopista e ingresaron en la ensanchada y concurrida avenida 9 de Julio. Las ideas que, sobre la base de comentarios previos, se había hecho Dawud acerca de Buenos Aires adquirieron confirmación. Era una urbe moderna y dinámica. Recordó que un libanés había sintetizado, luego de su primera visita: "¡Hombre, llegar a Buenos Aires es como encontrarse con París en medio del África!".

Hussein preguntó sobre el número de judíos.

—Son la comunidad más numerosa de América latina, unos doscientos cincuenta mil, pero parecen más —contestó Azadegh.

Hussein lanzó un silbido de asombro.

Omar se sintió estimulado para ampliar la información.

No eran sólo numerosos, sino muy activos. También se refirió a sus instituciones, las educativas, religiosas y de ayuda solidaria. Daban miedo. Se refirió al barrio del Once, donde se había concentrado el núcleo más importante, con sinagogas, escuelas, clubes e innumerables comercios. Prometió que pronto, después de que descansaran, harían un recorrido por allí.

Dawud asoció ese barrio con su misión: algo vibró con fuerza en su olfato premonitorio.

—¿No podríamos visitarlo ahora?

La blanca dentadura de Omar Azadegh se expuso por completo en una sonrisa.

—¡Compruebo que nos mandaron al hombre ideal! —exclamó—. Tu impaciencia por conocer al enemigo me llena de esperanzas.

Bordearon el Obelisco y siguieron hacia el norte.

—Lo recorreremos después, puedes estar seguro. Ahora nos faltan un par de cuadras para entrar en otra gran avenida, llamada del Libertador, y no puedo dejar de mostrarles algo fundamental.

El chofer torció hacia la derecha, en la calle Arroyo. Disminuyó la velocidad. Era una cuadra angosta y elegante bordeada por árboles. Antes de llegar a la esquina de Suipacha frenó hasta alcanzar el paso de hombre, pero sin detenerse del todo. Omar pidió a sus huéspedes que mirasen el baldío de la derecha.

—Observen con atención.

Allí había funcionado la embajada sionista que dos años atrás, en marzo de 1992, hizo volar un mártir, un *shahid* de sagrada memoria. Ahora no quedaba nada, sólo un vacío que frecuentaban gatos y perros vagabundos.

Contemplaron el impresionante escenario de la devastación, con sus medianeras aún heridas y el piso toscamente uniformado con la molienda de los escombros. Luego zigzaguearon por otra calle elegante hasta desembocar en la Avenida del Libertador. La hilera de edificios imponentes unió sensaciones en las cabezas de los recién llegados, especialmente de Dawud Habbif.

—¡Maldición! —exclamó para sus adentros—. ¡Cómo se parecen Beirut y Buenos Aires!

Capítulo 6

El fin de la hermosa Beirut —la que me pintaron en colores— empezó a comienzos de los setenta. Un fin negrísimo, porque la demolición fue aterradora.

Empezó con el ingreso de los palestinos.

Éramos miles. Yo iba en los brazos de mi madre, que aún debía amamantarme. Tenía dos hermanas. Papá encabezaba un grupo de combatientes leal a Abú Mussa. Nos habíamos salvado por casualidad de las balas jordanas y luego de las sirias. Sólo evocarlo me estruja el alma y hace hervir la sangre.

La Organización para la Liberación de Palestina (OLP) había sido creada unos seis años antes, en 1965, y había sufrido una aplastante derrota junto a Egipto, Siria y Jordania en la llamada Guerra de los Seis Días. En lugar de borrar el Estado sionista, como se esperaba, ese Estado se fortificó y expandió hasta cerca de El Cairo, en el sur, y de Damasco, en el norte. Los guerreros palestinos al mando de Ahmed Shukeiri tuvieron que huir despavoridos y concentrarse especialmente en Jordania, desde donde iban a continuar sus ataques contra la nueva frontera.

Pronto urdieron otra estrategia: apoderarse de la misma Jordania. Jordania había sido desde siempre una parte de Palestina, dato que el mundo había dejado de tener en cuenta. Había sido creada por Gran Bretaña artificialmente en 1922, cuando la Liga de las Naciones le otorgó un mandato sobre toda Palestina. Decidió que los dos tercios del territorio que estaban al este del

51

río Jordán se llamasen Reino Hashemita de Transjordania y sentó en el trono a un hijo de Arabia, llamado Abdullá.

Abdullá fue un títere de Londres, al extremo de que hasta su entrenada Legión Árabe estaba dirigida por un oficial inglés. Transjordania se opuso al Estado sionista, pero luego traicionó a los palestinos sin sonrojarse. No lo olvidaré nunca: tras la guerra de 1948 sus tropas se quedaron con Jerusalén Este y toda la Cisjordania; lejos de proclamar un Estado árabe palestino con Jerusalén como su capital, o mantener esas tierras en reserva hasta conseguir la recuperación de los territorios que pasaron a llamarse Israel, Abdullá decidió asimilarlas a su reino sin el menor escrúpulo. Para consolidar la usurpación cambió el nombre de su país que dejó de llamarse Transjordania, para ser conocido como Jordania. Nadie protestó entonces ni después, nadie pensó en nosotros.

Su hijo, el pequeño rey Hussein, mantuvo la misma línea. En consecuencia, Transjordania y Cisjordania formaron dos partes de un mismo país. ¿Y Palestina? Desapareció. Se evaporó. No había posibilidad de dar nacimiento a un Estado palestino. Nos inculcaron que Palestina quedaba donde se había establecido Israel solamente. Nos acostumbramos a llamarlo "Palestina usurpada", pero a nadie se le cruzó por la cabeza que hasta hacía poco también era Palestina la Cisjordania anexada por Abdullá-Hussein. Curioso, ¿no? Como si el robo cometido por un hermano no fuese también un robo.

Por eso las pretensiones que tuvo la OLP de tomar posesión de Jordania no fueron absurdas, como más adelante me explicó mi padre. Las injusticias podían empezar a ser corregidas eliminando al fantoche de Hussein y poniendo en su sitio a la misma OLP. ¡El gran Estado palestino empezaría ahí, en Jordania! Se trataba de un plan factible y legítimo.

Para concretarlo, la OLP, que entonces había empezado a ser comandada por Yasser Arafat, construyó un Estado dentro del

Estado. Invirtió sus esfuerzos en proveerlo de armas, además de reclutar gente, entrenar guerreros y controlar las poblaciones que manifestaban abiertamente su identidad palestina. No le preocupó mejorar el nivel de vida de los refugiados, ni construir viviendas, escuelas, fábricas, ni erigir instituciones. Eso vendría después. Debía concentrarse en la guerra, que habría de ser inminente.

El rey Hussein tomó conciencia del peligro y se le esfumó la misericordia. Antes de que Arafat asaltara su palacio, desencadenó la más sanguinaria represión que hubiéramos conocido hasta ese momento. Ni la guerra de 1948 ni la de los Seis Días habían provocado tan alto número de víctimas. Nuestros combatientes fueron perseguidos y asesinados de día y de noche, en las ciudades, las aldeas, los campos de refugiados, el río, las dunas de arena, los wadis, las montañas. De a miles, de a decenas de miles. Y junto con ellos caían sus hijos y mujeres. Fue pavoroso. Algunos periodistas tuvieron acceso a la catarata de sangre y la bautizaron "Septiembre Negro". Porque era septiembre de 1971. La poderosa Legión Árabe, que no había podido contra los israelíes, se vengaba en la carne de los palestinos por sus derrotas. Su saña se había vuelto desmedida. Y nadie dijo nada...

Siria, por su parte, no deseaba que se complicase su precaria estabilidad y mandó tropas con la orden de echar un cerrojo a la frontera. Muchos palestinos que huían del fuego jordano cayeron bajo el fuego de los sirios. Era una encerrona mortal. Mi tío Abdul, que llevaba en brazos a mi hermana menor, perdió sus piernas al recibir una ráfaga de balas sirias.

La desesperación produjo entonces la idea absurda de solicitar un salvoconducto al peor enemigo, a Israel, para llegar al Líbano atravesando su territorio. Semejante grotesco produjo risa, llanto y rabia. Hasta hubo amenazas de asesinato a quienes propiciaban la iniciativa.

En contra del escepticismo dominante, como una humillación adicional, llegó la respuesta: ¡favorable! Los odiados israelíes resultaban más generosos que nuestros hermanos. Una puñalada en el corazón. Su gesto resultaba inaceptable, claro: eran los favores de Satán. Muchos insistieron en que era preferible dejarse matar por el fuego de sirios y jordanos que deberles algo a los judíos. Como no había tiempo para largos debates, porque peligraban familias enteras, de mala gana miles de palestinos usamos el salvoconducto tras juramentarnos que no disminuiría el sagrado odio. Porque este favor no podía ser gratuito: los sionistas eran expertos en argucias.

Durante la noche, en columnas vigiladas, mi familia atravesó la Galilea controlada por Israel. Yo tenía menos de un año y me llevaban alzado; mis hermanas corrían detrás, prendidas a la falda de mi madre. Pasamos a escasos kilómetros de dormidas aldeas árabes donde aún vivían familiares nuestros que habían adoptado la ciudadanía israelí. A mis padres se les anegó el pecho de nostalgia, de aflicción, de cólera, según me contaron años después.

Fue así como un enjambre de militantes y sus familias se derramaron en el Líbano. Debo reconocer, para no pecar de injusto, que cientos de miles, agobiados por la tragedia, fuimos recibidos con una hospitalidad ejemplar.

Pero con nosotros venía el rencor y el desconsuelo. Era lógico.

También nuestros líderes traían dinero proveniente de la ayuda internacional, de las colectas y del robo imprescindible. Porque hacía falta dinero, mucho dinero. En el país que antiguamente había pertenecido a los fenicios, el dinero disolvía mágicamente cualquier dificultad. Las divisas que pudo rescatar y enseguida aumentar la OLP, facilitaron la adquisición de permisos para asentamientos provisorios en tres zonas de la periferia musulmana de Beirut. Se trataba de Sabra y Chatila, dos barrios contiguos al estadio, y el área de Burji el Baraini, cercana a la calle del aeródromo.

Mi familia se instaló en Sabra.

Me han contado hasta el aburrimiento que antes de la guerra civil Beirut había sido la capital más hermosa de Medio Oriente. Decían que su belleza era extraordinaria por el contraste de mar azul y colinas tapizadas de cedros. Sus inviernos apacibles convocaban a los turistas de todo el mundo. Las construcciones se expandían sin cesar, porque los ricos levantaban mansiones de ensueño, con jardines exagerados y estratégicos miradores. A un tiro de piedra se podía disfrutar del parque llamado El Pinar, cuya fragancia a resinas se dilataba kilómetros a la redonda. La ciudad multiplicaba sus restaurantes, teatros, cines, hoteles, museos y universidades. Un hipódromo rodeado por caballerizas reunía ejemplares pura sangre cuyo valor de compra daba vértigo.

En la zona oriental se había construido un estadio para cincuenta mil espectadores, piscinas olímpicas y comodidades para todos los deportes. El bienestar consolidaba la fortaleza de bancos que recibían los ahorros, las joyas y los títulos de príncipes, sheiks y emires, a su vez bendecidos por las hemorragias de petróleo que fluía de los arenales que abundan en la región.

Beirut fue única, aseguraba mi padre.

Pero la tolerancia entre culturas, lenguas, religiones y hasta placeres sostenía un equilibrio imposible, lo escuché decir en una reunión de amigos.

Más adelante supe que los ulemas condenaban esa variedad como fuente de perdición. El tiempo demostró que no se equivocaban. Los sunnitas se asociaban con los shiítas, lo cual podía no estar mal. Pero a menudo incorporaban a maronitas sometidos a la Iglesia de Roma, griegos ortodoxos, protestantes de diversas denominaciones y hasta judíos arraigados en el país desde hacía centurias, y a los que no se les cuestionaba su criminal simpatía con Israel.

A esa Beirut la llamaban "joya de Oriente".

La constitución obligaba a compartir el poder entre musulmanes y cristianos y, por si fuera poco, legalizaba diecinueve cultos. Esto no podía ser agradable a Alá. El Líbano es tierra del Islam parcialmente irredenta, escuché afirmar a los ulemas. Su hedonismo incubaba un final aciago.

Mi padre decía que bajo la superficie feliz latía un rencor heredado por matanzas, expulsiones e intercambio de poblaciones que, generaciones atrás, habían asolado su actual territorio y casi toda Siria. Ciertas novedades parecían tan inocentes como una brisa otoñal, pero en realidad anunciaban tormenta. La guerra contra Israel había sido breve para el Líbano, que participó de mala gana, obligada por sus vecinos. El conflicto le resultaba ajeno, porque no le interesaba ese nuevo Estado ni la suerte de los palestinos. Durante las décadas que siguieron no tuvo un solo incidente.

"¡Escandaloso para nuestra causa!", se enojaba papá.

El crecimiento de los musulmanes en población y poder produjo la reactiva fortaleza de un apellido cristiano, Gemayel, integrado por Pierre y sus hijos Bachir y Amin. Crearon un grupo paramilitar llamado Falange o Milicia, que aseguraba representar a todos los cristianos del país, es decir, algo más de la mitad de los habitantes. Sostenían que el Líbano era el único país árabe cuya mayoría cristiana corría el riesgo de ser fagocitada. También resonaba el nombre de Kamal Jumblatt, que era druso y exigía más beneficios para su gente; se jactaba de ser el componedor de la milenaria puja entre cristianos y musulmanes.

Mi infancia transcurrió durante la incubación de la guerra civil.

CAPÍTULO 7

Inquietos como ante a un examen, los funcionarios confluyeron en la sala de conferencias del ministerio del Interior. No tuvieron demasiado tiempo para departir porque apareció el ministro cortejado por una fila de obsecuentes directores de departamento. Respondieron a coro su seco "Buenos días" y se distribuyeron en torno a la mesa oval. El funcionario ocupó la cabecera y a sus lados se ubicaron los directores. Andrés Espósito, jefe de la Policía Federal, provisto de un gordo bigote negro con filamentos grises, se instaló en el extremo opuesto, corrió el pocillo de café y depositó una carpeta de cuero labrado. El ministro alzó los ojos irritados por el insomnio y barrió a los presentes con nerviosismo. Marcó el inicio de la sesión. Estaban acercándose a mediados del año 1994 y las investigaciones sobre el atentado seguían paralizadas.

El primero en exponer fue Marcelo Torres, jefe de Asesores. Se calzó los anteojos sobre la corta nariz y alisó sobre el cristal de la mesa un papel lleno de números. Carraspeó, bebió un sorbo de agua y dijo que la Sala Independencia de la SIDE reconocía haber efectuado 296 entrevistas ilegales a testigos de la Capital Federal y sus alrededores. El resultado era despreciable, una vulgar compadrada para el consumo de los giles.

Los presentes quedaron impresionados por la agresividad de sus palabras, que parecieron una puñalada a traición.

—Luego de casi un año y medio tenemos un informe lamentable —agregó—, que se podría haber elaborado en pocas semanas. A mi juicio, no hubo voluntad de descubrir a los autores del atentado.

Se produjo un silencio cargado de electricidad.

—Yo no sería tan severo —intervino el jefe de la Policía con esforzada calma, atusándose el bigote—. Hay puntos en los que tendríamos coincidencias. Que no hayan llegado a la raíz de la cuestión no significa que no se haya avanzado.

El ministro alzó una ceja, rogándole que fuese más preciso.

—Por ejemplo —el oficial abrió su carpeta—, nuestras investigaciones por separado llegaron a concordar en algo muy importante: el coche-bomba estuvo guardado en el estacionamiento de la avenida 9 de Julio.

Torres hizo una mueca desaprobatoria, pero se mordió los labios.

—¿Cuál es su objeción? —lo increpó el oficial, molesto.

—Sólo a tarados se les puede ocurrir dejar un coche-bomba en un estacionamiento. Los terroristas son criminales, no idiotas, con su perdón, señor comisario.

—Sin detonador no hay peligro —replicó Andrés Espósito.

—¿Usted se anima a firmar semejante cosa? Un coche-bomba cargado de explosivos puede explotar por una vibración inusual, por un fósforo, por un petardo. Mucho más seguro hubiera sido esconderlo en un garaje de las afueras, no en un sitio público, en medio de centenares de coches.

—¿Lejos del objetivo?… —ironizó el policía.

—Ése no era el inconveniente mayor —replicó Torres abriendo las manos—. Tampoco existen pruebas de que lo hayan guardado en ese estacionamiento, es apenas una... ¿cómo decir? una probabilidad.

—Hay pruebas, doctor, pero no tenemos el ticket, que sería la evidencia.

El ministro, evidentemente incómodo por el curso del debate, revolvía enojado su café.

—¿Qué pasa en la Triple Frontera? —preguntó—. ¿Se sabe algo más?

—Nada más, lamento decirlo —repuso Torres.

El general Iribarne, de Gendarmería, pidió hablar.

—Es nuestro talón de Aquiles, ministro —dijo, y se acomodó la corbata que le ceñía demasiado el cuello—. No podemos negarlo. Por ahí pasa cualquier cosa a toda hora. Nadie hace los debidos registros pese a las órdenes, porque los que controlan la vía oficial no pueden enterarse de lo que ocurre a quinientos o mil metros, en el monte o en el río. Por ahí cruzan las "mulas" con sus cargas de droga y hasta se puede contrabandear elefantes. No contamos con la ayuda de Paraguay ni de Brasil, porque prefieren mantener feliz a su población árabe o de origen árabe, que ayuda a la riqueza del lugar. Un buen control pondría en dificultades a más de uno y cada uno es miembro de una red familiar. No escuchan nuestros reclamos. Es decir, nos escuchan para cubrir las apariencias, pero no mueven un dedo. Es la realidad.

—¿Me está asegurando que el terrorista ingresó por ahí? —el ministro habló con el pocillo en el aire, abrumado por la contundencia de su subalterno.

—No aseguro, pero sospecho. ¿Ha visto el Informe de Inteligencia Especial?

El ministro dirigió sus ojos hacia los costados como pidiendo ayuda a su escultórico cortejo. Uno de los directores levantó la mano.

—Es una página de la SIDE que usan para cubrirse, creo —buscó entre los papeles—. La debo tener aquí, déjeme ver… —revolvió la nerviosa carpeta—. Sí, aquí está. Su fecha es octubre de 1991, es decir, unos cinco meses antes del atentado. ¿Quiere que lo lea?

El ministro asintió.

—Dice —prosiguió el director—: "Se tiene conocimiento de que dos terroristas libaneses pertenecientes a la Jihad Islámica, cuyos nombres, seguramente supuestos, son Alhay Talal Homein y Abdul Hadi, ingresaron a la Argentina procedentes de Brasil con el fin de producir un hecho extraordinario, atento a que nuestro país ha sido incluido en una lista de blancos a partir de su participación en la Guerra del Golfo" —carraspeó—. La SIDE se queja de que nadie le dio importancia a esta denuncia, pese a su gravedad y precisión.

—Es poco creíble —marcó Torres—. Los militantes suicidas son células que permanecen años en un lugar o vienen pocos días antes. Eso de llegar a la Argentina con cinco meses de anticipación no cierra. También pudo haber entrado por el aeropuerto de Ezeiza. Allí tampoco tenemos control.

El ministro depositó su pocillo en el plato con tanta fuerza que lo rompió.

—¡Sobre qué carajo tenemos control, entonces! —desparramó vitriolo con su mirada y en torno a la mesa todos los asistentes se echaron hacia atrás.

El jefe de Asesores aprovechó el silencio oprobioso para lanzar otro disparo.

—Hace rato que los Estados Unidos se quejan del colador deteriorado que es nuestro principal aeropuerto internacional.

—¡¿Y?! —bramó el ministro.

—Asignatura pendiente… Estoy trabajando en algunos proyectos, pero usted sabe que en este asunto predomina la decisión política.

—¿¡Se lo tengo que repetir!? ¡La decisión política es cerrar los agujeros de nuestras fronteras, que se parecen a un queso gruyère, no a una frontera en serio!

—El otro tema grave, si me permite —intervino el director sentado a su izquierda, con voz finita, respetuosa—, es la conexión local, el apoyo logístico, la provisión de los explosivos.

—Nosotros hemos aportado una información importante —intervino Iribarne alzando la mandíbula.

Todas las miradas confluyeron sobre sus labios carnosos.

—Nuestros espías de civil interceptaron una venta de 600 kilos de pentrita y trotyl. Su combinación forma la poderosa Pentolita. La pista era muy clara e importante. Solicitamos al anterior ministro del Interior cincuenta mil dólares para ahondar la investigación y le pareció mucho. Es la pura verdad. Decidió que no avanzáramos en esa línea.

—No sé si estuvo errado, pero hay también otras pistas interesantes —objetó el implacable Torres.

Iribarne lo miró con odio.

—Después de la guerra de las Malvinas y hasta el presente —explicó en un tono que orillaba reproche y cinismo—, muchos explosivos y armas son manejados, ocultados y vendidos por bandas militares no orgánicas, que pueden contar con la vista gorda o la complicidad de oficiales en actividad.

—Es grave lo que denuncia —murmuró el jefe de Policía.

—Claro que es grave —lo miró durante varios segundos—. Valdría la pena investigar también, por ejemplo, la fábrica de detonadores que funciona en Pilar. Por otra parte, hubo robos de explosivos en varias minas, ¿recuerdan? Es importante, porque ¿sería descabellado pensar que fueron traídos a Buenos Aires en cantidad y entregados por una buena suma a quienes prepararon el coche-bomba?

El ministro se pasó la mano por la frente. Esta reunión no lo llevaba al puerto, sino al centro del mar en un barco sin timón.

El general de la Gendarmería volvió a pedir la palabra.

—No hace falta traer explosivos de las minas. Usted sabe que el amonal puede comprarse en cualquier casa de fertilizantes; salga a la calle y lo encontrará en las cantidades que desee. El nitrato de amonio no tiene olor y puede disimularse en las bolsas que se usan como material de la construcción, por ejemplo. Se venden bolsas de treinta kilos; con cuatro de esas bolsas pueden mandar al cielo toda una manzana.

El ministro cruzó los dedos y los apoyó sobre la mesa con semblante agobiado.

—¡Háganme una síntesis, ¡por favor!

Los presentes cruzaron sus indecisas miradas, sin abrir la boca.

—Entonces la haré yo mismo —corrió el pocillo vacío y con el índice despegó el cuello de la camisa de su transpirada piel—. Veamos. El terrorista ha sido seguro un musulmán perteneciente a los grupos fundamentalistas de Medio Oriente, que ingresó por el aeropuerto de Ezeiza o por la Triple Frontera. ¿Estamos de acuerdo hasta aquí? Adelante entonces. Vivió en la Argentina o en el Brasil o el Paraguay como célula dormida, o arribó pocos días antes del atentado. Él se ocupó de conducir y hacer volar el coche-bomba. Muy bien. Pero, ¿quién compró el vehículo?, ¿quién proveyó la carga?, ¿quién puso la carga en el coche?, ¿quién adquirió el detonador y quién lo conectó?, ¿quién recibió y orientó al terrorista? —Sus ojos enrojecidos buscaron las respuestas que no le iban a dar—. Ahí tiene que haber actuado nuestra gente —sentenció.

—¿Nuestra gente?

—Argentinos o residentes en la Argentina. Quizá gente vinculada con instituciones que deberían cuidar su honor, pero lo manchan para servir a sus bolsillos o a su patología mental.

—¿Se refiere...? —inquirió Iribarne.

—Hablo en general. Si la investigación ha tropezado con tantos problemas, es porque existe demasiada gente que no quiere verla progresar.

—Y si la investigación sigue en este punto muerto... —insinuó Marcelo Torres.

El ministro lo miró con el entrecejo fruncido. Torres completó su idea.

—Si sigue en este punto muerto, ¿vendrá otro atentado?

—Eso es ciencia-ficción —ironizó el jefe de la Policía, escondido tras su bigote.

—¿Qué pasó con el sospechoso grupo de iraníes que se descubrió en una casa del Gran Buenos Aires? —Torres unió las yemas de sus dedos, que apuntaron provocativamente al oficial—. Fueron identificados por un subcomisario de la Bonaerense, pero su jefe lo disuadió de seguir la pesquisa. ¿No es llamativo?

—¿Cómo es eso? —lo desafió el policía.

—El comisario le dijo que se cuidara, que no eran como la ETA o el ERP, que mataban sin asco y hasta podían suicidarse para provocar bajas al enemigo.

—Pero se allanó ese lugar. Está documentado.

—Cuando era demasiado tarde, cuando ya no quedaba ni el loro, señor.

—Como jefe de la Policía Federal, no me incumbe justificar a la Bonaerense…

—Lo está haciendo.

—¡Basta de conjeturas! —el ministro les cortó la palabra—. Lamento decirles que estoy decepcionado. Necesito una información más precisa, no este caos de ideas, noticias y chismes. Usted, Torres, hágame llegar sus proyectos sobre cómo transformar el gruyère de nuestras fronteras en un muro más confiable. Y los demás, piensen qué pueden hacer para que este asunto de mierda consiga un poco de luz. ¡Hasta luego!

Al levantarse el pocillo cayó sobre la alfombra y el mozo se apresuró a recogerlo con servil urgencia.

Torres se acercó a Espósito, el jefe de Policía, y le dijo al oído:

—Si de veras quiere saber algo, recurra a Cristina Tíbori.

El de bigote pegó un salto.

—¡Es una mujer muy difícil!

—Cierto. Y además no creo que confíe en usted.

Capítulo 8

Hacia el final de la tarde sus colaboradores irrumpieron alegres en el despacho, apagaron la luz y empezaron a ladrar un desafinado "¡Que lo cumplas feliz!". Volvió a abrirse la puerta e ingresó una torta iluminada por un bosque de velitas. Se la pusieron delante de las narices y lo conminaron a pensar tres deseos. Se quedó mirando el fuego unos segundos y de un enérgico soplido barrió hasta la última llama. Lo aplaudieron con exclamaciones de "¡Bravo, Ramón!", "¡Grande, Chávez!", "¡Muchas alegrías, jefe!". Descorcharon champán y llenaron tres docenas de copas. Hasta se presentó por unos minutos el adusto Señor 5 con perfume recién puesto. El alto y rubio Ramón Chávez había logrado, en el corazón de la SIDE, un afecto que ni siquiera lo rozó en sus primeros años de vida. El momento lo emocionaba de veras.

Cumplía 41 años. Conservaba una soltería invicta y dos flexibles novias en su haber. Su existencia había empezado mal, siguió peor, luego tuvo altas y bajas hasta que fue deslumbrado por el mágico *crislam*. A partir de ese momento su vida y su fortuna ascendieron a las nubes. Hubiera querido colgar de su cuello, como amuleto, el poderoso símbolo, pero si alguien lo descubría dañaría sus planes actuales y echaría por tierra su prestigio. En la SIDE conocían perfectamente qué significaba. Era un dato que quitaría el velo a sus amistades non sanctas.

Ramón casi no había conocido a su padre porque el perverso debió purgar una década en la cárcel por violar y asesinar a una adolescente. Tampoco estuvo mucho con su madre, que murió de cáncer de huesos antes de que él cumpliese los seis años de edad. Tuvo dos hermanas que huyeron a Brasil y nunca más supo de ellas. Quedó más solo que un perro vagabundo. Se alimentó del pequeño hurto hasta que vino en su ayuda un dirigente peronista del barrio, que lo invitó a comer pizza y le ofreció dinero por realizar pintadas callejeras o meter miedo a quienes pegaban carteles de otros partidos. Le explicó que su trato debía mantenerse en secreto o él mismo le arrancaría los dientes y las bolas. Días después le entregó frascos con aerosol y un manojo de cadenas para la lucha, pero debía salir acompañado por muchachos mayores, con experiencia. Disfrutó adrenalínicas jornadas, en especial cuando actuaban de noche y ponían en fuga a los enemigos. Había empezado a reír. Escribía en las paredes con errores de ortografía que legitimaban su transparencia popular: "No pazarán", "Muera la cinarquía", "Mate un judío y aga patria". Después de cada acción se reunían en un bar para celebrar con cerveza helada y abundante maní.

Un día de 1970, mientras el peronismo seguía parcialmente proscripto, su jefe clavó los ojos en él y le dijo que tenía que estudiar. Ramón se sorprendió porque había terminado la escuela primaria y se consideraba hecho.

—No —replicó el curtido dirigente—. No estás hecho un carajo —le encimó la cara paternal y temible—. Ahora vas a entrar en un buen colegio, porque necesitamos políticos educados. Te voy a controlar las notas en persona. Si son malas, te voy a moler a patadas.

Enseguida le regaló una confesión:

—Yo no pude llegar más lejos porque no estudié, pibe. A vos no quiero que te pase lo mismo. Te juro que te romperé los huesos si no hacés caso, ¿entendiste?

—Le haré caso, jefe, sí, sí…

Su patrón le recomendó leer *Las Bases*, revista dirigida por Norma López Rega, hija del Brujo. Le gustaba José López Rega, el hábil secretario privado de Perón, porque aseguraba que exterminaría la sinarquía de los marxistas, masones, capitalistas y judíos que infectaban el país. Un artículo de fondo muy discutido en el grupo, y que a Ramón le quedó grabado para siempre, sostenía que el socialismo nacional que en ese momento querían imponer los peronistas era igual al nacional socialismo que había fundado Hitler. "El orden de los factores no altera el producto". Le dijeron que Hitler era como un dios, pero la sucia alianza de capitalistas, comunistas y judíos le impidió completar su tarea. También le enseñaron a dibujar la esvástica.

En 1974 Perón era otra vez el presidente de la República y su mujer Isabel, la vicepresidente. Ramón fue reclutado por los parapoliciales de las Tres A. Su riguroso tutor aceptó ese riesgoso trabajo, pero con la condición de que no abandonara los estudios, "No te quedarás a mitad de camino, pibe". Le encargaron el seguimiento de ciertas personas, dos de las cuales fueron baleadas cerca de la avenida General Paz y arrojadas a una zanja. También fue testigo de un asesinato en pleno centro, cuando un pequeño Fiat quedó encerrado entre dos Ford Falcon verdes de los que descendieron hombres armados que caminaron tranquilos hacia el conductor y, sin decirle una palabra, lo perforaron a balazos. Después guardaron las pistolas y partieron como si nada hubiese ocurrido. Su impunidad era maravillosa. Ramón seguía sus estudios y empezó a considerar normales esos contrastes de la vida.

A las pocas semanas del golpe de Estado que tuvo lugar el 24 de marzo de 1976 fue incorporado a un grupo de tareas vestido de civil, que irrumpía en domicilios sospechosos de albergar subversivos. Debía golpear, amordazar y conducir a los reos a prisiones secretas. Aunque siguió vinculado al grupo de tareas durante años, sus acciones empezaron a mermar en 1981, cuando el general Jorge Rafael Videla cedió la presidencia al general Viola, famoso por su afición al alcohol. El almirante Eduardo Emilio Massera, por su lado, inició la campaña política para ser elegido presidente mediante elecciones y puso en marcha inimaginables negociaciones con la dirigencia subversiva de los montoneros.

Ramón odiaba a los montoneros por zurdos, pero a la vez se decían peronistas y muchos de ellos se habían entrenado en el Líbano con la OLP, que juraba destruir a Israel. Ahora se daban la mano con Massera. ¡Qué mezcla tan rara! ¿Eran zurdos de verdad? ¿Estaban en contra de la sinarquía? ¿Eran patriotas incomprendidos? ¿Qué eran?

Pasó el tiempo, Ramón Chávez ya no invadía domicilios ni perseguía a nadie, pero seguía recibiendo un sueldo puntual. Releía los libros de Perón y *Mi lucha*, de Hitler. Eran estilos diferentes, pero fascinantes. En un periódico filonazi, que descubrió en el quiosco donde había comprado *Mi lucha*, vio por primera vez el nombre de Alejandro Biondini.

Cuando llegó la democracia, uno de sus jefes lo invitó a almorzar para decirle con el mayor de los afectos que debía buscarse otra actividad.

—El grupo de tareas se disuelve.

—¿Qué voy hacer?

—Pensalo, porque muchos quedarán en tu misma situación. Tal vez seamos llamados de nuevo, cuando la puta democracia se venga abajo. Mantengámonos al habla. Ahora ellos, los que se creen puros, los que se dicen democráticos, nos van a perseguir a nosotros.

—Pero, ¿no hay en el Estado lugares donde haga falta gente que sepa de fierros? Se harán los democráticos, pero necesitarán policía, gendarmería, ejército.

—Con los zurdos infiltrados en el gobierno, nunca se sabe. Por ahora, tratá de administrar con inteligencia el toco de guita que te voy a entregar. Es una indemnización secreta.

Meses después Ramón deambulaba por la Avenida de Mayo y torció hacia la calle Santiago del Estero. Había adquirido el hábito de pararse junto a los quioscos de revistas y mirar de reojo. Preguntó por las publicaciones nacionalistas que el nuevo gobierno había empezado a perseguir. El vendedor lo miró con suspicacia y apoyó sus manos rugosas sobre el elevado mostrador. Con un guiño apuntó la nariz hacia una puerta de la cuadra siguiente.

—No me quedan, pero allí encontrará varias.

—¿Qué hay allí?

—¿No lo sabe? —Al tipo se le iluminaron los arrugados ojitos—. Es la sede de Biondini y sus muchachos. Por ahora no hacen ruido. ¡Pero son unos tipos fenómeno, eh!

Evocó el nombre: Alejandro Biondini. Lo había guardado en un rincón de su cabeza. ¿Era el destino? Caminó hacia la cuadra siguiente y se paró delante de la puerta señalada. Miró el número grabado sobre una descascarada chapa oval: 286. Tocó el timbre. No contestaron y tocó de nuevo. Al rato oyó el ruido de la mirilla. Se paró de frente para que le viesen el rostro. Entonces preguntaron su nombre. Hubo casi medio minuto de espera. Cuando le abrieron, dos hombres corpulentos con el pelo cortado a ras lo examinaron con cara de desconfianza. Esa sola mirada invitaba a disculparse y salir corriendo. Ramón dijo en pocas palabras que admiraba a Biondini, quería comprar sus publicaciones y tal vez ser aceptado en su organización. Quietos como estatuas, los mastodontes procesaron sus palabras de infrecuente transparencia. Con un gesto seco lo invitaron a pasar por entre la ranura que dejaban sus cuerpos de mamut. Ramón comprendió que ese roce forzado hacía las veces de una palpación de armas.

Lo condujeron a un ambiente estrecho y recién pintado; en el aire flotaba olor a aguarrás. Se agregaron otros dos gigantes. Ramón era alto, pero no tan robusto. Lo sometieron a un prolijo y por momentos humillante interrogatorio que en lugar de perturbarlo le infundió tranquilidad y placer, porque volvía a encontrarse con gente dura, con hermanos. Como estos robustos militantes, también había aprendido a odiar a marxistas, judíos, intelectuales y artistas maricones.

Le propusieron que regresara la semana siguiente. Conoció a otros miembros del partido, pero no al jefe. Cuando por fin éste lo recibió, de pie y con mirada marcial, empezó una recíproca simpatía. Biondini ya se había informado sobre Ramón y ahora lo embelesaba su aspecto: cabello rubio, ojos azules y llamativa estatura. Era obvio que tenía sangre celta o visigoda. Un ario puro. Lo invitó con café y se mostró comunicativo. Antes de separarse le informó que lo incorporaría al partido en una solemne ceremonia. Pero tenía que esperar hasta el 7 de agosto.

—¿Por qué esa fecha?

—No es cualquier fecha —sonrió el líder—. Es el simbólico 7. La ceremonia empezará puntualmente a las 7 horas y 7 minutos de la tarde. ¿Querés saber más? Nuestro estandarte usa ahora ese número. ¿Por qué? Las razones son antiguas y misteriosas. Adolfo Hitler tenía el carnet número 7 del Partido Nazi y yo tengo el número 7 del PNT —cruzó los dedos y elevó unos ojos muy abiertos hacia el cielorraso marfil—. Son signos de la energía que respalda nuestras actividades.

Ramón se fijó en el estandarte carmesí del PNT, plegado en una esquina. Lucía un círculo blanco en el centro, donde resaltaba un gran número 7.

—Blanco, negro y rojo —explicó Biondini con satisfacción—: son los colores del Segundo Reich, inaugurado por el gran Bismarck, que retomó Adolfo Hitler para el Tercero y nosotros usamos para el Cuarto.

—Con el 7 en el lugar de la esvástica.

—En el lugar de la esvástica, así es. Tuvimos que aceptar el cambio porque los bolches de este gobierno nos prohibieron usarla. ¡Y dicen los muy hijos de puta que estamos en democracia! Pero, de todas formas, el 7 brinda ventajas importantes. Por un lado, es el esbozo de una esvástica verdadera, la insinúa bastante, ¿no? Por el otro, es el *crislam*, el símbolo de San Cayetano.

Ramón abrió la boca.

—¿Qué tiene que ver San Cayetano? ¿Qué es el *crislam*? —Sólo sabía que San Cayetano era un santo popular ante quien peregrinaban multitudes en la Argentina, para implorarle trabajo.

—Tal cual —asintió Biondini—, reúne la básica cualidad del cristianismo y el peronismo, que es su alianza con las masas. El *crislam* es un 7 especial. Fijate: la larga barra vertical está cortada por una barrita horizontal, ¿ves? Bueno, ¿qué es una larga barra vertical cortada por otra horizontal?

—Una cruz.

—¡Perfecto!

71

—Y si a la barra horizontal que está arriba —continuó Biondini— le das una curvatura fuerte, convexa hacia abajo, ¿qué aparece? Fijate bien.

Ramón no se daba cuenta.

Su feliz interlocutor se puso de pie, separó con el índice y pulgar la punta del estandarte y lo extendió hasta que se pudo desplegar el negro número 7 sobre un círculo blanco.

—¿No lo ves? ¡Simboliza una medialuna! Una medialuna con los extremos apuntando hacia arriba.

—Ah, sí. Claro.

—La medialuna es el símbolo del Islam, así como la cruz lo es del cristianismo. La unión de ambos forma nuestro *crislam,* el 7 de San Cayetano.

—Pero, ¿qué tenemos que ver con el Islam?

—El Islam y el cristianismo tienen un enemigo común: los judíos. Los judíos y todas sus creaciones: el sionismo, Israel, la sinarquía, el marxismo, la subversión, el capitalismo, los bancos, la masonería.

Ramón le agradeció esa inesperada clase magistral.

Tres semanas después se le presentó la ocasión de recuperar su estado físico mediante una actividad diferente. Parecía que el cielo le mandaba una transfusión de sangre y vitaminas. No era buena la vida sedentaria que le habían impuesto las nuevas condiciones del país.

Santiago Branca, aquel ambicioso amigo de los grupos de tareas con quien compartió acciones en las Tres A y durante el Proceso, le comentó que su tío Adolfo, subcomisario de la Policía Bonaerense, les proponía un trabajo clandestino. Seguro y excitante. Era como volver a los años de la omnipotencia. Ambos necesitaban acción. Quedaron en encontrarse en un ruinoso bar de Liniers. A Santiago lo acomplejaba una mancha de nacimiento en la mejilla izquierda que se extendía hasta la mitad de su nariz, pero tenía una musculatura atlética y una pasión enfermiza por coleccionar cualquier basura, pasión que había empezado cuando iba a la escuela: figuritas de los equipos de fútbol, tapas de gaseosas, boletos capicúas, afiches comerciales, monedas extranjeras, cucharitas con escudos. Nunca se olvidaría de que, mientras se desempeñaba como represor, fue contratado en un local de antigüedades ubicado en el barrio de San Telmo, donde amplió sus conocimientos y refinó su gusto. Al dueño lo secuestraron, pero pudo escapar a los diez días sin pagar rescate; se sospechó de Santiago, quien aceptó renunciar a esa casa por consejo de su jefe en el grupo de tareas. Juró que algún día tendría su propio negocio de antigüedades. Y comenzó a vincularse con distribuidores de droga.

—Escuchemos la propuesta de mi tío —le dijo Santiago a Ramón antes de entrar en el bar.

—Debajo de varias lápidas hay bolsas de nailon grueso llenas de joyas y dólares —les informó el subcomisario Adolfo Branca, vestido de civil con jeans, camisa gris y zapatillas. Su rostro estaba dividido por la raya de un recto bigote negro que se le movía hasta cuando permanecía callado.

—¿Cuáles lápidas? ¿Cómo se identifican? —quiso saber Ramón Chávez.

—Es casi como la búsqueda del tesoro, ¿viste? Pero tenemos un plano del cementerio. Lo jodido es que después te pesquen con el plano. Ustedes lo estudiarán, pero no se quedarán ni una copia.

—Me suena a invento.

—¿Invento? ¿Por qué?

—Los judíos son dueños de los bancos. No necesitan guardar sus robos bajo las tumbas —argumentó Ramón, y a Santiago le pareció que era verdad.

El subcomisario se encogió los hombros.

—Así me lo trasmitieron a mí —repuso mientras ponía dos cucharaditas de azúcar en su taza de café con leche—. Tal vez fuera plata que pertenecía al muerto y se la dejaron sobre el cajón, para que siguiera jodiendo en el otro mundo. Los judíos son macabros, ¿viste?

—¿Y si no encontramos nada?

—Las bolsas están debajo de las lápidas, casi en la superficie, no muy hondo, no tienen que llegar al cajón. Algo van a encontrar.

—Pero si no encontramos nada... —insistió Ramón con frialdad.

—Mirá, hombre desconfiado —al oficial le brincaba el bigote—, si no encuentran nada, habrán hecho un servicio, ¿viste? Y se habrán divertido a lo grande. De mi bolsillo y del bolsillo de unos amigos les daremos cincuenta dólares a cada uno.

—¡¿Cincuenta dólares?! ¡Es una miseria! —se indignó Santiago —. Por esa plata no moveré un dedo.

—¿Te parece poco? Necesitamos una docena de tipos para hacerlo rápido. Multiplicá cincuenta por doce. No somos una financiera, ¿viste? —vació la taza.

—¿Qué te parece a vos, Ramón? —Santiago estaba decepcionado y deshacía con los dedos su sandwich de miga.

Chávez sonrió por primera vez.

—La cosa es romper lápidas como si rompiéramos judíos, ¿no es cierto? —miró desafiante a los ojos de Adolfo Branca—. Yo no necesito el cuento de las bolsas con guita. En todo caso, podrá servir para entusiasmar a quienes nos ayuden. La verdad, hasta ahora nunca profané un cementerio, pero debe ser como cogerse a mujeres prohibidas, ¿no? Está bien, me gusta. ¿Cuándo lo hacemos?

—Si ustedes aceptan —se alegró el bigote del subcomisiario—, empezamos hoy mismo a reclutar el resto. Tiene que ser gente de confianza, ¿viste? Mi cuñado, subcomisario de la Matanza, fue exonerado por no haber hecho una buena selección.

El operativo empezó a las tres y media de la madrugada del 20 de abril, fecha del cumpleaños de Hitler. Tres autos recogieron a los muchachos y los dejaron sobre la desierta avenida Crovara, lejos del acceso principal, donde vigilaban hombres de la agencia Seguridad y Vigilancia contratada por la AMIA. Llevaban mazas y martillos envueltos en trapos para amortiguar el ruido de los golpes. Ramón había agregado aerosol rojo para dejar mensajes como: "Holocausto, la gran mentira judía", "El sionismo no pasará", "Váyanse a Israel". Encontraron un sofá solitario y agrietado que alguien había instalado junto a un árbol que se alzaba sobre la vereda; a pocos metros los esperaba un cajón de frutas vacío. Con la ayuda de ambos elementos saltaron el muro. Dentro del predio sintieron una inquietante atmósfera sagrada que, paradójicamente, estimulaba la transgresión.

Las chicharras crepitaron su asombro y croaron las ranas. Avanzaron agachados, sin hacer ruido. Santiago se puso a la cabeza del grupo, para orientarlo según el plano. En la retaguardia alguien susurró que podían rondar los espíritus. Ramón le chistó furioso: "¡No seas marica!". Otro, más asustado aún, optó por una forzada burla: "En todo caso, son espíritus judíos y los vamos a cagar". Ya no podían retroceder. El avance era también una fuga y apuraron el vacilante paso. Al llegar a la zona prevista se alinearon en los senderos para empezar la tarea. Cada uno eligió su primer objetivo y lo tocó para familiarizarse o para tener la seguridad de que no le fallaba la vista. Las mazas y los martillos pegaron duro a la porción vertical de las lápidas, quebrándolas, tumbándolas. Luego destrozaron las porciones horizontales. A medida que rompían los mármoles sentían que les aumentaba la fuerza. Algunos se aplicaron a levantar pesados fragmentos para luego dejarlos caer. Los corredores entre las tumbas se llenaron de los vidrios que cubrían las fotografías, adornos de hierro o aluminio, porciones de granito, cerámica, cascotes.

Cuando ya habían completado gran parte del trabajo sonaron tiros.

—¡Rajemos! —ordenó uno de ellos.

—Están lejos —lo tranquilizó Ramón mientras se apresuraba a escribir con aerosol sobre las lápidas. Su ortografía ya era perfecta. Cuando los mensajes le parecieron suficientes guardó el tubo en el bolsillo, no iba a regalar huellas. Pero sus compañeros habían huido hacia el muro. Hizo un rodeo a toda velocidad para mantenerse alejado de los guardias. Todos consiguieron escapar por donde habían entrado. Aún era noche oscura y en la cuadra siguiente, a la vuelta, esperaban los tres autos con el motor encendido.

Los guardias descubrieron los destrozos y las inscripciones e informaron a la central de la Agencia, en Capital Federal, que se puso en nerviosa comunicación con la AMIA. Hacia las diez llegó el jefe de sepelios. En el acceso principal estaba un patrullero de la Policía Bonaerense. Se saludaron rápido, porque el funcionario quería ver primero lo ocurrido. Al regresar, transpirado y descompuesto, se acercó a los policías.

—¿Dónde hago la denuncia?

—¿Qué denuncia?

—Cómo. ¿No saben que entraron en el cementerio y destrozaron tumbas?

Los tres agentes del vehículo giraron las cabezas para mirarse la recíproca sorpresa.

—Imposible. Nosotros estuvimos aquí todo el tiempo.

—¡Pero tuvo que haber ruidos! No se pueden romper lápidas así nomás.

Negaron con la cabeza, no podían hablar de lo que nada sabían.

El jefe de sepelios los contempló iracundo e impotente.

La nueva profanación trascendió a la prensa. Varios periodistas entrevistaron a los jefes de la Bonaerense, quienes aseguraron que habían iniciado las investigaciones y no pararían hasta detener a los culpables. Un par de días más tarde, el comisario a cargo informó que las sospechas se orientaban hacia un grupo de neonazis. Las pistas eran serias y pidió a la AMIA que ella misma volviese a revisar el terreno. El jefe de sepelios, esta vez acompañado por dos colaboradores, recorrió de nuevo las tumbas, miró los huecos bajo los mármoles quebrados, revisó los espacios entre las filas de lápidas y levantó papeles, ramitas secas y cualquier otro indicio potencial. También hurgó en los bordes de los caminitos y las calles aledañas a las tumbas. Prestó atención a la caligrafía de las inscripciones. Trabajó desde el mediodía hasta las ocho de la noche. Luego hizo llegar al juzgado dieciséis fotocopias de materiales antisemitas firmados por el Movimiento Patriótico Cívico-Militar Verdad y Justicia, de orientación neonazi.

Al día siguiente la Bonaerense informó haber recibido un llamado anónimo de alguien que había visto las fotocopias y denunciaba a un relojero de Morón como jefe de la banda neonazi. Dieron una conferencia de prensa para informar que estaban a punto de dar con los autores del delito. Allanaron cuatro negocios de una galería comercial en Morón. En un local de lencería descubrieron un cartel con la foto de una modelo que hacía publicidad de ropa interior; las exiguas prendas habían sido tachadas con un aerosol idéntico al usado en el cementerio. Además, en el negocio del relojero se descubrieron libros y panfletos antisemitas que se referían a la conspiración sionista, un plan judío para dominar el país, y llamados a la resistencia nacional. El hombre, de cincuenta y cuatro años, aseguraba no pertenecer a organización alguna, porque "todas están infiltradas por los sionistas". Repartía en persona sus folletos a los clientes y vecinos. La policía, no obstante, lo acusó de encubrimiento y de ser el principal ideólogo. El juzgado no estuvo conforme y exigió un examen psiquiátrico, que diagnosticó "disturbios emocionales, personalidad disociada, fuerte carga paranoide". La policía siguió insistiendo y se felicitaba por sus rápidos hallazgos.

En esos días la Brigada de Investigaciones de Berazategui hizo otra recorrida por el cementerio y "descubrió" dos tubos de aerosol, cuyo color y trazo equivalían a los que tacharon el corpiño y la bombacha de la modelo. Ramón Chávez y Santiago Branca leían los informes y disfrutaban de la picardía y el humor de la Bonaerense.

Ramón se preguntó por qué a la policía le gustaba profanar tumbas. Con Santiago accedieron a la respuesta: era un modo de obtener más atribuciones, más presupuesto y más poder. Se ganaba mucho con los delitos, eso lo aprendieron en las Tres A y durante la dictadura. Podían cambiar las autoridades, pero los códigos seguían siendo los mismos. Además, había una dorada cadena de complicidades: la Policía Federal no se metía en los negocios de la Policía Bonaerense, la Bonaerense no investigaba a sus propios miembros, parte de los jueces eran socios de los policías corruptos, funcionarios del gobierno no sabían cómo controlar a jueces ni a policías y optaban por callar o resignarse a un inconfesable beneficio. La SIDE, la poderosa SIDE, jamás aportaba un dato útil.

Ramón miró el billete de cincuenta dólares que, con una mueca burlona, le entregó Santiago en nombre de su tío Adolfo.

—Lo guardaré como recuerdo.

—¿También te picaron las ganas de ser coleccionista?

—Puede ser. Pero no trabajaré en antigüedades como vos: prefiero lo moderno.

Se acercaba el 7 de agosto de 1987 y sería incorporado oficialmente al temible PNT. Llevaba cinco meses de concurrencia al local, participó en mitines, distribuyó propaganda. Había cumplido 34 años de edad. Mientras bebían en un bar próximo a la sede, le advirtieron que debía permanecer alerta. Los sionistas acechaban a los nuevos integrantes.

En el día señalado, todos vistieron uniformes con botas, camisas negras y un brazalete con el símbolo de San Cayetano. Iban a experimentar una metamorfosis. El enemigo lo sabía, se crispaba y trataría de sabotear a los flamantes miembros. Uno de los juramentados del año anterior había sido secuestrado apenas tres días después de la ceremonia, el 10 de agosto, y arrojado por el hueco de un ascensor.

Se apagaron las luces. Cada neófito portaba una vela encendida. En la cabecera, Alejandro Biondini resplandecía majestuoso; en esa ceremonia se lo identificaba por su nombre secreto: *Kalki*. Según la mitología hindú, Kalki era la reencarnación del dios Shiva, que pondría fin a "la era oscura" e inauguraría "un orden verdadero y moral". Además, Kalki significa "destructor".

Un bastonero enumeró con voz grave a quienes habían muerto por la causa. En la penumbra se escuchó la llegada de sus espíritus: oscilaron las llamas de las velas y el cabello de todos se electrizó. Ramón estaba dispuesto a aceptar maravillas que en otro sitio le hubiesen resultado inverosímiles. Había una realidad superpuesta a la realidad.

Los candidatos a la jura desfilaron delante de Kalki, susurrándole su nombre. El jefe supremo los anotaba con letra gótica en una lista que no respondía al orden en que pasaban, sino al orden que le dictaban las esferas superiores. Después los iniciados se alineaban de acuerdo con ese orden crítico, empujados por una fuerza invisible. El clima era sobrenatural.

Los neófitos se acercaron a la cabecera de uno en uno, pusieron la mano sobre un rosario y el programa del partido.

—¿Jura fidelidad a la Patria, a nuestro partido, al futuro nacionalsocialista? ¿Jura fidelidad a nuestro líder?

Con el brazo extendido el neófito respondía contracturado y firme:

—¡Sí, juro!

Al final, Kalki recordó a los presentes, en un tono que los dejaba frío, que la violación del juramento se pagaba con la vida.

Pocos años después, en 1988, empezó el meteórico ascenso de Ramón Chávez.

Carlos Menem, gobernador de La Rioja e hijo de inmigrantes sirios musulmanes, se perfilaba como el nuevo presidente de la República. Alejandro Biondini, su partido y Ramón Chávez entendieron que, a su lado, se les presentaba una oportunidad de oro. Se aplicaron a realizar tareas sucias contra otras denominaciones políticas y contra cierta oposición en el mismo peronismo. Hubo grescas nocturnas, destrucción de propaganda adversa y palizas contra dirigentes empecinados. Ramón Chávez demostró iniciativa, por lo cual apenas inaugurado el gobierno de Menem, una recomendación de su tutor, envejecido pero obstinado, llegó al flamante secretario de Justicia, quien reflexionó unas horas y decidió hacerlo ingresar en la SIDE. Fue el más grande salto de su historia. Juró no dormirse en los laureles, porque sus experiencias anteriores y los contactos que aún conservaba con antiguos miembros de las Tres A y grupos de tareas, le permitirían crecer aún más. El primero en enterarse de su logro fue Santiago Branca, quien ya ganaba bien y deseaba comprar un negocio en la exclusiva avenida Alvear.

—¿Estás loco? ¿Con qué guita?

—Ahora la guita me está empezando a llover a montones. Creéme. Es como haber ganado la lotería.

—Pasáme el dato.

—Con gusto. Pero más adelante.

Mientras su secretaria se ocupaba de cortar la torta, Ramón propuso nuevos brindis: por sus hermosas colaboradoras, por sus colegas brillantes, por la amistad que los unía, por la SIDE, por el querido país. La torta contenía merengue, nueces y dulce de leche, era su manjar preferido y aceptó repetir la porción. Al día siguiente recibiría en un discreto rincón de la ciudad una buena suma por sus servicios extras.

Capítulo 9

Cristina había decidido concurrir al acto de homenaje a las víctimas del atentado. Se conmemoraba el segundo año de su consumación y criticaría la persistencia de una impunidad tan maciza como nauseabunda. Pero una hora antes empezó a sentir fuerte dolor en la nuca. Permaneció a oscuras en su oficina tras ingerir un analgésico y pidió que no la molestasen hasta que volviese a prender la luz. Se adormiló sentada en su sillón de pana roja y cuando abrió los ojos había cedido el pellizco que le mordía la nuca, pero también había cambiado de idea. No asistiría al acto. Encendió la luz, llamó a su asistente y se puso a trabajar. Le aseguraron que un par de cámaras ya se encontraban en la esquina de Arroyo y Suipacha y que en todos los noticieros se reportarían los tramos más significativos. Muy bien, lo harían sin ella.

Al atardecer, cuando suponía que el lugar había quedado vacío, fue sola. Ordenó al taxi que se detuviera sobre la avenida 9 de Julio. Bajó y rehizo el camino que había recorrido vienticuatro meses atrás, el 17 de marzo de 1992. Volvió a pisar donde se le había quebrado un taco en medio de los escombros calientes. Miró a diestra y siniestra los viejos árboles y los edificios señoriales que ya habían cicatrizado las heridas provocadas por los proyectiles de vidrio y mampostería. Avanzó con lentitud en el suave declive de la calle amnésica mientras se le aceleraba el corazón. Le pareció que, pese a la normalidad restablecida, aún se derramaba una montaña de polvo sobre la calzada azul negruzca. Cruzó a la vereda de enfrente y se detuvo ante el hueco ominoso, al que se quedó mirando durante una eternidad. Todo había sido removido, hasta las astillas de marcos, puertas y ventanas. Incluso habían cubierto de emplasto los desgarrones que produjo la explosión en las medianeras desnudas. El vacío magnético y mareante le desencadenó una seguidilla de escenas. Vio a su hermana Florencia y a su madre. Vio a su padre. Se vio a sí misma en un espejo empañado que le devolvía la imagen de una nena traviesa. Vio lo que hacía rato había querido olvidar.

Fue una erupción de escenas sepultadas, pero ardientes como lava.

Cuando chicas, su padre las encremaba antes de jugar al sol, en la playa. Tanto ella como Florencia reían de su habilidad, que no dejaba un centímetro de piel sin protección a pesar de que no se quedaban quietas. Era cirujano y cuando extendía la delgada película, lo hacía con el mismo arte que al preparar un campo quirúrgico. Siempre que iban de vacaciones cargaba un bolso con muestras gratis: para las reacciones alérgicas, para las picaduras de insectos, para las heridas, para broncearse en la arena y para hidratarse a la hora del crepúsculo.

La indomable Cristina se parecía a su papá, incluso heredó de él los ojos verdes. Florencia, dos años mayor, era en cambio una copia de su madre.

Los padres simulaban llevarse bien. Nunca polemizaban delante de extraños, pero era muy distinto verlos en la intimidad. Florencia y Cristina sufrían el rencor que los ataba, sordo y permanente, como el ronroneo de una fiera a punto de tirar el zarpazo. No se besaban ni abrazaban ni sonreían, como otras parejas. Pero actuaban. Eran insoportablemente correctos ante los demás; él le corría a ella la silla en el restaurante o le abría la puerta del auto o la ayudaba a ponerse un abrigo. Sustituyeron la cama de matrimonio por dos camas de una plaza. Este sordo clima hostil no afectó a las chicas, porque eran ellas, no los padres, el centro del hogar. Las inundaron de festejos, regalos y voluminosos álbumes de fotos. Tardaron en comprender que se trataba de una culposa indemnización.

Cristina recordaba haber cabalgado la espalda de su papá convertido en el corcel de los cuentos que le leía antes de dormir. Recordaba cómo frenaba de súbito su automóvil ante los negocios de golosinas para comprarles chupetines, sin importarle el silbato de los policías y la consecuente multa por mal estacionamieno. Apenas arrancaba se reía de la multa, y Cristina reía junto a su papá, tan seguro y cariñoso. Una vez la llevó al zoológico y no advirtió que su hijita se inclinaba sobre la reja que aislaba a los elefantes; ella cayó en el légamo donde chapuceaban los proboscidios y empezó a gritar, aterrorizada. Dos elefantes la miraron con extrañeza y movieron sus trompas asombradas, como si fuesen a pegarle. Permaneció paralizada y chillando, hasta que sintió los fuertes brazos de su papá, tan embarrado como ella, que había saltado la reja y la ponía a salvo. Las manitas trémulas no dejaron de aferrarle el cuello hasta que la depositó en el piso de un baño. Su papá, tranquilo como en la sala de operaciones, le lavó la cara, las manos y las rodillas; la besó, la calzó sobre sus hombros y la llevó a casa. Esa noche le contó la historia del Sastrecillo Valiente y le dijo que ella era más valiente que el Sastrecillo.

Quieta frente al hueco de la embajada ausente, sonrió abstraída.

84

Pero se le fue la sonrisa al recordar que por entonces acusaron a su padre de lucir el consultorio siempre lleno gracias a la publicidad, el riguroso pago del *ana-ana* a quienes le derivaban pacientes y las instrucciones a su secretaria de empezar a dar turnos desde la una de la tarde cuando en realidad él llegaba pasadas las cuatro. Algunos colegas se atrevieron a decir —por envidia o por comprobaciones— que la mayoría de sus intervenciones quirúrgicas no habían sido tan necesarias para el paciente como para los bolsillos del médico. Por suerte no se efectivizaron denuncias, pero el prestigio del doctor Tristán Tíbori empezó a caer. Esa penosa situación le infundió ánimo a Inés, su mujer, que vivía sometida por haberlo considerado invulnerable. Ahora le estaban quebrando las piernas, no era un superhombre con derecho a despreciarla, a sustituirla por cuanta hembra se le cruzase en el camino, a considerarla histérica, vulgar e ignorante. Por el contrario, era él, él, él y nadie más que él quien lo malograba todo.

La polémica cursó un primer capítulo de voz baja. Por razones de hábito o de miedo continuaron la grotesca representación de pareja modelo. Para sus hijas la inminencia de un estallido siempre quedaba pospuesto hasta cuando se desprendiesen del hogar, bien casadas con hombres famosos y ricos.

Los hechos, sin embargo, se precipitaron.

Estaban de vacaciones en Punta del Este. Las tres mujeres tendidas sobre toallones esperaban turno para recibir la fina película de crema bronceadora que el cirujano les aplicaba solícito. A Cristina, boca abajo, le gustaba dejar escurrir la arena entre sus dedos; le producía una intensa relajación. Las olas cercanas venían como blancos caballos al galope, para deshacerse mágicamente a pocos metros. Su padre había terminado de embadurnar a Florencia y ahora lo hacía con su hosca mujer. De pronto Cristina escuchó un quejido y el hombre cayó de lado. Se apretaba el pecho y murmuraba:

—¡Es un infarto!… Pidan ayuda…

El mar detuvo su oleaje. Su madre y Florencia tardaron en reaccionar. En cambio ella pegó un salto, abrió su bolso, extrajo el celular y llamó al servicio de urgencia. Luego, entre las tres se ocuparon de acomodar la sombrilla para protegerlo del sol. Cristina le arrimó a los labios la pajita que sobresalía de un vaso de plástico con agua fresca. Él murmuraba que no le hablasen, que no se amontonara gente, que no lo hicieran moverse. La ambulancia pareció demorar siglos, pero llegaron a la carrera un médico y dos enfermeros. Alejaron a los curiosos y le aplicaron dos inyecciones; enseguida canalizaron una vena y empezaron un goteo intravenoso antes de subirlo a la camilla.

En menos de una hora ya estaba en terapia intensiva, conectado a una maraña de cables. El diagnóstico tardó en ser formulado, pero los médicos insinuaban que el infarto no había sido grande. Florencia y Cristina miraban a su madre compungida, más ahogada por la culpa que por el amor.

Al cabo de una semana los síntomas empezaron a retroceder, pero el corazón quedó lesionado en forma irreversible. Lo trasladaron a Buenos Aires en un avión sanitario. Inés pidió que no se mezquinasen gastos, como corresponde decir a una buena esposa. Pese a todo continúan la ficción, pensó Cristina. Pero eran las últimas escenas del gastado libreto: el superhombre que había parecido ser el doctor Tíbori era una definitiva estafa. La madre tomó la decisión de exigir el divorcio. Inmediato, inflexible. No iba a seguir junto a un monstruo. Por supuesto que sería una bomba para sus relaciones y para aquellos que habían sucumbido al gran embuste. Pero cualquier escándalo era mejor que esa horrible cotidianidad.

El pedido de divorcio fue recibido con pasmo por su marido convaleciente, luego con burla y finalmente con odio. Ella comprobó una vez más que la despreciaba desde el nacimiento de las nenas, en especial de Cristina, que se le parecía tanto. En contra de sus expectativas, el juicio fue largo y cruel. Su marido no la iba a dejar salirse con la suya así nomás. Abundaron los insultos, las lágrimas y un rosario de reproches mutuos. Las hijas trataron de influir sobre ambos para aminorar los golpes, pero fueron rechazadas por una tempestad de rencor asesino. Finalmente la madre tuvo que abandonar la casa, porque su marido se negaba a dejar hasta el dormitorio conyugal. No aceptaba renunciar a nada, ni a su jurisdicción, ni a su dinero, ni a sus propiedades, ni a sus hijas. Estaba dispuesto a sofocarla en la ruina, por ingrata y por idiota. Se consideraba la víctima que había debido cargar durante demasiado tiempo con una malvada mujer.

El juicio acabó en forma repentina, con una rotación inesperada.

La razón fue un segundo infarto, masivo esta vez, que puso término a la vida de Tristán Tíbori.

Aún no se había dictado sentencia, por lo que el juez determinó semanas más tarde que la fortuna pasara íntegramente a manos de su mujer e hijas. La viuda hizo el duelo —simulacro de duelo— con negaciones, renovadas mentiras y trabajos que distraen. Florencia se desvivía por infundir aliento y consuelo, porque su madre había empezado a sufrir un vacío social, producto de las calumnias que su difunto esposo había desparramado sobre ella durante el juicio. Intentó refutar los infundios mediante llamadas, visitas, pequeños regalos y creativas historias. Con aparente aflicción dejaba caer datos que picaban sonoros: mala praxis, plagio de artículos científicos, abuso de la publicidad, boicot de colegas.

Esta campaña sublevó a Cristina, que reaccionó iracunda. No se corrige un mal con otro mal, dijo. Lo que su madre y su hermana hacían a su papá, que no podía defenderse, era horrible. Las criticó hasta hacerlas llorar. Comprendía y compartía su dolor, por supuesto, pero no toleraba ese derrame de ignominia. Era indigno, y era un boomerang. Tendrá consecuencias para todas nosotras, repetía. Fue especialmente dura con Florencia, porque era complaciente con su desenfrenada madre y, de ese modo, le brindaba un pésimo servicio. Había que armarse de coraje y de paciencia. Es el momento de callar hasta que se aleje la tempestad, imploraba.

Su reconvención no tuvo efecto. Siguieron nuevas polémicas, con subidas y bajadas de tono, hasta que las dos mujeres llegaron a la conclusión de que Cristina era tan poco confiable como el depravado difunto. Exigía callar como él había exigido a su esposa callar; proponía fingir como él había fingido. La madre gritó que estaba harta de callar y de fingir. Era inmoral que la obligasen a tragar el mismo veneno que le había arruinado la vida.

—¡Sos igual a papá! —chilló Florencia.

—Es nuestro papá, sin embargo... —replicó Cristina—. No tuvimos otro.

—¡Ahí está la verdad escondida! —saltó Inés—. Ahí está bien clarito que siempre fuiste su aliada. Y ahora, después de muerto, estás a cargo de su defensa.

—¡Eso es una estupidez!

—¡Fuiste mi enemiga! —explotó en llanto—. Siempre fuiste mi enemiga.

Al cabo de otro mes francamente hostil Cristina decidió mudarse. Las expectativas de que sólo abandonaría esa casa luego de casarse quedaron truncas. La herencia que le correspondía alcanzaba para comprarse un buen departamento, pero tuvo la prudencia de alquilarlo; no sentía la tranquilidad que requieren las decisiones importantes.

Poco después comprobó la magnitud de su error.

Sus relaciones se tensaron hasta cortarse del todo. Dejaron de hablarse, hasta por teléfono. Cristina suponía que esa locura pasaría pronto, que el resentimiento de su mamá contra el esposo muerto tendría que diluirse en el tiempo.

No fue así.

Entre su madre y Florencia se consolidó una simbiosis destructiva. Desplazaron el odio hacia quien se negaba a ser una aliada incondicional y perfeccionaron su venganza.

Un año más adelante, cuando Cristina decidió comprar el departamento donde vivía, se enteró de que le habían birlado la herencia. ¡¿Cómo?! ¡No, no podía ser verdad!... Tardó en asumir lo que ocurría, porque lo que ocurría resultaba absurdo, y sólo se explicaba como un error de la burocracia. El desvarío de su madre y la complicidad de su hermana no podían haber llegado a semejante extremo. Debió acudir a un abogado y lo acompañó en sus enrevesadas averiguaciones con los ojos hinchados de tanto llorar. ¿Qué se había hecho de su madre amorosa? ¿Qué de su hermana, compañera de juegos y picardías?

La incomodaba que sólo pudiera comunicarse con ellas mediante la intervención de abogados. ¡Son mi familia! El abogado confesaba entristecido que su gestión terminaría en derrota. Cristina había dejado pasar tiempo y oportunidades, no prestó atención a las citaciones judiciales y sólo cabía resignarse a las migajas que aún podía salvar.

Su impotencia la empujó a enfrentarlas cara a cara.

Pero la situación era peor que lo imaginable. La vieja y leal mucama de la familia —que había alzado en sus brazos a Cristina— tenía órdenes de no dejarla entrar bajo ningún concepto. Ella insistió con una voz a punto de quebrarse hasta que, presionada por la ira, perdió los frenos. Dio un empujón a la implorante mujer, que casi terminó de cabeza en el suelo, y se metió en la casa profiriendo gritos. No las encontró en el recibo ni en el living y fue a buscarlas en el dormitorio. Cuando ellas la vieron, sin demorarse en cambiar el calzado o levantar una cartera, corrieron hacia la calle.

—¡Adónde van! —protestó Cristina—. Tenemos que hablar. Basta de comedia.

Agarró el brazo de su madre.

—¡Mamá!… ¡Por favor!

Inés se liberó de mala forma y le descargó una bofetada. Su hija la miró atónita y, al comprobar que insistía en marcharse, saltó sobre su espalda y ambas cayeron sobre la alfombra.

—¡Qué hacés! ¡Bruta!

—Tenemos que hablar.

Un puntapié se hundió en las costillas de Cristina. Era Florencia, con el cabello desordenado.

—¡Fuera de aquí, desagradecida!

Cristina se incorporó lentamente, aparentó compostura y, de súbito, descargó sobre la mejilla de Florencia la bofetada que su madre le había dado unos segundos antes. Fue un terrible disparador: las tres se enredaron en una lucha de hienas. Voltearon una lámpara de pie, hicieron añicos un jarrón y tiraron al suelo una cortina. Se arrancaron mechones de pelo y se mordieron la carne. Hubieran terminado con heridas serias de no haber ingresado el policía llamado por la mucama. La intrusa fue forzada a salir y llevada a declarar.

El episodio tuvo consecuencias más onerosas para Cristina que permanecer demorada en la comisaría por violación de domicilio y consumación de daños. Su madre y Florencia pidieron que fuera sometida a exámenes psiquiátricos, los cuales concluyeron en informes vagos que tuvieron suficiente peso para hacer naufragar sus remotas esperanzas de conseguir algo más de la herencia.

Cristina despertó del ensueño de su memoria y, en el solar de la embajada desaparecida se secó las lágrimas con un pañuelo de papel. No había advertido que, como una sonámbula, había cruzado la calle Arroyo y caminaba por el piso de lo que había sido la planta baja. Habían eliminado el último escombro y hasta rellenaron el cráter que había dejado el coche-bomba al estallar. Vacilante, miró con intensidad la superficie aplanada con el anhelo mágico de materializar una ilusión.

Capítulo 10

Mi padre me empujó suavemente hacia un ángulo del estrecho cuarto y se quedó parado frente a mí. Yo le llegaba al estómago y debía torcer la cabeza para verle los ojos, que me miraban con expectativa. De sus gestos se desprendía una infrecuente solemnidad.

—Has cumplido cinco años, Dawud. Es el momento de empezar a entrenarte. Quiero estar orgulloso de ti.

Lo miré asustado; algo fuerte me llegó hasta el hueso, porque estuve a punto de soltar lágrimas.

Giró hacia un ropero y extrajo de entre la pila ropa con olor a jabón y lavandina, una Kalashnikov. La sostuvo con ambas manos en forma horizontal, como si fuese una espada noble, muy valiosa. La examinó del mango a la punta y, con gesto lento, casi sagrado, me la entregó.

La recibí como a un animal negro adormecido, pesado y potente. La sostuve contra mi cuerpo y también la examiné del mango a la punta. Ese momento se tornó inolvidable.

Papá controlaba cada detalle de mi reacción, atento al movimiento de cada músculo. Mientras yo me fijaba en la Kalashnikov, él lo hacía en mis dedos, en mi boca, en el parpadeo de mis ojos. Cuando finalmente alcé la mirada, vi que sonreía.

—Te enseñaré a usarla —dijo.

Esas palabras tintinearon como el oro. Papá era un aguerrido combatiente que no le tuvo miedo a feroces emboscadas y fue herido varias veces. En ese instante recibía el premio de comprobar que tenía una honrosa descendencia. Me dieron ganas de depositar el arma sobre la mesa y abrazar su cintura con mis cortos brazos, pero la magia que se había instalado entre nosotros me impidió hacerlo. Miré su cara hirsuta, con cicatrices, y me bastó verlo feliz.

Junto con mi entrenamiento fui recibiendo noticias sobre lo que nos sucedía. Mi padre decía que las armas no funcionarían bien en manos de quienes no conocieran la justicia de nuestra causa. Supe, por lo tanto, que los barrios de Sabra, Chatila y Burji el Baraini habían estado habitados por musulmanes libaneses shiítas. Y que ingresamos en ellos atropelladamente, desesperados, después de lo que nos habían hecho en Jordania. Chorreábamos odio por las gigantescas matanzas que a nadie conmovieron. Invadimos casas y ocupamos calles sin pedir disculpas. Desplazamos a los viejos moradores, en muchos casos a la fuerza. Habíamos sufrido demasiadas expulsiones y nos sobraban derechos para reparar injusticias de la forma que fuese.

Después de llenar patios y apoderarnos de balcones, nos pusimos a construir sin orden alguno: se agregaban cuartos a cada muro, levantamos paredes sobre las terrazas, avanzaban los ladrillos y las chapas sobre las veredas.

Cuando el gobierno del Líbano quiso reaccionar, fue tarde. Lo que Hussein había matado en Jordania, resucitó en el Líbano: formamos un Estado dentro del Estado. Ni la policía ni las débiles fuerzas armadas se animaban ahora a rivalizar con el entrenado ejército de la OLP. No entendían cómo habíamos logrado acopiar en pocos meses tantas armas, municiones, vehículos militares, tanques y hasta cañones de largo alcance. Los libaneses se reprochaban por no habernos frenado a tiempo. Pero sus funcionarios, en todos los niveles, eran sensibles al soborno. Lo sabíamos y supimos aprovecharlo.

Los tres barrios terminaron siendo exclusivamente palestinos. Luego empezamos a extendernos sobre las zonas cristianas. Impu-

*simos nuestras leyes, bancos, escuelas, hospitales y policía. Nos ins-
talamos por mucho tiempo y para llevar adelante una larga guerra. Para eso necesitábamos construir bajo tierra una ciudad pa-
ralela, una suerte de fortaleza, abundante en pasadizos secretos y
búnkers, donde almacenar toneladas de armas, quirófanos para
emergencias y centrales de radio. Yasser Arafat era ingeniero y le
encantaba corroborar personalmente el desarrollo de la vizcachera. Su expansión debía llegar a varios puntos de la costa para poder acoger más pertrechos o permitir una eventual evacuación.*

*La OLP, además, inauguró campamentos en el sur, próximos
a la frontera con Israel, que había sido la frontera más apacible
desde la creación de ese Estado. Empezamos una campaña de hos-
tigamiento a las aldeas y* kibutzim *de Galilea, las menos protegi-
das del país. La seguidilla de asesinatos incluyó ómnibus escola-
res, patrullas, conjuntos de viviendas, hospitales. Les dimos en su
podrido corazón, donde más dolía. Israel tuvo que modificar sus
defensas y desplazar tropas hacia el norte para contener los ataques. Los palestinos iniciamos entonces una treta que pondría de
nuestro lado la solidaridad internacional: disparamos desde zonas pobladas por civiles, de suerte que las represalias israelíes tu-
viesen que dar en blancos sucios, donde morirían inocentes. Ellos
serían reconocidos como los auténticos villanos.*

*Los libaneses se alarmaron y pusieron el grito en el cielo. Nues-
tra guerra no era la suya, decían; perturbaría el turismo, el co-
mercio y pondría en riesgo los fabulosos depósitos bancarios. La
indignación fue más intensa entre los cristianos. Su hostilidad
creció verticalmente hasta desembocar en la represalia de Damour.
¿Qué era Damour? Una villa cristiano-maronita donde los palestinos entramos a degüello; liquidamos decenas de civiles, entre
los que había mujeres y niños. Papá me explicó que era la única
forma de hacerles entender que no debían sabotear nuestra causa. Esa masacre enloqueció a la Falange de Gemayel que, en lugar de someterse, decidió paralizarnos.*

Estalló la guerra civil e hizo polvo a la gema de Oriente.

Los palestinos no nos acobardamos. En poco tiempo habíamos alcanzado la superioridad bélica y cubríamos varios frentes exitosamente. En 1972 un comando nuestro asaltó la Villa Olímpica de Munich, secuestró a los atletas israelíes y los asesinó de uno en uno con la lentitud y parsimonia de los triunfadores. El gentilicio "palestino" comenzó a ser asociado con "terror". La etiqueta "Septiembre Negro", nacida de nuestra humillación en Jordania, fue trastocada en símbolo del nuevo poder que habíamos adquirido. Un año atrás había sido aplicado a la matanza de palestinos; ahora, al exterminio de los israelíes. En Sabra, Chatila y Burji el Baraini se lanzaron disparos al aire y se repartieron golosinas para celebrar el ajusticiamiento de los atletas sionistas. Yo disparé mi Kalashnikov y me sentí tan héroe como nuestro comando en Munich.

Mientras, la resistencia de los libaneses determinó que la piel de su bella Beirut fuese agujereada por el llanto y el luto. Sus calles fueron cerradas por barricadas desde las que partían tiros; aparecían cadáveres mutilados y bombas ubicuas hacían estallar edificios. Desaparecieron los turistas y se vaciaron las playas, los hoteles y los night clubs. En su lugar aterrizaban decenas de periodistas. En poco tiempo se impuso la palabra "libanización" como etiqueta de anarquía y desesperanza.

Para colmo, los palestinos habíamos agrupado nuestras fuerzas en dos bandos rivales. Uno acataba a Abu Mussa y el otro a Yasser Arafat. Nos empezamos a matar como soldados de la luz contra soldados de las tinieblas. En la ciudad de Trípoli, donde habíamos concretado un vasto asentamiento, nos destruimos a cañonazos. En Sabra, Chatila y Burji el Baraini hubo asesinatos a revólver o a puñaladas. Mi padre se mantuvo leal a Abu Mussa y el padre de Sayyid, en cambio, a Yasser Arafat. Estuvieron a punto de eliminarse mutuamente.

Beirut quedó dividida en una zona cristiana y otra musul-

mana, separadas por el perforable colchón de la Línea Verde. La cristiana controlaba el puerto y la musulmana el aeropuerto. En la musulmana dominaban los palestinos, que no sólo ya se extendían por los laberintos de su fortaleza subterránea, sino que habían logrado ganar el control de la mayor parte de la costa, todo el Pinar, la Ciudad Vieja, parte de los barrios más prósperos y el acceso a las principales carreteras, en especial las que llevaban hacia el sur, hacia las poblaciones del Estado sionista.

El primer ministro Menajem Beguin, considerado un halcón, se resistía a responder con golpes duros, pese a que casi toda Galilea era forzada a vivir en los refugios subterráneos. Por conductos indirectos rogaba al gobierno libanés que controlase a los palestinos, para que la frontera volviese a la paz de antaño. Pero nosotros queríamos su reacción para involucrar a nuestros vecinos y continuamos los ataques hasta agotar su paciencia. Entonces autorizó al entonces jefe militar Arié Sharon para que realizara una incursión profunda y limpiase los nidos de guerrilleros que se extendían a lo largo de cien kilómetros. Las tropas judías avanzaron rápido y en poco tiempo llegaron a la zona oriental de Beirut.

Los palestinos demostramos ser más heroicos que todas las demás naciones árabes de la región, que prefirieron mantenerse a la expectativa. Libramos feroces batallas durante semanas y semanas. Habíamos provisto al estadio polimodal con Sherman modificados y M48 de calibre 105; en los campos de tenis de la Ciudad Deportiva funcionaban katiushas y morteros; desde los solariums disparábamos las baterías antiaéreas, y desde el Pinar nacían brutales ráfagas de ametralladoras. Con el propósito de evitar las respuestas enemigas tuvimos el acierto de instalarnos sobre los tejados de las embajadas y de los hospitales, hacia donde los israelíes, dominados por prejuicios occidentales, evitaban disparar.

Gracias a las municiones y armas almacenadas en la forta-

leza estábamos en condiciones de resistir mucho tiempo más. Pero el asedio israelí se hizo notar cuando escaseó el agua y los alimentos. No nos quisieron ayudar los shiítas y mucho menos los cristianos. Luego de setenta días de lucha, nuestros dirigentes comprendieron que el comienzo triunfal podía acabar en derrota y quizás en exterminio. Entonces solicitaron la intercesión occidental para que Israel se retirase del país. Pero Israel condicionó su partida a que los combatientes palestinos evacuasen primero. Decían que ambos éramos extranjeros en el Líbano.

Tras agitadas negociaciones nuestros líderes aceptaron abandonar Beirut y el resto del país, pero bajo el escudo de Fuerzas Multinacionales integradas por norteamericanos, italianos y franceses. Antes de partir tuvieron la precaución de minar las principales galerías de la fortaleza subterránea, tapiar sus accesos y enviar al exterior contenedores con armas bajo la protección diplomática de gobiernos aliados. Unos diez mil guerrilleros salieron rumbo a Túnez, Siria, Libia y Yemen del Sur, entre los cuales figuraba toda la plana mayor de la OLP, incluido su presidente Yasser Arafat. Sólo quedaron millares de viejos, niños, mujeres y hombres no aptos para el combate. Tampoco se fue mi familia, porque papá simuló ser un apocado comerciante que no podía ni tocar un arma.

El hijo mayor de Gemayel, Bachir, con el beneplácito de las fuerzas cristianas e israelíes, tomó las riendas de la república. Iba a retornar la paz, el Líbano era tierra de prodigios.

Pero latía el resentimiento. Mucho resentimiento contra nosotros, como si hubiésemos venido al Líbano por gusto.

El Pinar ya no era un umbroso bosque, sino un conjunto de troncos quemados. En las calles se amontonaban escombros y basura. Esporádicas brisas levantaban el polvo de antiguos mármoles o de mosaicos alejandrinos hechos trizas. Muchas residencias fueron devastadas y de los miradores no quedaban sino recuerdos. Quebraron las grandes tiendas. El paseo marítimo se había hun-

dido en la desolación. Por las avenidas era difícil circular sin caer en los cráteres abiertos por las bombas. De vez en cuando estallaba una de las minas que los combatientes habían instalado antes de su evacuación.

Aceptamos comprimirnos en los tres barrios originales para disminuir el rechazo de los libaneses. Burji el Baraini había sufrido los combates más severos. Entre los muros agrietados se desplazaban sus habitantes como ratas de albañal. Sabra y Chatila, en cambio, resistieron mejor; la mayoría de sus habitantes pudieron sobrevivir gracias a los refugios de la fortaleza subterránea.

Bashir Gemayel empezó a gobernar con mano firme. Mejoró las relaciones con Israel al punto de efectuar amistosos intercambios y obtener su ayuda técnica y económica. Los shiítas fueron estimulados a intensificar sus obras de asistencia social, que trocaría el viejo odio en campañas solidarias: en 1982 nació el Hezbollá.

Se equivocaron quienes pensaban que había terminado la tragedia.

Una poderosa carga de tritol quebró los mejores sueños. El ataque —sorpresivo, brutal y bien planificado— asesinó al presidente Gemayel y sesenta de sus partidarios. Los falangistas, enceguecidos de rabia, querían aplastar a los autores del magnicidio. Por vueltas que dieran, no encontraban otro origen que los incorregibles palestinos.

A las nueve de la noche del caluroso miércoles primero de septiembre (¡otra vez septiembre!) los falangistas de Gemayel se distribuyeron en torno a los barrios de Sabra y Chatila con el fin de bloquear sus salidas. Contaban con la indiferencia del gobierno. Poco antes habían informado a los israelíes sobre su derecho a penalizar el asesinato del presidente Gemayel y sus hombres más cercanos. Arié Sharon les prometió abstenerse, total, pensó, que arreglen sus cuentas entre ellos mismos.

Los milicianos irrumpieron en Sabra y Chatila al empezar la noche. Estábamos cenando, mirando televisión o durmiendo.

Rompieron las puertas y ventanas, demolieron tabiques y empezaron una vertiginosa carnicería. Al principio asesinaban con disparos y golpes de bayoneta. Al no encontrar resistencia, sus instintos se exacerbaron. No les hacía falta gastar municiones y entonces se aplicaron al degüello; no diferenciaban entre quienes yacían en cama o temblaban contra una pared. La sangre que les manchaba los dedos y la ropa acentuaba su excitación. Las mujeres, los niños y los viejos que intentaban huir eran atrapados en las salidas, donde se los apuñalaba en el corazón, la barriga, los ojos y hasta la boca, para luego rematarlos a patadas. Algunos soldados se otorgaban un respiro rapiñando la comida que masticaban junto a los cadáveres. Luego proseguían su tarea, que incluyó la violación de cuanta mujer aparecía en el camino. Algunas pasaban de mano en mano hasta perder el conocimiento.

Yo había cumplido once años. Corrí a esconderme cuando los milicianos irrumpieron en casa, sin tiempo para empuñar mi Kalashnikof. Como era pequeño me escurrí por debajo de los muebles y me oculté tras unas bolsas de harina. Al principio preferí no mirar, para que no me descubriesen. Pero escuché los ruegos de mi padre, que estaba desarmado y pedía misericordia. Su valentía sólo le dejaba margen para el disimulo; junto a él tiritaban mi madre y mis hermanas. Aseguraba ser un comerciante honesto y haber convivido con los cristianos. Repetía que los cristianos eran tolerantes y comprensivos.

Resonaron tiros y yo sentí que se me detenía el corazón. Pensé que habían asesinado a papá. Después oí que seguía implorando, los tiros habrían apuntado al techo o al piso, para asustar. Tal vez querían sólo eso, asustar, me mentí.

De repente un miliciano rugió que las mujeres se desnudasen. ¡Que se desnudasen ya o las perforaba a balazos! Volvieron a sonar tiros y yo me encogí tras las bolsas. Papá empezó a llorar. Nunca lo había visto llorar, pero en ese momento lloraba como un animal mutilado. ¡No las violen!... No... No..., gemía. Somos *una familia honorable, ya fuimos castigados por el destino... De súbito calló. Las mujeres gritaban y a papá dejé de escucharlo. ¿Lo habrían matado? Me deslicé como un gato y pude mirar a través de la ranura de las bolsas. Vi a papá con la cabeza exageradamente levantada y un cuchillo apoyado sobre el cuello. Estaba siendo obligado a presenciar la denigración de su familia. Yo sólo podía ver el demudado rostro de papá, que temblaba como un niño helado. El cuchillo le lastimaba la piel e hizo brotar unas gotas de sangre. Iban a degollarlo como a un carnero.*

Pude entonces ver a un miliciano que se bajaba los pantalones y se arrojaba al piso con el miembro erecto. Escuché el grito de mi hermana mayor, que me agujereó la cabeza. Luego el de mamá, al que se superpuso el de mi otra hermana. Un hombre tras otro pasaban rumbo al sitio donde yacían las mujeres, todos con los pantalones bajos. Sonaban carcajadas, gemidos y más disparos. La pesadilla no tenía fin. Papá se negaba a mirar, aunque el acero le ordenaba abrir los ojos. Finalmente de su cuello saltó un chorro de sangre que le inundó el pecho y se derrumbó. Delante de mí sólo quedaba la pared del fondo.

—¡Metan cuchillo! —ordenó una voz.

Las mujeres ni pudieron darse cuenta. Pero yo me representé la escena y perdí el conocimiento. Debí de haber quedado inconciente varias horas hasta que una explosión me despidió por el aire e hizo aterrizar sobre un sofá con agujeros, como me contaron después.

También me contaron que los shiítas de los edificios vecinos miraban con asombro y lástima, pero nada hicieron. Como había calculado la Falange, el gobierno no intervino y menos los israelíes. Veinticuatro horas de orgía no fueron suficientes para apagar el rencor de la Falange. Continuaron la matanza hasta el final del jueves y prosiguieron hasta bien avanzada la mañana del viernes.

Cansados al fin, optaron por minar los sótanos en los que hu-

bieran podido esconderse algunos sobrevivientes, en especial las casas de Chatila. Se retiraron cantando marchas triunfales.

Poco después empezaron a llegar los perros. No sólo de la vecindad, sino de otros barrios, del Pinar devastado, del puerto, de lo que había sido el hipódromo, de las cloacas. Los encolumnaba el olor a sangre y carne fresca.

El sábado tronaron los bulldozers al ingresar en caravana por entre los escombros y los cadáveres para excavar una gigantesca fosa común. Hacía falta mucha mano de obra para recoger muertos o fragmentos de muertos para arrojarlos en ella. El gobierno acababa de abrir una nueva y macabra fuente de trabajo.

Capítulo 11

Poco antes de despuntar el sol en esa mañana de invierno, Hussein, Sayyid y Rudhollah confluyeron en la suite de Dawud. El remozado hotel Cherster's estaba en la calle Arenales, cerca de la avenida Callao. Era un área tranquila y arbolada con plátanos frondosos, de sencillo acceso a las zonas más elegantes de la ciudad. Tenía la ventaja de contar con muchos empleados de origen árabe que hacían cómoda la estancia de personas que sólo hablaban ese idioma; varias embajadas solían recomendarlo. Era obvio que nada podía ser mejor para que pasara inadvertido el comando recién llegado de Europa.

Los cuatro militantes vistieron ropas limpias e hicieron la debida ablución ritual lavándose manos, cara y pies. Se disponían a empezar la primera de las cinco plegarias obligatorias. Habían corrido la mesita y un par de sillones forrados en brocato azul. Descalzos y de pie sobre la verdosa carpeta que cubría toda la extensión de la suite, orientaron sus cuerpos en dirección a la Meca. Levantaron las manos hasta las orejas y murmuraron con máxima concentración *Allahu akbar.* A partir de ese momento, el creyente corta sus vínculos con el mundo material y focaliza su atención en Dios.

Superpusieron sus manos en la parte baja del pecho, la derecha sobre la izquierda y recitaron el bello comienzo de la primera *Sura* del *Corán*:

—"Alabado sea Dios, creador del universo, graciabilísimo, misericordioso, soberano en el Día del Juicio. Sólo a ti adoramos y de ti imploramos ayuda. Indícanos el sendero recto, el sendero de quienes agraciaste, no el de los execrados ni el de los extraviados."

—Amén.

—Amén.

Eligieron recitar a continuación el versículo 20 de la séptima Sura:

—"¿Habrá alguien más inicuo que quien forja mentiras acerca de Dios o desmiente sus aleyas? ¡Por cierto que los inicuos jamás prosperarán!"

—*Allahu akbar.*

—*Allahu akbar.*

Se quebraron sobre manos y rodillas y bajaron la respetuosa frente hasta la alfombra. Repitieron tres veces "Gloria a mi Señor, el más alto".

—*Allahu akbar.*

Luego se enderezaron hasta la posición sentada.

—*Allahu akbar.*

Bajaron de nuevo la frente al piso y repitieron el párrafo inicial, con el que cerraban la primera unidad de plegaria.

—*Allahu akbar*—murmuraron de nuevo.

Se incorporaron, unieron sus manos y reiniciaron todo el proceso por segunda vez.

Al terminarlo permanecieron en posición sentada y dijeron dos bendiciones.

—"Oh, Dios, danos lo mejor de esta vida y lo mejor de la próxima y protégenos del castigo del fuego."

—"Gloria al Único que nos dio poder sobre nuestros enemigos porque solos no podríamos con él."

Sentados aún, giraron la cabeza y la mirada hacia la derecha y hacia la izquierda y desearon paz a quienes allí estaban y a los ángeles que nunca faltaban en la oración de los fieles.

Se levantaron, reinstalaron en su sitio la mesita y los sillones. Miraron en derredor para comprobar que todo quedaba en orden y descendieron a desayunar en la planta baja, pero lo hicieron en forma separada, uno tras otro, con diferencia de varios minutos. Estaban entrenados para moverse en las telarañas de tiempo con el fin de no despertar sospechas. Luego se reunieron en otro cuarto, el de Sayyid, que había sido revisado por expertos de la embajada iraní a fin de que no tuviese micrófonos, ni se filtrasen sonidos por la pared. Sayyid era alto y robusto; en su dolorida historia figuraban escenas de las matanzas cometidas en Sabra, de las que sobrevivió por milagro, como Dawud. Mientras esperaban la llegada del coordinador del operativo que cumplirían en Buenos Aires, ambos narraron a Hussein y Rudhollah cómo había sido esa muestra del infierno. Dawud volvió a lagrimear, porque se tenía lástima a sí mismo; eran lágrimas de un valiente que pronto tendría la oportunidad de redimir las humillaciones que le habían hecho padecer. Tenía la convicción de haber sido apaleado sin clemencia y estar asistido por el derecho que tienen las víctimas de cobrarse la venganza. Sólo la venganza tendría dulzura suficiente para calmar su rencor.

Hussein y Rudhollah escucharon con atención, aunque conocían esa historia. No eran palestinos, sino libaneses shiítas nacidos en el valle de la Bekáa. Ahora los unía el común anhelo de servir a la justa causa del Islam agredido por las fuerzas de Satán.

En la suite había un leve olor a encierro. Desde las paredes las reproducciones de cuadros abstractos infundían calma con sus colores pastel. Los vidrios de las ventanas seguían cerrados, cubiertos por el quieto *voile* que descendía en pliegues ondulados.

En unos minutos llegaría el hombre esperado. Ninguno hizo referencias al desconocido que vendría con las instrucciones inapelables. Todos habían aprendido a ser obedientes a la autoridad, que descendía en línea recta, como una cascada, desde el trono de Dios. Los excitaba una leve ansiedad, pero ni siquiera entre ellos debían confesarla: sus maestros les enseñaron a comportarse con la frialdad del metal y con el silencio de las piedras.

Hussein extendió sus brazos sobre el respaldo del sofá para distenderlos; parecía un hombre que disfrutaba de simples vacaciones. Dawud fue a orinar y con disimulo echó una ojeada a su reloj. Ojalá que las instrucciones determinasen una acción contundente en la que pudiera consumar su martirio y, de esa forma, compensar las aflicciones padecidas.

Capítulo 12

Sus pedidos de entrevista no podían seguir postergándose con excusas. El escurridizo monarca de la SIDE acabaría recibiéndola en su despacho, como correspondía a la importancia del canal y al temor que Cristina Tíbori suscitaba en algunos funcionarios. Pondría todas las prevenciones para que no lo grabase ni filmase, aunque ella era capaz de concurrir a la cita con una de sus cámaras ocultas en el bretel del corpiño. Debería ser cuidadoso en las respuestas y no tomarse demasiado tiempo en hablar, porque la Tíbori sacaría beneficios de lo que dijera y también de lo que callara. "Pondrá cara de ángel cuando me salte al cuello con una pregunta capciosa y se hará la distraída cuando me escuche versiones poco creíbles. Lo mejor que podría ocurrir es que se vaya suponiendo haber perdido la tarde", concluyó el Señor 5.

La gente de Cristina confiaba en que el arbitrario Miguel Escudero finalmente permitiría el relanzamiento de *Palabras cruzadas* y por eso les convenía seguir reuniendo el arsenal de hechos ilegales que volverían a conquistar el entusiasmo de la audiencia. Durante las horas sin paga que dedicaban a completar sus informes, estallaban en crisis de rabia y desaliento. No era una manera normal de trabajar. El acopio que hacían podía ser un tesoro si alguna vez se emitía con un adecuado apoyo publicitario, o un basural digno de idiotas. Sumaban datos, versiones, pruebas, escenas, confesiones, expedientes, contradicciones, fotografías comprometedoras o especulativas, verdades o semiverdades que luego recortaban, montaban y pulían con arte. Pero seguían sin saber cuándo saldrían del útero para dar su grito de vida plena. Conformaban un feto con altas probabilidades de aborto. No resultaba cómodo, pero seguían esperanzados en que la tenaz Cristina haría entrar en razones a Miguel Escudero o se iría con todos ellos a otra parte.

El Señor 5, por su lado, era consciente de que pistas razonables marcaban a la Argentina como un apetitoso blanco del terrorismo islámico. ¡Y eso era noticia, por supuesto! Estaban a mediados del año 1994 y nada de lo que había posibilitado la voladura de la embajada había sido corregido. La Triple Frontera entre Brasil, Paraguay y Argentina seguía perforada como un colador; el aeropuerto internacional de Ezeiza no fue cerrado al contrabando de mercaderías, armas y dinero ilegal; crecía el ingreso de estupefacientes y se multiplicaban las inversiones del narcolavado. Figuras vinculadas al poder no tenían vergüenza de vender su alma por unos fajos de dólares; la impunidad de los grandes delincuentes estaba garantizada por una justicia cuyos ojos no estaban vendados, sino destruidos. Un escenario semejante no podía dejar de excitar a quienes pretendían conmover al mundo con matanzas inolvidables. Éste era un dato prendido al rojo. Además, era fácil conseguir ayuda local en los bolsones autoritarios de las fuerzas de seguridad, militares retirados, funcionarios corruptos y una red que penetraba la justicia y el matonismo político. ¿Cómo no habría de resultarle embarazoso hablar con la prensa?

Por fin le llegó a Cristina la comunicación esperada. El jefe de la SIDE la recibiría a las seis y media de la tarde en su despacho. Ella deslizó un diminuto grabador en su cartera y conectó el objetivo de su cámara secreta al broche que llevaba la solapa de su traje. Se miró al espejo, reflexionó un minuto y descartó la cámara. Tampoco iría acompañada por un colaborador. Jugaría limpio.

Mientras viajaba hacia el señorial edificio realizó su propio balance. Hemos recuperado la democracia, eliminado la censura, enjuiciado a las Juntas militares, reparado el tejido institucional. Pero la salida de la dictadura no trajo la automática superación de sus vicios. Los antiguos torturadores e ideólogos permanecen como mano de obra desocupada, lista para infiltrarse en cualquier resquicio. La Justicia incorporó nuevos nombres, pero no se cepilló la patología. Continúan los negocios turbios, la corrupción, la degradación del Estado. Lo mismo, por desgracia, ocurre en el resto de América latina: presidentes elegidos en forma inobjetable son autores de escándalos sin paralelo, como Carlos Salinas de Gortari en México, Fernando Collor de Melo en Brasil, Carlos Andrés Pérez en Venezuela, Alan García en el Perú. Son émulos de Rasputín, unos perversos que ambicionan riqueza y poder ilimitados. La desmesura de América degeneró en la desmesura de estos nuevos monstruos.

Para su desagrado, en la entrada del edificio fue sometida a un severo control: le examinaron la cartera y la palparon. Por suerte no traje la cámara oculta, suspiró aliviada. Luego la condujeron por vigilados pasillos hasta llegar a una antesala con flores en un rincón. El clima varió de golpe: la invitaron a tomar asiento en un blando sillón azul y le preguntaron qué deseaba beber. Miró los visillos de la ventana, blandamente plegados y que parecían respirar; supuso que disimulaban los objetivos que la estaban filmando de frente y perfil. Sobre una mesita se superponían revistas de actualidad y turismo. La decoración era apacible y Cristina procuró relajarse. Un mozo de pantalón negro y chaqueta blanca trajo el café. Luego apareció una secretaria para rogar que disculpara a su jefe por la tardanza. "La infaltable amansadora", se resignó Cristina.

Por fin ingresó en el imponente despacho y estrechó la mano del doctor Fidel Juárez. Con afectuoso gesto la condujo a los sillones que rodeaban una mesita alegrada por otro pequeño ramo de flores frescas.

—Disculpe la demora. Tuve cansadores viajes al exterior y aquí a uno no le alcanzan los días.

—Sí, lo sé. Pero —lo miró fijo al cerrado entrecejo—, también se puede conjeturar otra cosa.

—Que temo a los periodistas… —carcajeó divertido.

—Es como caminar por la cornisa, ¿no? A nadie le gusta eso, pero en su caso debe ser así.

—¿Por qué mi caso sería diferente?

—Porque vive en medio de conflictos interminables —repuso en tono comprensivo—. Sabe y no puede hablar o, peor todavía, no puede actuar.

—¿Será el precio del poder? De todas formas, agradezco sus palabras, porque hay días, sinceramente, en que quisiera no haber conocido nunca este despacho.

—¿Está por renunciar? —abrió su cartera y amenazó con sacar una libreta de apuntes.

—¡No, por Dios! Y no vaya a trasmitir semejante cosa.

—¿Entonces?

—Mire, el periodista se entera de algo o trabaja duro para enterarse de algo, como usted, por ejemplo. Luego lo difunde, cuanto más lejos mejor. No se preocupa por las consecuencias. Tiene arraigado aquí —se tocó la frente— que su misión es trasmitir lo que sabe o conjetura, aunque no sea la estricta verdad.

—No es tan exacto… Pero continúe.

—En cambio, la gente que trabaja dentro del poder está obligada a calcular cada paso, porque cada paso repercute multiplicado en la sociedad, para mal o para bien.

—¿Y qué me dice de los pasos que no se dan?

—No se dan para evitar perjuicios.

—¡Vamos, señor! ¿Sólo perjuicios?… ¿Ustedes son santos?

—No santos, pero mejores de como nos describe la prensa. Ningún periodista se interesa en conocer los dolores de cabeza, las anginas de pecho o las úlceras de estómago que produce estar aquí, en medio de una Inteligencia que a veces es de todo, menos inteligencia. No se meten bajo nuestra piel para enterarse de las luchas que debemos librar antes de tomar una decisión importante.

—O una no decisión. A menudo observo que la decisión de su organismo es no decidir. Mientras, se entretienen pinchando teléfonos y filmando las diversiones sexuales de cuanto personaje se les cruza en el camino. Gastan millones de dólares para la intrascendencia.

Fidel Juárez se mordió los labios para no soltar un exabrupto. En cambio dijo:

—Usted se ha ganado la fama de ser honesta o bienintencionada —aclaró su garganta con un golpe de tos y bebió un sorbo del té que había servido un mozo con guantes blancos—. Mire, supongo que interpretará mis palabras en un buen sentido. Yo soy ajeno a la SIDE; mi vocación no era ser espía, sino abogado. Razones políticas me instalaron en este lugar. En consecuencia, tiene lógica que me consideren un extraño. Los de la planta permanente se dividen entre quienes desean ayudarme y quienes prefieren verme colgado de un árbol. Mi problema es que no puedo reconocer a unos ni a otros.

—El Llanero Solitario contra el mundo entero.

—¿Lo dirá al aire? La acusarán de anticuada —lanzó una breve risita.

—Tengo la impresión de que usted intenta conmoverme para que no sea implacable, para que lo trate con cariño.

—Me decepciona, Cristina. Aquí adentro no reina la homogeneidad ni la disciplina. Todo es muy difícil. Pero yo debo cerrar el pico, es cierto. Y si usted dice que lo dije, tendré que desmentirla —abrió los brazos.

—Además de los lamentos, ¿hay algo más sustancioso que pueda comunicarme?

—¿Lamentos? Usted no me cree. Venga, le mostraré.

La condujo a su escritorio, eligió una llave de su abultado llavero y abrió uno de los cajones laterales.

—¿Qué ve?

Cristina se inclinó. El cajón tenía dimensiones reducidas y adentro había varias bolsitas de nailon con pequeños objetos. Frunció los párpados para entender.

—¿Qué le parece? —preguntó el Señor 5.

Ella meneó la cabeza.

—Agarre una bolsita y ábrala.

Cristina la levantó con tres dedos de su mano derecha para ponerla bajo la luz. Iba a abrirla cuando se dio cuenta de su contenido, pegó un grito de espanto y la dejó caer sobre la alfombra.

Fidel Juárez esbozó una mueca de asco que también insinuaba complacencia. Se inclinó, levantó desde un ángulo el transparente envoltorio y ló deslizó en su cajón, junto a los demás paquetes.

—Este macabro descubrimiento me produjo las mismas náuseas que ahora a usted. Alguien, aquí, gusta arrancar ojos de seres humanos. Los colecciona de a pares en bolsitas de nailon. O lo hace alguien de afuera y las manda como advertencia.

Cristina bebió hasta el fondo su vaso de agua para recuperarse del susto.

—¿Advertencia?

—Se espía con los ojos, ¿verdad?

Ella se sintió paralizada. Frente a ese hombre equilibrado o provisto de una asombrosa insensibilidad, se preguntó si lo que acababa de suceder no era algo más grave que lo que aparentaba. ¿Juárez había querido decirle que sufría impotencia frente a sus subordinados? ¿Que era un extranjero en la SIDE? ¿O le deslizaba un mensaje siniestro e inolvidable, una amenaza indirecta?

Regresaron a los sillones y permanecieron callados. Ella no lograba borrar la imagen de los globos oculares con las venitas que rodeaban su superficie y que —sentía— la habían mirado con inefable desesperación. Tal vez habían sido arrancados de un cuerpo vivo. Le parecía irreal.

—Crueldad gratuita… —murmuró Juárez—. Le ruego que no difunda lo que acabo de mostrarle.

Ella aún no podía hablar.

—He ordenado un sumario interno, a fondo y secreto. Me he arriesgado con usted más de la cuenta, porque creo en sus buenas intenciones… Espero no haber sido un ingenuo.

—¿Podemos entrar en el motivo de esta entrevista? —Cristina optó por airearse la nuca.

—Me imagino. ¿Se refiere a la voladura de la embajada?

—Sí.

—Dicen que hay cómplices locales pertenecientes a la SIDE —se anticipó Juárez—. Y es un disparate. Un disparate producto del odio que se tiene a todo lo que huele a autoridad. Los argentinos todavía no nos hemos sacado la resaca de la última dictadura.

—Las versiones no son arbitrarias —ella apoyó el vaso de agua vacío, que Juárez se apresuró en llenar—. Se borraron muchas huellas y se han fabricado pistas falsas. En un país serio estos datos hubieran conmovido hasta a las piedras.

—¿Sugiere que son obras de la SIDE?

—Si no se ofende, me gustaría que deje de defender a la SIDE. ¿No me ha dicho que le falta vocación de espía, que se siente sapo de otro pozo? Usted, desde aquí, desde este despacho, sabe mejor que nadie las tareas que se han hecho para que reine la impunidad.

—Estamos confeccionando un informe completo sobre el caso de la embajada. He ordenado utilizar todos los indicios que están a nuestro alcance.

—Con esas palabras me dice que está resignado y acepta el triunfo de los asesinos.

—¡Yo no dije eso! —replicó Juárez.

—Usó otras palabras. Si no, cuénteme cuáles son las tareas que tiene por delante… —calló unos segundos antes de disparar su pensamiento—. No tiene nada, doctor Juárez. Seamos francos.

El Señor 5 suspiró ruidosamente. En sus ojitos titilaron luces de semáforo.

—Las investigaciones no fueron sólo nuestras —dijo con voz súbitamente calma—. Actuó la Policía Federal, la Bonaerense, el Ministerio del Interior, la Corte Suprema, el Congreso. Y hasta delegaciones de la CIA y el MOSSAD —la miró para calcular el efecto de su enumeración.

—¿Qué me puede decir sobre las conjeturas de otro atentado?

—No me dedico a la ciencia-ficción. No tengo una bola de cristal —cruzó los brazos para rodear su cuerpo de una coraza virtual; esa idea no le resultaba absurda, pero jamás la respaldaría en público, menos ante una periodista como Cristina.

Ella adelantó su cabeza insolente.

—¿Asegura que no va a ocurrir?

Frunció los labios, simulando indiferencia. Tras una pausa descolgó el más descarado argumento que Cristina hubiera podido imaginar.

—Con los atentados pasa igual que con los sismos: se intenta detectarlos antes de que sucedan, pero al final siempre se los reporta cuando ya sucedieron. Es la sabiduría del día después.

—El terrorismo islámico debería ser mucho más previsible que un sismo.

—¿No le parece que tiene una actitud demasiado asertiva? Si fuese cierto, ¿por qué no previeron el coche-bomba que hace unos meses hicieron explotar en el estacionamiento de las Torres Gemelas, en Nueva York?

—Allí descubrieron enseguida a los autores, y ya están presos. Aquí, en cambio, nada se sabe. La impunidad del primer atentado va a ser tenida en cuenta por quienes lo cometieron. Esta sencilla verdad no puede ser ignorada por los servicios de Inteligencia, doctor.

—¿Le parece? —la miró con ojos cínicos—. Yo dudaría. No obtuvieron suficientes aplausos.

—Grave error. A ellos no les interesan los aplausos argentinos, para nada. Lo que les interesa en grado sumo es el miedo que desparraman por Occidente y las adhesiones que recogen en el mundo musulmán.

—Recuerde que dije "no obtuvieron suficientes aplausos", porque aplausos tuvieron.

La entrevista llegaba a su fin.

—Bueno —dijo Cristina mientras levantaba su cartera—, creo que perdí la tarde.

El Señor 5 sonrió apenas. "Ni que hubiese leído en mi mente", se autofelicitó.

—Muchas gracias por haberme recibido —ella le tendió la mano.

Juárez la acompañó hasta la puerta.

En la antesala, con una carpeta bajo la axila, lo esperaba su alto, rubio y lacónico colaborador Ramón Chávez. Fidel Juárez lo apreciaba por su seriedad y eficiencia, pero últimamente había comenzado a sospechar que se cortaba solo; era una intuición rara, inquietante, que no sabía a qué atribuir; debía prestarle más atención. En la casa de los espías nadie era totalmente confiable.

Capítulo 13

En la avenida Juan B. Justo existía un sector en el que se alineaban apretadamente los locales que vendían automotores usados. Como en otras actividades comerciales, usaban códigos específicos, a veces hilarantes. Cada vendedor tenía un caudal de prevenciones, tics y astucias que lo tornaban tan parecido a sus colegas como si fuesen gemelos. Algunos desarrollaban actividades paralelas bastante audaces que duplicaban sus ingresos y constituían el margen envidiado en el que, no obstante, muchos preferían no entrar. A veces estos sujetos se ocupaban en forma personal y otras las dejaban a cargo de socios, parientes o testaferros.

Uno de esos vendedores, con la ayuda de su enérgica esposa, había encontrado la manera de regentear un modesto prostíbulo en un departamento alquilado. La prostitución tenía severas restricciones públicas en la Argentina, heredadas de los tiempos dictatoriales, porque es sabido que a los autoritarios les disgusta la amoralidad visible y el buen humor. Sin embargo, la amoralidad es practicada con entusiasmo por los mismos que la condenan, tanto en la Argentina como en el resto del mundo. De ahí que la policía de la democracia —compuesta en su mayoría por individuos que prestaron servicios durante el régimen militar— siguiese persiguiendo la prostitución… que no le arrojaba beneficios directos.

Carlos Telleldín logró construir buenas relaciones con varios agentes mediante el aceite de la coima y la camaradería. Su padre había sido comisario y su mujer le cubría las espaldas. ¿Quién no se sentiría seguro y feliz con semejante protección? La venta de vehículos y el alquiler de muchachas mejoraba su patrimonio en forma lenta pero constante.

En su local apareció un hombre de anteojos, barba cenicienta, recortada con esmero, que hablaba un castellano salpicado de resbalones. Se interesó en las camionetas Trafic usadas, cualquiera fuese su color, pero que tuvieran un funcionamiento impecable. Miró las que se exhibían en el local y preguntó sus precios, que oscilaban entre diez y catorce mil dólares.

Cuando salió fue caminando hasta una calle lateral, donde lo aguardaba un coche con los vidrios polarizados. En ese momento fue reconocido por el ojo alerta de Santiago Branca, al volante de su Mercedes, que lo había visto en dos recepciones con empresarios y miembros de embajadas. Venía de pasar la noche en su quinta en La Reja y le pareció raro que ese hombre anduviese buscando vehículos de segunda mano: los diplomáticos aprovechaban sus misiones para adquirir los mejores modelos que luego ingresaban a su país mediante los privilegios del pasaporte. Conjeturó que tal vez esa embajada mantenía una austeridad infrecuente, propia de su gobierno fundamentalista.

Siguió hacia la Recoleta con el acelerador a fondo. Su amigo Ramón Chávez lo esperaba en un café. Esa mañana Ramón le había trasmitido una noticia en clave que le podía arruinar el día: en una denuncia sobre venta de drogas había sido involucrado su nombre y su elegante negocio de antigüedades; le dijo que urgía tomar las medidas del caso antes de que el asunto cobrase estado público.

Ramón sabía cómo hacerlo, pero esta vez estaba más inquieto que de costumbre.

Ramón Chávez había llegado muy temprano a su oficina, bebido un pocillo de café con gotas de leche y repasado tres expedientes. El caso de su amigo era preocupante, pero la noticia de que ya había sido entregado el bolso con explosivos lo tranquilizó. Eso era bueno y compensaba lo otro. La entrega ocurrió de acuerdo con lo planeado, sin inconveniente alguno, pese a que fue precedida por complejos movimientos de fuga y algunas esperas cargadas de tensión. El gordo Ramiro Serra había entrado en el pringoso bar La Vinchuca, de Paternal, con su bolso azul de tela impermeable. Saludó al mozo que conocía desde su juventud y pidió un desayuno compuesto por café con leche, tostadas, manteca y dulce de membrillo. Ramón sabía que al leal Ramiro no le gustaba esa breve misión y estaba seguro de que lo puteaba mientras sorbía ruidosamente de la taza. En ese lugar lo identificaban por el ancho de su cintura y la fea cicatriz que le cruzaba la papada, semejante al borde de una empanada criolla. Del bolso entreabierto sobresalían los extremos de unas cañas de pescar prolijamente dobladas en sus articulaciones para que no molestasen en su traslado. Ramiro se sentía grotesco con semejante encomienda. Estaba preparado para acciones de mayor envergadura, pero debía cumplir con la orden de su jefe. Miró la hora, pagó, hizo la llamada convenida y empezó a caminar por la calle. Se detuvo junto al primer semáforo y vio la camioneta que avanzaba lenta junto al cordón. Depositó el bolso en el piso, junto a la pared, y esperó que viniese un colega en dirección contraria. Cambiaron los bolsos sin mirarse. Perfecto.

Horas más tarde Chávez se sentó en el café La Biela, donde se encontraría con Santiago. Abrió el diario y por el rabillo del ojo espió a quienes caminaban por la vereda. Apareció su amigo, que ya había guardado su Mercedes en el estacionamiento. Inspiró hondo, con rabia evidente. Estaba acostumbrado a tratar asuntos diversos con calma profesional, pero este Santiago Branca, mientras más plata ganaba, más amarrete se ponía. Empezaba a parecerle un abuso. Cuando se sentó a su lado contempló la mancha vinosa que cubría su mejilla izquierda, dispuesto a decirle que continuaría ayudándolo en sus frecuentes embrollos si le engordaba mejor el bolsillo; la cuota de servicios realizada en nombre de la pura amistad ya había sido colmada. Antes de que pudiese entrar en ese punto, sin embargo, Santiago le comentó que había visto a Hassem Tabbani en un local de camionetas Trafic usadas, ubicado en la avenida Juan B. Justo. Eso no habría sido importante si hubiera callado el comentario siguiente:

—Lo seguía Ricardo Salgán, tu ayudante… ¿En qué andás, Ramón?

Chávez, tomado por sorpresa, prefirió mirar sus zapatos durante unos segundos antes de contestar.

Capítulo 14

En la sala de maquillaje Ivonne la recibió con los brazos abiertos, como siempre. Tras darle un beso Cristina se sentó en el abotonado sillón de cuerina negra, dispuesta a relajarse unos minutos; aflojó sus músculos y gozó las caricias de los pinceles que recorrían cada centímetro de cutis.

—¿Así que estás preparando un programa nuevo? —los irregulares y blancos dientes de la maternal Ivonne contrastaban con el rouge de sus labios gruesos.

Cristina se enderezó.

—¿Quién te lo dijo?

Se produjo un silencio incómodo. El filtro de la noticia la golpeó en la nuca. Esta Ivonne era un almíbar, pero actuaba como el mensajero de las malas nuevas. La miró a los ojos, encendida de rabia.

—¿Quién te lo dijo? —repitió.

—Vamos... —le empezó a masajear los hombros— ¡Aquí todo se sabe, querida! No debería asombrarte.

—¡Dame el nombre del hijo de puta! —le apretó la muñeca.

—¿Un nombre? ¡Qué te pasa, mi amor! En qué mundo vivís. Para empezar, te daré cuatro. A vos te envidian, es un hecho sabido, y cada sacudida que le das a tu hermoso culito produce un terremoto.

—¡Este canal es una cloaca de chismes! —Cristina meneó la cabeza, indignada.

—¡Qué novedad! Y te quedaste corta —la masajeó durante un minuto—. Sin embargo, para ser periodista hay que amar los chismes. A ver si sos capaz de desmentirlo… ¡De lo contrario no aguantarías este laburo! Cada vez que respirás te entra un chorro de chismes, mientras más sucios, mejor —abrió la boca e hizo la mímica de una cómica inspiración—. ¿Ya estás más tranquilita? Bien. Ahora cerrá los párpados, por favor, te los voy a repasar. Tus ojos verdes merecen todo el brillo del mundo.

Cristina había podido convencer a Miguel Escudero de lanzar un ciclo de mesas redondas sobre el conflicto palestino-israelí en lugar del prohibido *Palabras cruzadas*. El ciclo no debía ser anunciado hasta una semana antes del inicio, para que funcionase como una sorpresa. Y, fundamentalmente, para que no le obstruyesen su investigación sobre el atentado. Era su deber.

Claro que era su deber. Miguel Escudero lo entendía, pero no confiaba que llegase a buen puerto. Era un asunto personal de Cristina, que no traería réditos al canal. Ella había sufrido dos terribles golpes, reconocía Escudero. Todos en el canal lo sabían. Traumas que dejaban exhausto al más fuerte de los mortales. Pero eso no le daba más lucidez ni hacía confiables sus premoniciones.

El primer golpe había sido el azote de la guerra con su madre y su hermana. Le costó recuperarse, aprender a vivir sin familia, conseguir amigos, enamorarse. Dos años después de no tener el menor contacto con su madre y su hermana, Ivonne la detuvo en el pasillo. Sostenía un cepillo en su mano izquierda y le preguntó si era pariente de la viuda del doctor Tristán Tíbori. Parecía una broma. Cristina la miró perpleja y se puso en guardia. ¿El almíbar de Ivonne estaba por convertirse mágicamente en un balde de ácido? Tardó unos segundos en responder que era su madre, claro, y sin respirar le espetó a qué diablos venía esa pregunta. La mujer frunció sus labios rojos hasta convertirlos en una pequeña frutilla. Miró hacia un lado, se había puesto incómoda.

—Qué pasa, Ivonne. A qué viene la pregunta.

Se disculpó enronquecida.

—Mirá… No sé cómo decirte… Me llamó la atención un aviso fúnebre.

—Qué aviso.

—Un aviso que habla de… de… su muerte.

Cristina permaneció inmóvil, sin quitarle los ojos de encima. Ivonne percibió el temporal, le puso una mano sobre el hombro y, conmovida, preguntó una obviedad:

—¿Es tu madre, entonces?

A Cristina se le habían nublado los ojos.

—Quisiera leer el aviso.

—Por supuesto.

La llevó al salón de maquillaje, corrió hacia un lado sus útiles de trabajo y buscó en el diario que estaba doblado sobre una silla. Lo abrió y señaló con su índice. Cristina le arrebató la hoja y cayó sentada sobre un sofá mientras leía que Florencia y Cristina comunicaban el repentino deceso de Inés, viuda de Tristán Tíbori, provocado por un accidente. Reacomodó la hoja y volvió a leer. Se fijó en cada palabra, en cada letra, como si fuese un detective que necesitaba descubrir la huella de un error. Decía, en efecto, que "sus hijas Florencia y Cristina"… Su hermana o quien fuese había dictado el aviso y la había incluido. Y ella ni siquiera se había enterado. ¿Qué tipo de accidente había sufrido su madre? ¿Dónde? ¿Cuándo? En sus grandes ojos verdes no aparecieron lágrimas, pero en su garganta se había instalado un ruido sordo. Dobló la hoja de diario y la guardó en su cartera.

—Me voy —susurró al vacío.

—Lo siento mucho —Ivonne no sabía qué hacer—. Perdón si fui descomedida. ¿Puedo acompañarte? Sí, voy con vos.

Ella la contempló con la ajenidad que producen los estados de confusión. Pero consiguió esbozar un gesto de cariño y le dio un abrazo.

—No, gracias.

Ivonne insistió.

—Tengo que ir sola. Espero que me entiendas.

Subió a un taxi y le ordenó dirigirse al salón del velatorio. Su hermana estaba acostumbrada a fingir, era esclava de la opinión ajena y le resultaba más fácil disimular el conflicto de la familia. Al rato se criticó por estar dando vueltas en torno a un asunto menor y no conmoverse por la muerte de su madre. ¿No se conmovía? Empezaron a brotarle imágenes de su infancia, que alternaban con imágenes de la adolescencia y de la juventud. Inés siempre había estado junto a sus hijas como un ángel de la guarda. Las ayudaba, aconsejaba, comprendía y perdonaba. Fue una excelente madre pese a su silenciosa guerra conyugal, o quizá por causa de esa guerra. Le parecía estar viendo su sonrisa, sus ojos atentos, su cabello siempre bien peinado. Sentía la caricia de sus dedos elegantes. Lo recordaba bien: esos dedos la habían acariciado al despedirla frente a la escuela y al ir a buscarla; durante los días de fiebre cuando padecía enfermedades infantiles. Una noche de pesadillas su madre la acarició hasta el alba.

Pagó el taxi dudando de si iba a pedirle que aguardase; temía no poder permanecer más de un minuto. ¿Qué haría al encontrarse con Florencia? Tal vez le hubiera ordenado al servicio de guardia que la expulsaran. Esa humillación ya la había experimentado y le dejó una herida que no cicatrizaba. Ingresó vacilante. Recorrió un pasillo con olor a flores. Cruzó sin mirar a personas que tal vez conocía. Ingresó en el recinto iluminado por altas candelas y circunvalado por coronas con rosas, claveles y crisantemos. Sus pupilas de cazadora leyeron la faja de la más grande, instalada en el frente, y que decía "Florencia y Cristina". Contempló el féretro de madera lustrada y junto a él, cabizbaja, con una mano sobre el ataúd, a su hermana. En realidad se descubrieron las dos al mismo tiempo. La mano de Florencia se contrajo al instante, así como sus ojos. También se contrajeron los ojos de Cristina. Se miraron abrumadas; les temblaron los labios y las piernas.

De repente, impulsadas por una energía invisible se lanzaron al encuentro. Sus cuerpos se unieron con fuerza y los brazos aferraron las espaldas. Sintieron que se les abría un dique de emoción, que empezaban a gemir como si estuviesen ahogadas, que una cascada de lágrimas les humedecía el rostro. Se desprendieron con dificultad y cada una se ocupó de enjugar las mejillas de la otra. Tomadas de la mano se acercaron al cajón. Lentamente, a medida que recuperaba el habla, Florencia le contó cómo había sido el accidente callejero, cómo un auto chocó a una moto y ésta voló como un torpedo hacia la vereda y estrelló a su madre contra la pared. Murió al instante, el golpe le había abierto el cráneo. La interrumpió un llanto visceral y se tapó la cara con un pañuelo. Fue espantoso, dijo mientras se sacudía. Quedó irreconocible. Por eso habían cerrado el ataúd. Es mejor recordarla tal como fue, no como la dejó el accidente, así me aconsejaron, ¿estás de acuerdo? Cristina empezó a sacudirse otra vez por el llanto.

Marcharon juntas al cementerio y juntas retornaron.

Entonces Florencia, abrazándola de nuevo e hipando un sollozo, le pidió perdón. Hacía tiempo que no podía dormir. Ni ella ni su madre. Ambas se habían arrepentido, pero no creían posible que Cristina perdonase las ofensas; aunque parecía una actitud infantil, la culpa no les daba aliento para llamarla; hasta pensaron en solicitar la intervención de un tercero.

Florencia le rogó que la acompañase al viejo hogar, del que había sido echada en forma absurda y cruel; tenía que mostrarle algo, también en nombre de su madre. Cristina movió la cabeza, la cara empapada en lágrimas. ¿Tenía que morir su madre para que fuera posible la reconciliación? Qué disparate, qué doloroso. Desde que fue maltratada evitó rondar por las cercanías.

Cuando el auto tomó por la calle familiar sintió que el corazón se le salía del pecho. Cada detalle ponía en primer plano los últimos episodios, los hirientes, y no dejaban ver la felicidad que también había existido. Entró en la casa como poseída. Sus sentidos reencontraban olores, sonidos y matices. Florencia la arrastró hacia la habitación que había sido de Cristina y ésta advirtió que lucía arreglada y pulcra como si aún viviese en ella. Después Florencia fue a preparar café; estaba apurada por hacerle saber algo muy importante. Tras depositar los humeantes pocillos, corrió hacia la caja de seguridad y regresó con una carpeta.

—Son los trámites que iniciamos para corregir las injusticias de la herencia.

Cristina no podía creerlo, especialmente porque los había iniciado su madre en persona. Pero se trataba de dinero, sólo de dinero. Y su sufrimiento había sido por el desamor, no por dinero. Sin embargo, murmuró "¡Gracias, mamá!".

Florencia la abrazó de nuevo.

Esto había sucedido a mediados de 1991; a partir de entonces procuraron verse seguido. Tenían mucho para contarse y reparar. Cristina le presentó a Esteban y Florencia a Diego. Salían los cuatro a caminar, a cenar, a jugar al tenis, a realizar excursiones por la provincia. Veranearon juntos en las sierras de Córdoba y planearon ir a los lagos del Sur. Volvieron a ser las amigas atadas por códigos personales, guardaban secretos y se adivinaban las picardías. Incluso trataron de aceptar que ni su padre ni su madre habían sido perversos, sino incompatibles. Su error había consistido en no tener el coraje de reconocerlo; un oportuno divorcio les hubiera ahorrado tanto rencor.

Un día Florencia dijo que le daba miedo sentirse feliz, porque desde chica se había acostumbrado a experimentar simultáneamente el placer y el dolor, la alegría y la tristeza. Cada momento bueno solía quebrarse por la mala atmósfera que producía la hostilidad entre sus padres. La sorprendía que esa atmósfera no volviera a perturbarla. Cristina la comprendía muy bien, pero en su alma ya se habían formado callos. Le dijo que había aprendido a vivir de otra manera. Y le contó por qué su relación con Esteban seguía agitada, y que su trabajo de periodista prosperaba. Florencia, por su parte, tenía una respetable oficina inmobiliaria en la calle Arroyo.

El 17 de marzo de 1992 Ivonne estaba maquillándola cuando apareció un asistente de Cristina que, desde la puerta, sin poder contenerse, gritó: "¡Volaron la embajada de Israel!".

Las mujeres se miraron perplejas, como si no hubieran entendido.

—¿Qué cosa? —murmuró Ivonne.

—¡Hicieron volar la embajada de Israel! —repitió.

—¡¿Cómo?!

Cristina se arrancó la toalla que le rodeaba el cuello y, con el ojo izquierdo mejor sombreado que el derecho se precipitó a su oficina, desde donde convocó a los camarógrafos que debían acompañarla. ¡Iré en persona, por supuesto! Impartió órdenes a los asistentes que permanecerían en sus sitios, conectados con ella, y salió como un bólido. Ivonne la perseguía con los pinceles, pero Cristina no accedió a los retoques.

El auto rugió por las calles. Durante los zigzagueos que hacía para esquivar el tránsito llamó por teléfono a quienes podían darle información adicional, pero nadie sabía más que lo poco que ya empezaban a martillar las radios. Irrumpieron en la Avenida del Libertador con chirriante gemido de los neumáticos y casi provocaron el vuelco de una camioneta. A los bocinazos se abrieron camino hasta la entrada de la calle Arroyo, que ya había sido bloqueada por la policía.

Descendieron del coche como posesos. Cristina vestía falda clara, blusa de seda y tacos altos. Maldijo sus inoportunos tacos y buscó en el vehículo un par de zapatillas, porque la calle estaba cubierta de vidrios, cascotes y astillas. Tuvo que resignarse a los tacos, uno de los cuales se rompió. Aturdían los gritos de pánico. La gente volaba en medio de nubes de polvo y olor a quemado. Ululaban sirenas, cruzadas por silbatos irritantes. Las cámaras corrían pegadas a la espalda de Cristina y empezaron a registrar imágenes; ella, haciendo esfuerzos para no quebrarse, describía las escenas desgarradoras. Trabajó sin cesar durante el resto de la tarde y el comienzo de la noche.

Había aparecido Esteban cuando descubrió la hoja del jardín de infantes. También lo descomponían las escenas y se preguntaba dónde carajo estaba Dios.

A la noche volvió a encontrarse con su novio, poco después de entrevistar al imam Zacarías Najaf junto a los escombros iluminados por los reflectores. En ese momento ambos fueron testigos de la súbita percepción que electrizó al pequeño anciano y observaron incrédulos su índice, que señalaba con precisión de rabdomante un costado del montículo atravesado por vigas. Dos enfermeros treparon hacia el sitio, arrimaron la oreja y agitaron los brazos porque escuchaban algo alarmante. De inmediato un enjambre de personas comenzó a excavar el lugar.

—¡Rápido, más rápido! —gritaban.

Acercaron tubos de oxígeno y descubrieron en el fondo a una mujer semiconsciente con el rostro cubierto de hematomas. No podían sacarla porque el cuerpo estaba trabado. Cristina se abrió camino y, aunque sus camarógrafos no lograron enfocar hacia el interior del hueco, ella miró. Miró con miedo y también con una curiosidad irrefrenable, como si le estuviesen ordenando que no lo hiciera. Su vista captó algo que su mente prefirió negar. Sus tacos hundidos entre los cascotes se aferraban al suelo para no ser desplazada por los médicos que se afanaban en suministrar oxígeno a la cabeza lastimada y trataban de canalizarle la vena yugular.

Un remolino casi la desplomó.

No podía ser cierto. Miró con el horror que produce la peor de las imágenes y empezó a aullar: "¡Florencia! ¡Florencia! ¡Qué hacés ahí! ¡Dios mío! ¡Florencia!".

La sostuvo un camarógrafo y el médico le rogó que se apartara, que lo dejase trabajar. Pero Cristina tenía clavados los pies y nada iba a sacarla de ese sitio sin que antes recuperase a su hermana. Percibió que de nuevo la envolvía el sudario de la soledad compacta que había padecido cuando la echaron de su hogar. Como plomadas, sus piernas tironeaban hacia el fondo de la tierra, hacia el abismo eterno. Una violencia de desmedida crueldad le partía la vida. Empezó a desfallecer como una mariposa sin alas mientras su visión se borraba en una ola de sangre y carbón.

A partir de entonces Esteban la acompañó día y noche; se convirtió en su guardián implacable, a veces cargoso, otras providencial. Insistía en distraerla con salidas y tareas nuevas, cuando el duelo la abrumaba. Hechos anodinos en apariencia como un simple estornudo, le provocaban accesos de llanto. Una tarde le pidió que cerrase los ojos y extendiese las palmas para darle un regalo sorpresa. Ella obedeció y él le besó las palmas. Cristina lanzó una breve carcajada, la primera desde el atentado.

—Me engañaste —dijo, moviendo el índice en son de reproche.

—No te engañé, era el prólogo. Ahora viene la sorpresa de verdad.

De nuevo cerró los ojos. Sus pestañas temblaron. Sobre las palmas descendieron papeles.

—¿Puedo mirar?

—Sí.

No entendió qué le había dado.

—Te inscribí en un curso de boxeo —dijo—; pagué las cuotas de todo el año. Ahí está la inscripción, el recibo y los horarios de clase y de práctica.

—¿Qué? ¿Boxeo?—contrajo la frente.

—Te vendrá bien… No para romperme la nariz, sino para descargar tu rabia.

Lo contempló incrédula.

—Me parece que algo te patina —murmuró—. Soy víctima de la violencia y ¿me proponés más violencia?

—Catarsis.

—Es ridículo —le devolvió los papeles—. Por favor, tratá de recuperar la plata.

—¿No te vienen ganas de romperle la mandíbula a los criminales que asesinaron a tu hermana? ¿Pegarles duro, con todas tus fuerzas? Aliviará tu corazón.

—Esteban, sos increíble. Te agradezco la intención, pero yo no voy a boxear.

—Es fantástico: te vendan las manos, calzás los guantes y los hundís contra la bolsa, ¡ferozmente! Con ganas, con odio. ¡Así! Uno, dos, tres, hasta que les hayas quebrado todos los huesos. Después le pegás al punching ball. Rápido, con energía, con más odio. ¡Paf, paf, paf! Hasta quedar agotada. Pero si te quedan fuerzas peleás con tu entrenador. Y al final, cuando te sentís muerta, un alivio de dioses habrá refrescado tu cuerpo y tu cabeza.

Cristina recuperó los papeles y miró los ojos melancólicos de Esteban, súbitamente llenos de puntos luminosos. De repente, abrió los brazos y le saltó al cuello.

Él no quiso que llorase.

—¡Vamos a la cocina! Preparemos algo juntos. No quiero que llores ni siquiera por causa de una cebolla; yo la picaré. Y vos hacés el resto, ¿de acuerdo?

Le rodeó la cintura y la condujo hacia la heladera.

—Andá colocando todo sobre la mesada, que voy a poner una música de esferas alegres.

—¿Esferas alegres? ¿Ahora sos poeta?

—¡Un buen fotógrafo siempre hace poesía! No lo olvides.

Empezó a resonar un vals de Strauss.

—¡Dios! ¡Qué viejos son tus gustos, Esteban!

—Clásicos, no viejos. Vamos a bailar.

—Estoy por rehogar la cebolla.

—Con una cebolla en la mano, porque te voy a rehogar la tristeza. ¡Vamos, mi amor, a girar y girar sobre la Vía Láctea! ¡Paaam, tin-tin! ¡Paaam, tin-tin! ¡Paaam, tin-tin!

SEGUNDA PARTE

Capítulo 15

Miró por encima del hombro para comprobar que no lo seguían y subió rápido los breves escalones de mármol. Los botones del hotel Alvear, enfundados en uniformes con vivos dorados y charreteras rojas, lo reconocieron como visitante habitual, pero no era a ellos a quienes el anticuario Santiago Branca temía. Dentro del lobby, entre bronces, alfombras y luces estratégicamente instaladas circulaban mujeres y hombres elegantes con los que gustaba alternar. Hacia la izquierda se abría el suntuoso espacio del café, donde ya estaban ocupadas casi todas las mesas. Santiago Branca se acarició el duro cuello de su camisa de seda y caminó lentamente entre las sillas, acostumbrándose a la blanda iluminación. Descubrió al hombre de barba y pelo gris que le hacía una seña con la mano. Ya se habían visto cuatro veces —tenía bien registrados los detalles de cada vez, como peldaños que llevaban a una cima codiciada—. Era evidente que portaba negocios millonarios bajo el brazo y procedía con la paciente y experta moderación de quienes suelen tener la última palabra. Daba la espalda a una lámpara que impedía mirarlo de frente: hábil truco para evitar ojos indiscretos.

El hombre le ofreció la butaca que estaba a su lado, tras incorporarse a medias para darle la mano, que era suave, como si no tuviera huesos. Pronunciaba un buen español con acento árabe, pero de vez en cuando confundía el tiempo de los verbos. Siempre se disculpaba por este defecto, como correspondía a un perfeccionista, al que Santiago insistía en quitarle importancia.

—Usted se expresa muy bien —repitió una vez más, seguro de que ese perfeccionismo adquiría el máximo rendimiento antes de firmar un contrato.

Era un individuo de cincuenta años, pupilas oscuras, dentadura fuerte y abdomen algo desproporcionado. Reconocía tener debilidad por los manjares que probaba en diversos puertos del mundo. Le habló de la cocina española, que conocía a la perfección, porque pasaba varios meses del año en las playas de Marbella y Torremolinos.

Santiago se esmeraba en ganar su confianza. Los orientales no sólo negociaban como los dioses, sino que tomaban muchos recaudos antes de soltar prenda. Sus fortunas eran el producto de una picardía que no tenía éxito si mostraban sus cartas a gente que podía traicionarlos. Había nacido en Siria y tenía buena información sobre la heroína que brotaba como de un caudaloso manantial en los valles libaneses de la Bekáa. Para Santiago Branca, los negocios de este Ibrahim Kassem no podían andar lejos de ese rubro. Pensó que para lograr la simpatía de un delincuente, nada era mejor que un tenue muestreo de los propios delitos. Es el infalible "tome y traiga" que empieza así, con el tome. Al cabo de unos pasos, la confianza y cierta gratitud produce la devolución.

No estaba equivocado. Esa tarde consiguió que por primera vez Kassem se lamentara por las contradicciones de la Aduana.

—Si quieren ser limpios, que sean limpios —masculló al tiempo que se llevaba una masita de chocolate a la boca—. Pero que un día sean limpios y otros sucios, no. Lo cosa, así, no le sirve a nadie.

—Incoherencias argentinas —precisó Branca—, pero no son graves: se consigue resolverlas.

—¿Cómo?

—Con influencias.

—¡Ah, claro! ¡Qué gracia! —tosió, expulsó unas migas de chocolate y se limpió con la servilleta—. Disculpe... Así es fácil. Pero, ¿dónde conseguir esas influencias?

Santiago Branca reclinó su espalda contra el arco de la butaca e infló su pecho. Tardó unos segundos en responderle.

—Se consiguen. Por supuesto que se consiguen.

—Usted... insinúa que... —mantenía la servilleta en el aire, tras asegurarse de que no le habían quedado restos de la masita en la corta barba.

—Yo puedo conseguir órdenes o resoluciones del más alto nivel —le murmuró a la oreja.

Ibrahim Kassem se atusó la barba y los bigotes. Sus párpados nocturnos desconfiaban. Depositó la servilleta y también se reclinó. La luz de la lámpara daba de lleno en la cara de Santiago y dejaba en las sombras a Kassem.

—Estoy prevenido, estimado Branca: muchos argentinos dicen que tienen una influencia que no tienen, con tal de ganar un dinerillo. ¿Cómo le dicen aquí?... Vi...vi... ru... ¡Viveza!

—Viveza criolla —completó Santiago; le sonrió y dijo:— No se confunda con la persona que tiene adelante: yo no me conformo con dinerillos.

Ibrahim Kassem no hizo comentarios.

—Descarto las ganancias chicas, ¿me explico? —insistió.

—Entonces —bajó el tono de la voz—, ¿es cierto que tiene poderosas influencias?

Santiago hizo un gesto de obviedad.

—¿Puedo saber hasta dónde llega? ¿Puede darme un dato?

—¿Quiere nombres?

—Podría ser.

—No se los voy a dar —replicó sin dureza—. No por ahora, pero le diré hasta qué niveles puedo llegar.

Kassem se mantuvo a la expectativa y soltó una posibilidad.

—¿Aduana?

—Aduana, por supuesto. Y otros sectores más.

—Lo escucho.

—Ministerio del Interior, por ejemplo. Policía Federal. Policía Bonaerense. Varios gobernadores. ¿Alcanza?

—Una cosa es tener... ¿Cómo se dice?... Tener... ¡acceso! Eso es, tener acceso. Y otra es conseguir que a uno le dejen pasar una caravana de camellos. Francamente, le creo a medias, señor Branca. No digo que mienta, no. Creo a medias. Usted me resulta simpático, tiene un hermoso negocio de antigüedades, me ha convidado un exquisito coñac en su oficina privada... Gracias otra vez por la opalina que me regaló.

—Nada que agradecer.

Santiago se ponía inquieto; a este oriental no lo satisfacía con generalidades. Era preciso dar otro paso. Pero aún no se atrevía a soltar nombres, menos el de su amigo.

—¡Bueno! —Ibrahim Kassem dio señales de querer terminar la charla—. Le agradezco esta nueva visita. Usted me resulta simpático —repitió y su fuerte dentadura, que parecía postiza, emergió de sus labios finos como si fuesen los de una calavera.

Las nalgas de Santiago Branca parecían pegadas al tapizado de su asiento, porque tardaba en levantarse. No se resignaba a que un negocio de magnitud se le escurriese entre los dedos como un puñado de arena.

—¿Sabe qué es la SIDE? —preguntó.

Kassem abrió grande los ojos y meneó la cabeza. Santiago hizo pantalla con sus manos para escapar al foco de la lámpara. Ahora tendría que medir mejor cada palabra.

—Servicios de Inteligencia del Estado. Eso es la famosa SIDE. A veces puede funcionar como un marionetista de las demás dependencias, se mete en todas partes y consigue resultados que nadie imagina. ¿Me explico?

—¿Qué significa "marion…"? —no lograba pronunciar esa difícil palabra.

—El que mueve las marionetas, los títeres, el que puede hacer bailar a los demás como quiere. El poderoso de verdad.

—Entonces, quiere decir… —Kassem acomodó sus anteojos sobre el puente de la nariz.

—Quiero decir, mi estimado amigo, que si se llegasen a producir complicaciones en alguna importante operación comercial, dispongo de gente, de gente segura, que puede resolverlas. Y que, además, pueden darnos consejos confidenciales de cómo actuar para que esas complicaciones ni siquiera asomen la nariz.

El sirio se mordió los labios y, por primera vez, parecía más dispuesto a creerle.

—Le voy a dar unos datos secretos —Branca paseó su lengua por los labios—. Las investigaciones contra Irán por la voladura de la embajada de Israel han sido bloqueadas. Es un hecho muy importante, ¿verdad? Usted podría preguntarme las razones. Bueno, las conozco gracias a mis contactos con la SIDE. Pero sólo le daré una, la menos comprometedora: no se han querido dañar nuestras importantes ventas de arroz a Teherán. Hubo una reunión secreta del canciller argentino con altos diplomáticos iraníes en Europa, a fin de suspender las investigaciones y acusaciones a cambio de seguir con los embarques. Le doy otra razón: coima millonaria para… —dudó unos segundos— niveles muy altos.

Se miraron sin hablar.

—¿Cómo me asegura que eso es cierto? —preguntó el sirio.

Santiago Branca apuntó el índice hacia su propio pecho.

—Tengo amigos bien posicionados, señor Kassem. Se lo podría jurar, si es eso lo que necesita para creerme.

—Amigos sin nombre… —esbozó una mueca escéptica.

—Mi discreción debería ser una prueba de que actúo seriamente.

Kassem separó el índice y pulgar derecho, como para señalar una medida.

—Le creo un poco más —se puso de pie.

—La próxima vez comeremos un asado con cuero en mi quinta de La Reja.

—Me encantará —se dieron la mano.

Esa noche llegó a la mesa de Cristina Tíbori una caja con envoltorios herméticos. Contenía un film y varias fotografías.

Capítulo 16

Escucharon cuatro suaves golpes en la puerta, con una pausa de tres segundos entre los dos primeros y los dos últimos.

—¡Es él! —dijo Rudhollah.

Dawud se incorporó; esperaba conocer al hombre que coordinaría los detalles del operativo y se lo había imaginado de veinte maneras diferentes, asociándolo con rasgos de los jefes que había conocido a lo largo de su agitada vida. Los demás también se pusieron de pie, tensos y tan curiosos como Dawud.

Rudhollah fue a la puerta y espió por la mirilla, luego miró hacia sus compañeros con cierto desencanto y abrió.

Apareció la sonrisa de Omar Azadegh. Nadie lo acompañaba. ¿Venía para anunciar una postergación o era él mismo, un funcionario de segunda, quien tenía a su cargo una tarea tan delicada? ¿Había estado disimulando su verdadera jerarquía con un cargo diplomático menor? Les tendió la mano y preguntó si estaban cómodos en el hotel, si había sido satisfactorio el desayuno. Después preguntó si habían notado algo sospechoso o percibido que los vigilaban. Mientras los escuchaba agradeció la invitación, pero no quiso sentarse.

—Abajo te están esperando —se dirigió solamente a Dawud Habbif—. Los demás pueden salir a recorrer Buenos Aires, pero eviten andar juntos. Nos volveremos a reunir en este hotel para la segunda oración, en el cuarto de Hussein. Regresen en forma separada.

Dawud alzó su abrigo y siguió a Omar. Estaba siendo distinguido en relación con sus camaradas y levantó la cabeza con orgullo; era evidente que los jefes del Hezbolá habían ordenado esa distinción. Marcharon hacia el ascensor sin cambiar palabras y caminaron por el *lobby* alfombrado, en medio de una cálida *boiserie*, plantas y pasajeros. En la puerta de salida hacía guardia un botones uniformado de negro, rojo y amarillo.

—¿Taxi? —preguntó solícito.

—No, gracias —contestó el diplomático mientras tomaba a Dawud por el codo y lo orientaba hacia la derecha—. Estiraremos un poco las piernas, si te parece.

—Dijiste que me estaban esperando…

—Así es, pero con discreción. El atentado contra la embajada nos ha puesto en la mira de varios investigadores que no simpatizan con nosotros, precisamente. Todas las precauciones que tomemos serán pocas. Dentro de un rato se nos acercará un coche con los vidrios polarizados. Entonces tendrás la oportunidad de conocer a uno de los hombres más inteligentes y espirituales de nuestra causa.

Le contó que ese hombre conocía el país y la ciudad, donde vivía desde hacía años. Enseñaba y predicaba en las discretas mezquitas con palabra persuasiva. Gracias a sus méritos, había sido designado agregado cultural de la embajada iraní. Era un premio y también un salvoconducto para sus tareas, tan delicadas como importantes.

—¿Te imaginas cuántos puntos críticos hay que tocar en un país como éste? Funcionarios del gobierno, policías, servicios de Inteligencia, políticos, jueces, militares en actividad, militares retirados, periodistas. Y personajes marginales que saben dónde conseguir armas, explosivos. Un mundo. Menos mal que existe la inmunidad diplomática, y ella nos protege como las suelas de goma durante las descargas eléctricas. De lo contrario, nuestro trabajo sería imposible.

Antes de llegar a la avenida Callao un coche frenó junto al cordón de la vereda. Tenía encendidas las balizas. Se abrió la puerta de atrás y Omar empujó suavemente a Dawud para que entrase; luego corrió para ubicarse en el asiento delantero.

Dawud vio por primera vez el rostro bello, amable y alerta de Hassem Tabbani, quien lo saludó con afecto. Sus primeras palabras fueron de elogio y admiración. Dijo que lo emocionaba estar junto a un héroe de la resistencia que tenía en su haber tal cantidad de enemigos muertos. Confesaba sentirse desprovisto de palabras.

A Dawud le cruzó la sospecha de que había algo de exageración en lo que decía, pero enseguida comprendió que era un hombre de fe y expresaba lo que sentía.

Tabbani sabía cómo habían rescatado a Dawud en la masacre de Sabra, además de conocer detalles sobre la acción de los milicianos de la Falange. Conocía los hechos en detalle y dedicó varios minutos a demostrarlo. Esto conmovió a Dawud hasta la médula de sus huesos.

—¡Sabe más que muchos libaneses! —Dawud estaba asombrado—. ¿Estuvo acaso ahí?

—No. Pero me lo contó un testigo presencial. Con la debida emoción, por supuesto. Nunca olvidará esa catástrofe.

—¿Quién es? —Dawud abrió grande los ojos y pensó en algunos sobrevivientes.

Tabbani cruzó los dedos. Tal vez no debía decirlo. Miró hacia los árboles congelados y pensó que en realidad un soldado de la larga guerra no debía ser privado de la información que solicitaba. Se quitó los anteojos de marco fino y los frotó con el pañuelo que extrajo de su bolsillo superior.

—La verdad —confesó en voz baja, susurrante—, no simpatizo ahora con él. Tenemos muchas opiniones divergentes. Hemos discutido hasta el agotamiento y evitamos encontrarnos. Hasta llegué a dudar de su fe. Para ser justo, no debería llegar a tanto. Creo que sigue siendo un hombre de fe, pero está bastante alterado. Lleva sobre sus hombros una gran frustración, una derrota. Aunque él lo niegue, es un resentido. Quizás eso explica su historia accidentada.

—¿Yo lo conozco?

—Por supuesto.

Hubo unos segundos de tensa pausa. Tabbani lo miró directamente a las pupilas antes de pronunciar el nombre.

—Es el imam Zacarías Najaf —dijo.

Dawud se quedó de una pieza.

—¿El imam Zacarías? —se reacomodó en el asiento; a su cara trepó una ola de sangre—. ¡Hace años que le perdí la pista! ¿Habló con él en Beirut?

—No, aquí, en Buenos Aires.

—¿En Buenos Aires, dice? No, no puede ser… —entrecruzó los nerviosos dedos.

—Se trasladó luego de haberse rebelado contra Hezbolá, de la que fue uno de sus fundadores. La crisis podía terminar mal porque lo consideraron un traidor. Y se vino. O lo obligaron a irse. Fue lamentable, muy lamentable. Es un erudito del *Corán*, ¿sabes? Confiamos en que poco a poco retomará la buena senda, porque es sensible y lúcido, aunque en ocasiones se desvía hacia interpretaciones anticuadas, muy negativas para los intereses del Islam.

—Quisiera verlo, abrazarlo.

—Me imagino. Pero te aseguro que no debes hacerlo,

Dawud. No conviene. Tu corazón está preparado para las batallas y Zacarías, tal vez involuntariamente, intentará agrietar tu fortaleza.

—Dudo de que pueda agrietar mi fortaleza. Ni creo que se anime. Y, si se anima, no lo conseguirá —torció los labios, que dibujaron una sonrisa desafiante.

Tabbani le palmeó la rodilla.

—También estoy seguro. No obstante, tengamos prudencia. La prudencia es virtud.

Capítulo 17

Después de la carnicería circulaban los deudos, algunos con vendajes manchados de sangre seca, en la picante atmósfera con olor a cadáver. La mayoría eran sobrevivientes, mentalmente trastornados por lo que habían padecido. Recorrían una y otra vez los sitios derrumbados que habían sido hogares y ahora mostraban sus escombros impúdicos como vísceras al aire. Tropezaban con cacerolas, mesas partidas, brazos o piernas amoratadas, sin cuerpo. Con el terror fijo en la mirada, examinaban las materias carbonizadas. Reinaba un polvo eterno, equivalente a un sudario. Parte del polvo se alzó tras la voladura final, que había dado cuenta de los últimos escondites.

Los bulldozers cavaban la fosa más grande de Beirut mientras equipos de salvamento y personal de la Cruz Roja se desparramaban por las accidentadas rutas que dejaba el caos.

Una mujer detuvo la marcha al ser atacada por una convulsión. Había llegado a los restos de su casa; allí había visto a sus tres hijos por última vez, cuando tuvo la absurda ocurrencia de hundirse en el fondo de la cocina para escapar de los asesinos. Cobardemente se había tapado las orejas para no escuchar las llamadas de socorro, las maldiciones de los criminales, los estampidos de la metralla. Ahora caía sobre un trozo de mampostería, de cuyo borde afloraban hierros retorcidos. Se secó la cara con su vestido negro a lunares. Inspiró desolada, miró hacia arriba y a los costados. Sólo quedaban unos pedazos de techo. A sus pies, entre piedras, ladrillos y pulverizados revoques asomaba un trozo de cortinado, un resto de mueble, la punta de un zapato gris. Alzó el zapato, que arrastró una fotografía ajada. En ella rodeaban a su difunto marido los tres hijos de doce, diez y siete años. ¿Quizás habían sido rescatados por una ambulancia de la Cruz Roja? Su instinto le dictaba que siguiese buscando en Sabra. Allí se habían instalado a poco de arribar a Beirut, de allí los chicos salieron despavoridos cuando llegó la Falange y hacia allí retornarían. Estaba segura, pese a todo.

Se sonó con un pañuelo el hollín que le llenaba la nariz y la garganta. Se apretó la cabeza y quedó mirando hacia la estrecha calle que en esos momentos había comenzado a ser despejada por un grupo de voluntarios. Cada tanto pasaba un perro que los hombres miraban con odio y, cuando podían, lo espantaban a cascotazos.

Aparecieron carretillas cargadas con pertenencias, una suerte de botín macabro y miserable. Saltaban en direcciones opuestas, a menudo chocaban entre sí o contra los obstáculos del infartado pavimento. Llevaban colchas, trajes agujereados, jofainas abolladas, bandejas, jarras de latón, pedazos de sillas, cueros de oveja o camello. A veces iba un cuerpo encima del conjunto y el dueño de la carretilla gritaba que lo dejaran pasar.

Los ojos de la mujer penetraron la oscuridad que envolvía la casa de enfrente. No quedaba puerta y una ventana colgaba de la bisagra inferior. Parecía desierta. Apenas distinguía el apoyabrazos de un sofá al que un puñal le había abierto el tapizado; de su espaldar emergía un resorte enredado en lana amarilla. Observó con intensidad, como si fuese una pista que llevaba a algún sitio. Miraba sin ver, absorta en sus recuerdos. De repente se incorporó y su largo vestido comenzó a ondular. Estiró la cabeza hacia delante, como las aves que han descubierto una presa. Al principio caminó indecisa, con miedo de encontrar otro cadáver. Luego aceleró. Al cruzar la calle casi fue derribada por una carretilla que descendía a los saltos por la pendiente.

Del sofá colgaba un brazo de niño. Lo miró con el corazón al galope. No era uno de sus hijos, aunque tendría la edad del ma

147

yor. Su camisa estaba abierta y quemada, rotos los pantalones a la altura de las rodillas y sólo calzaba los restos de un zapato. Las mejillas estaban manchadas por lamparones de sangre negra. Le costaba respirar, hacía ruidos. La mujer se arrodilló delante de él y lo miró de cerca. Tenía los párpados cerrados y de la boca manaba un lento chorro de saliva. Sus orejas eran muy chicas y estaban tan pegadas al cráneo que parecían inexistentes. Le tocó la cara abotargada: ardía de fiebre.

Volvió a la calle y pidió ayuda a las carretillas que saltaban por encima de los escombros. No le hicieron caso; un par de veces fue insultada por quienes a duras penas consiguieron esquivarla.

Por fin se detuvo un hombre pequeño, muy pequeño, de edad indeterminable. Tenía una cabeza rara, de forma triangular, con fuertes lóbulos frontales y grandes ojos mansos. La mandíbula puntiaguda estaba disimulada por una barbita gris. Usaba un turbante cuyo blanco original se perdía bajo las manchas negras del hollín. En su carretilla había lámparas viejas, jarrones abollados, cucharones de aluminio, zapatillas, una alfombra y, haciendo equilibrio, una vieja máquina de coser. Acomodó la carretilla junto al muro y siguió a la mujer hacia el destruido interior de la casa. Tomó con cuidado el brazo del niño que colgaba fuera del sofá y lo depositó junto a su cadera. Pensó.

Sin decir palabra regresó a la carretilla. Parecía no tocar el suelo, como si no lo afectara la ley de la gravedad. La mujer supuso que el enano lo había dado por muerto y se marchaba. Pero no. Sus brazos breves pero vigorosos se aplicaron en desatar las sogas que ataban sus pertenencias. Desprendió la máquina de coser y la depositó en el suelo; después sacó los jarrones grandes y reordenó la ropa del fondo, las zapatillas y varios cucharones; finalmente dobló la alfombra como si fuese un colchón. Lo hacía a velocidad prodigiosa. Regresó al sofá y, sin pedir ayuda, cargó al niño sobre su espalda como si fuera una bolsa de ropa. Su fuerza era desproporcionada respecto de su tamaño. La mujer mur-

muró "¡Allahu akbar!", *mientras apretaba el sucio pañuelo contra su boca. El niño fue depositado sobre la carretilla y el hombre le acomodó la cabeza sobre una almohada de objetos.*

—Vamos —*dijo.*

—¿Adónde?

—A mi casa, en Burji el Baraini.

—¿No habría que llevarlo al hospital?

—Hay demasiados enfermos en el hospital. En mi casa tengo internados a siete. Ahora serán ocho.

Ella lo miró sin entender.

—Soy el imam Zacarías Najaf —*se presentó, para tranquilizarla.*

—Zacarías Najaf...

—Sí. ¡No me digas que ya te hablaron de mí!... —*esbozó una sonrisa*—. ¿Vienes?

—No puedo. Espero a mis hijos.

Los vivaces ojos del imam leyeron en su cara de aflicción.

—Está por caer la noche. No es bueno que permanezcas en un sitio como éste. En casa beberás algo y mi mujer te hará lugar para dormir. Mañana seguirás tu búsqueda.

Ella dudó y luego asintió, a regañadientes. Se instaló al costado de la carretilla y marchó al ritmo del imam. Entrelazó sus dedos a los breves y febriles de la criatura. Eran espectros entre espectros. Atravesaron los límites de Sabra al anochecer.

Advirtieron que esos límites también eran cruzados, pero en sentido inverso, por jaurías de perros. Se colaban en los recodos, husmeaban bajo las ruinas y se desesperaban por alcanzar las presas que ponían al rojo la codicia de su instinto. Como fantasmas angurrientos brotaban de las esquinas, los sótanos, las alcantarillas, las viviendas abandonadas, las cloacas. Marchaban guiados por el más grande o feroz, decididos a encontrar la podrida riqueza oculta bajo los escombros. Olisqueaban hacia abajo, a diestra y siniestra, como periscopios invertidos. Hasta que uno empezaba a ladrar y los demás giraban de golpe hacia el mismo punto. Los ladridos se convertían en batahola, mientras las mandíbulas se lanzaban como un rayo sobre otros perros que ya habían empezado la fiesta.

Capítulo 18

Una denuncia sobre venta de drogas en la Feria Internacional de Antigüedades no pareció en principio verosímil al equipo de *Palabras cruzadas*. Pero unas fotos casuales, al ser ampliadas, permitieron detectar la introducción de paquetes sospechosos en la rústica pata de una mesa conventual del siglo XVII. Este dato se sumaba a un par de anónimos que habían entrado en los archivos. Los cabos sueltos se unían. Hicieron una evaluación y decidieron lanzarse a investigar porque, de todas formas, en ese momento no tenían otro proyecto y convenía seguir acumulando material para cuando Miguel Escudero autorizase el relanzamiento del programa.

Mientras sus colaboradores se desplazaban con las cámaras ocultas por los locales vecinos como galgos de caza, Cristina ingresó en la cafetería de la Feria para descansar un rato. Llevaba tres catálogos y empezó a hojearlos. Dos horas antes había estado en el stand de Santiago Branca, donde se exhibían opalinas de alto valor. Pudo conocer a su dueño, que estaba de paso. Era un hombre apuesto, de unos cuarenta años, con una pigmentación violeta en la mejilla izquierda. Cristina se interesó en una pieza bellamente grabada, porque en su casa hubo una colección que su padre había comprado en un viaje a Europa. El anticuario le dedicó quince minutos de persuasivas explicaciones.

Daba vuelta las satinadas páginas de uno de los catálogos cuando vio que Branca también entraba en la cafetería e iba directo hacia un rincón, donde lo esperaba un hombre alto y rubio. Pocos minutos más tarde se deslizó hacia Cristina uno de sus colaboradores más audaces y le habló al oído.

—Santiago Branca se sentó con un jerarca de la SIDE, uno de los tiburones que prefieren el bajo perfil. ¿Qué hago?

—Date una vuelta y regresemos a su stand. Esto no huele bien.

El colaborador se esfumó; ella terminó el licuado de durazno y pomelo, dejó un billete sobre la mesa y reingresó al bullicioso corredor donde racimos de visitantes se apretujaban entre los stands. Sus pasos se encaminaron de nuevo al negocio de Santiago Branca. Fingió seguir interesada en la opalina que le había mostrado su dueño. El empleado la había observado mientras hablaban y creyó posible cerrar la venta. Insistió en los méritos de la pieza. Dijo que era exclusiva.

—¿Cuánto hace que inauguraron este negocio? —Cristina cambió el tema de golpe.

—No se refiere a este stand, supongo, sino a nuestro salón en la avenida Alvear.

—Exacto.

—El negocio de Alvear es viejo, no sé cuantos años tiene —esbozó una sonrisa de disculpa.

—Pero el señor Branca es un hombre joven.

El empleado rió.

—Sí, claro. Por lo que yo sé, mi patrón lo compró hace unos años a Oscar Nieves.

—Algo así me habían dicho.

—Y, ¿no le dijeron más? —el empleado creyó que se estaba ganando la confianza de la potencial compradora.

—¿Por ejemplo?

Hizo pantalla con la mano.

—Compró el negocio con la plata ganada en la lotería.

—¿La lotería? ¡Qué suerte!

—Pero al señor Branca ya le gustaban las antigüedades, conocía el tema, había trabajado en otros lugares. Cuando se presentó la oportunidad, vino con una maleta llena de billetes. Así dicen. Bueno, él mismo lo cuenta con tanta gracia que uno no sabe si es verdad o un chiste. Está orgulloso de haber sabido invertir bien.

—Le va de maravillas, entonces.

—Las ventas son selectas, pero no nos podemos quejar.

Cristina se despidió tras dejar flotando su interés por la pieza y rogo que le trasmitiese sus saludos al dueño. En la calle abrió su celular e impartió varias órdenes.

Esa noche su equipo se concentró en una salita del canal. Cerraron la puerta con llave y corrieron las cortinas de bramante ordinario. Pusieron a calentar dos cafeteras, porque el trabajo prometía extenderse hasta la madrugada. Las cámaras ocultas y los lectores de labios desenrollaron un gobelino de información que fue estudiado de izquierda a derecha y de arriba abajo. Se agregaron fotocopias de legajos, un par de microfilmes y recortes de diarios. Las historias no parecían creíbles porque estaban salpicadas de contradicciones y pistas poco confiables. Entre Branca y el rubio funcionario de la SIDE existía una relación de años, sin que se explicase la razón del vínculo: no habían vivido cerca, ni fueron a la misma escuela, ni compartieron trabajos, ni desempeñaron actividades afines. La anécdota de la lotería ganada por Branca, tal como sospechó Cristina desde el primer momento, no tenía registro alguno; era la coartada de un negocio inconfesable.

Tras horas de revisar documentos, escuchas, filmaciones y cruzar datos provenientes de quince fuentes, tropezaron con agujeros negros que redoblaron su interés. Eran inexplicables y respondían, seguramente, al empeño en borrar huellas.

Hacia las tres de la madrugada Cristina tomó la decisión que venía madurando y la comunicó a su equipo. El plan se desplegaría por semanas, hasta lograr una revelación importante. Ojalá no estuviesen errados, porque esa tarea insumiría mucho esfuerzo y entrañaría peligro.

Ella dejó pasar unos días e inició su asedio. Confiaba en que si Esteban la descubría acosando a Branca, no se pusiera demasiado celoso; que pudiera diferenciar la realidad de las exigencias del trabajo.

Fue al festivo cierre del stand y simuló histeria al enterarse de que la pieza deseada se había vendido. Arrinconó al sorprendido anticuario y le hizo recordar que él en persona le había dedicado mucho tiempo para explicar sus virtudes, que la ilusionó con esa opalina para después olvidarse por completo, que su negligencia sonaba a traición. Santiago Branca tartajeaba disculpas y sus ojos pidieron auxilio ante la energía del ataque: ante su cara rugía una pantera. Entonces se acercó el leal empleado para ayudar a tranquilizarla; dijo que ella debía comprender que en ningún momento había pedido que se la reservasen ni insinuó dejar una seña.

—¡Usted no pidió seña! —reprochó ella en el acto.

Branca le aseguró que en su salón de la avenida Alvear tenía otros objetos que dejarían pálido el recuerdo de aquella pieza vendida y la invitó a concurrir cuando desease, que él en persona le mostraría opalinas codiciadas por la gente más exquisita.

La sofocación de la polémica fue entonces aplacada bruscamente por Cristina, que desplegó su sonrisa de ángel y le pidió una tarjeta con la dirección exacta. Despué's de guardarla en su bolso acercó su cara a los labios de Branca, para que la besase. Ella no sólo reprodujo el ruido del beso, sino que giró la boca y lo besó a él sobre la mancha vinosa. Branca fue recorrido por un estremecimiento y se quedó mirándola mientras su cuerpo ondulaba hacia la puerta. Se tocó el cutis, extrañado por la fuerte sensación que le había producido.

El día en que Cristina apareció por el local de la avenida Alvear, el empleado la saludó con júbilo aparente y secreto miedo. Enseguida apretó una botonera y se comunicó con su jefe, que había subido al piso noveno, donde tenía una oficina para clientes especiales. Branca, al enterarse de la visita, sintió de nuevo el provocativo beso en su mejilla izquierda. Se le insinuó una inesperada erección. Cuando descendió a la planta baja apreció que su fiel empleado ya hubiera comenzado a entusiasmarla con varios objetos. La saludó con un beso, que ella devolvió sonriente. La mancha de su mejilla nunca había recibido tan frecuentes muestras de cariño. El empleado se apartó con discreción, mientras Branca iniciaba el seductor discurso que aplicaba a todos sus clientes, pero que en este caso había subido de voltaje.

Al cabo de diez minutos, urgido por el cosquilleo de una creciente expectativa, la invitó a su oficina para clientes especiales. Subieron en el ascensor espejado donde trató de disimular el estremecimiento que le producía su perfume. Estar a solas con ella en tan estrecho cubículo le desataba riesgosas fantasías. Hubiera querido tocarle la piel, pero se contuvo. No había intrusos ni testigos y la hizo sentar en un sofá ante el cual, sobre una ancha mesita ratona, ordenó varias piezas de gran valor. A medida que hablaba, se le iba secando la boca. Entonces le ofreció algo de beber. Fue al minibar y le mostró su contenido, para que eligiese. Ambos coincidieron en el whisky. Puso hielo en dos gruesos vasos de cristal tallado, abrió una botella de Chivas y vertió sendos chorros. A cada gesto o frase del anticuario, Cristina respondía con palabras dulces, algo cómplices; era un sorprendente negativo de la mujer histérica que había gritado en el stand. Con el movimiento de sus piernas para acercarse o alejarse de la mesita, su falda se acortaba de modo continuo ante los ojos cada vez más codiciosos de Branca.

En una negociación no había que saturar, de modo que buscó otros temas. Hay que tranquilizarse, se ordenó. El tiempo requiere su parte. Confesó que le gustaba seguirla por televisión y no iba a mentir si le aseguraba su admiración muy fuerte, sincera. Al tratarla personalmente, sin embargo, descubría que era mucho más inteligente, bella y desenvuelta que en la pantalla.

Ella rió; se le subió otro centímetro de falda y Santiago hizo esfuerzos para no arrojarse sobre sus altos pechos. "Tranquilo, varón, tranquilo", volvió a ordenarse. Sus manos sufrían el temblor de los jugadores que están a punto de hacer saltar la banca. En ese instante la intuición de Cristina previó que se avecinaba el riesgo. Como ya había llegado hasta el punto querido, miró el reloj y se puso de pie. El anticuario, no obstante, permaneció en el sofá, esperanzado en que ella volvería a sentarse, y de esa forma él continuaría conquistando terreno. Pero Cristina dijo que estaba agradecida por la atención que le había brindado, pero se le estaba haciendo muy tarde y debía partir de inmediato.

—Todavía no te mostré lo principal.

—Volveré.

—¿Prometido?

—Prometido.

La acompañó otra vez en el solitario ascensor. Osciló entre el ciego impulso y los frenos calculadores. Tuvo ganas de abrazarla, porque no parecía que fuera a ofrecerle resistencia. Pero recordó el escándalo que había armado en el stand de la Feria y apretó sus puños vacíos. Todavía no, se dijo con firmeza. Logró mantener la compostura hasta llegar a la planta baja. La acompañó hasta la puerta y, al despedirse, le apretó el brazo derecho para atraerla y besarla en la mejilla. Ella, repentinamente, insinuó acercarle la boca. Sus labios no se tocaron, pero la calidez del aliento y la proximidad del roce galvanizó a Branca, cuya mancha facial se puso rojo sangre. Decidió pegar su boca a la de ella, sin más postergaciones. La mujer, sin embargo, se desprendió con arte y salió tranquila hacia la calle. Santiago la siguió con mirada chisporroteante a través de la vidriera mientras se acomodaba el nervioso pantalón.

Ni Branca ni Cristina advirtieron que un hombre concentrado en las revistas de un quiosco la estaba vigilando.

Ella regresó a los tres días porque su plan aconsejaba golpear sobre caliente. Otra vez subieron al noveno piso y bebieron whisky. El anticuario le puso el brazo sobre el hombro e intentó besarla. Cristina, sin dejar de sonreírle, dijo:

—No me opongo a que me beses, pero ahora prefiero salir a caminar. ¿Dejarías tu negocio por un rato?

—¿Caminar? —carraspeó él, impactado por la frase "No me opongo a que me beses".

—Sí, pasear un rato, tomar aire, sentarnos en una terraza.

—¿Cómo voy a rechazar una propuesta romántica de tan bella dama? ¡Vamos, por supuesto!

Llegaron al Patio Bullrich. El shopping ofrecía una artificiosa aleación de templo egipcio con rococó de suntuosidad versallesca. Se desplazaron entre los mármoles que enmarcaban cuidadas vidrieras. Cristina se interesó en unas poleras que exhibía un negocio y le rogó a Branca que la esperase un minuto. Cuando fue a pagar, le dijeron que el caballero ya lo había hecho por ella. Le agradeció con una sonrisa más amplia que otras veces, y le estampó un beso en la mejilla, también más cálido que otras veces.

—¿No te comprarías una para vos? Son hermosas —dijo ella.

Santiago torció los labios, no se le había ocurrido.

—¡Claro que sí! —sonrió Cristina—. Yo te asesoraré —revolvió un estante y extrajo un par, de colores fuertes.

—Son chicas para mi talle.

—No estoy de acuerdo. Son exactamente de tu talle.

—Muy chicas.

Ella miró en torno para ubicar los probadores.

—Vamos hacia allí —lo empujó con suavidad.

Branca abrió la puerta del vestidor y entró con las poleras en la mano. Pero cuando cerró la puerta descubrió que Cristina se había deslizado adentro. En el estrecho cubículo sintieron el fuego de los alientos y se abrazaron con una excitación fuera de control. Santiago no conseguía dar con la boca de ella y la besaba ansioso en el cabello, las orejas, las mejillas, el cuello, los hombros, la ropa. Cristina le arrancó la chaqueta y torció la corbata hacia un lado para desabrocharle la camisa. El anticuario le acarició un pecho y le comprimió las nalgas. Cristina se deslizó hacia abajo y le abrió la bragueta. Santiago creía desfallecer ante la loca carrera del deseo y esperaba que ella lo lanzase hacia la estrellas del placer. Temblaba como si estuviese enchufado a la corriente eléctrica; la nuca apoyada contra el tabique de la pared y los ojos en blanco.

Antes de separarle el calzoncillo ella se incorporó de golpe. Se produjo un hachazo. Cristina estaba erguida frente de él, muy seria. Con una firme sacudida ordenó sus cabellos y de un tirón alisó su blusa rosada.

—¡Nos van a descubrir! —dijo como si nada hubiese pasado—. Te espero afuera.

Santiago quedó mudo de pasmo. Respiraba con más rapidez que tras una carrera contra la muerte. Su miembro se encogía insatisfecho y las orejas le quemaban como si hubiesen estado en un horno. Apoyó su espalda contra el alto espejo del vestidor. Desparramadas en el suelo yacían las poleras. Con el pie derecho pisaba un borde de la chaqueta; el nudo de su corbata se le había montado al hombro. Giró y el espejo le devolvió la imagen de un miserable gladiador hecho trizas. El ataque había sido como una tempestad sin sentido; esa mujer era una loca de novela.

Se arregló como pudo y salió. Cristina lo esperaba fuera del negocio, en el ancho y reverberante corredor.

En cuando lo vio se aproximó sonriente y le insistió que se comprase la polera azul. A Santiago Branca lo había invadido tanta fatiga que no hizo objeciones. Pagó sin chistar, seguro de que le quedaba chica y terminaría regalándosela al encargado de su edificio. Con el bolso colgándole de la muñeca fueron al café. Cristina eligió el rincón más apartado y lo hizo sentar de tal modo que sólo tendría delante de su vista a ella y la pared. Aguardó hasta que se hubo recompuesto y reinició su asedio metódico, implacable.

—Lo de recién puede tener el final soñado —dijo con ternura.

El anticuario esbozó el destello escéptico de alguien que asegura "a mí no me la hacés dos veces". Pero Cristina se desprendió de su zapato y le tanteó el tobillo; luego sus dedos se introdujeron con picardía por la botamanga y reptaron a lo largo de la pierna. Notó que al comienzo Branca pretendió huir del sorpresivo contacto, pero enseguida empezó a disfrutar del roce. Sus ojos recuperaron la excitación más rápido de lo que hubiera podido prever. Ella le apuntó al entrecejo sus pupilas cargadas de erotismo. De ese modo pudo llegar al centro del cerebro y quitarle las bases de sustentación. Santiago Branca empezó a flotar en un magma gaseoso.

—Escuché ruidos tras la puerta, mi amor: nos iban a descubrir. ¿Te imaginás el escándalo? —se justificó Cristina.

—No me importaba.

—A mí sí. Soy una figura conocida… No hay problema, la seguiremos en otro lugar, ¿te parece?

—Por supuesto. Vamos ya.

—Antes quiero que me cuentes algunas cosas. No puedo acostarme con un desconocido. Te juro que quedará entre nosotros.

Pese a la ebullición de su deseo, Santiago Branca percibió la luz roja.

—Qué querés saber —simuló darse por vencido mientras gozaba el cosquilleo de los juguetones dedos de Cristina a lo largo de su pierna.

CAPÍTULO 19

En el hall del canal dos mujeres jóvenes recibían a los invitados en nombre de la producción. Agradecían que hubiesen aceptado venir y los acompañaban al salón de maquillaje. La primera en arribar fue la historiadora Marta Hilda Cullen, seguida por el combativo sociólogo Martín Guardia. Ambos se reconocieron y se saludaron con un beso en la mejilla. Marta tenía algo más de cuarenta años, grandes ojos pardos y una corta melena salpicada de claritos. Martín era algo más joven, de cabellera revuelta y afeitada negligé; tenía doblado el cuello de la camisa, un detalle que la muchacha de la producción no pudo tolerar y enderezó con mano sonriente. Martín le devolvió un guiño y se ajustó la corbata. El tercero en presentarse fue el agregado cultural de la República Islámica de Irán, Hassem Tabbani, quien rechazó el maquillaje: vestía túnica gris y un turbante perla. Su mirada era dulce a través de los anteojos de armazón fino; usaba una barbita cenicienta, cuidadosamente recortada.

Cristina Tíbori estaba lista, con un traje color fucsia y zapatos de taco aguja. Saludó a los invitados y les propuso ingresar en el estudio durante la pausa publicitaria. Tenían que aguardar el cierre del noticiero. Los condujo hacia el extremo opuesto a la ancha mesa con un mapamundi de fondo, desde donde hablaba la pareja a cargo de la información. Se sentaron en butacones de felpa y pudieron ver cómo los locutores cambiaban de actitud cuando la cabina de control les decía que regresaban al aire. Cristina, que había pasado años en ese eléctrico sitio, aún se estremecía con los eslabones del ritual. Sus dedos teclearon sobre las rodillas como si estuviese por ser enfocada. Se intensificaron las luces sobre el mapamundi y el ángulo lateral donde aguardaban los invitados quedó en penumbra.

El bloque se refería a las noticias internacionales. Un coche-bomba había estallado mediante control remoto en Moscú; su destinatario era un empresario que había hecho rápida fortuna; se atribuía el hecho a la guerra de mafias. Aumentaba la represión en Ruanda, donde se multiplicó la presión contra las tropas rebeldes; según los organismos internacionales seis personas eran asesinadas por minuto. En Colombia acababan de detener al jefe del Cartel de Cali. Corea del Norte amenazó con destruir Japón en una guerra si éste adhería a cualquier sanción de las Naciones Unidas contra su programa nuclear. En el cierre la periodista trasmitió una noticia local de último momento: los Estados Unidos veían peligrar la reelección del presidente Carlos Menem porque la situación económica local mostraba serios problemas y la clase media padecía un creciente deterioro.

El nuevo intervalo fue más extenso, pero se triplicó la urgencia de quienes trabajaban en el estudio. Se fueron los elegantes locutores del noticiero y los operarios corrieron cables, muebles de utilería, cámaras y micrófonos. El piso empezó a girar. Sobre la mesa instalada en el centro del estudio habían depositado pocillos de café y vasos de agua. Una maquilladora se aproximó con su caja de frascos y pinceles para darles un último retoque sobre la frente, la nariz y las mejillas, gesto que volvió a rechazar el diplomático iraní y suscitó un comentario gracioso de

Martín Guardia. En su despacho, Miguel Escudero cerró un expediente, buscó en el fondo de su cajón los habanos de Cuba que escondía desde que había sufrido el infarto, pero que no podía dejar de gozar en los momentos especiales; se arrellanó para evaluar el programa.

Los reflectores descargaron su luz caliente sobre las butacas de felpa mientras una de las cámaras enfocaba a Cristina Tíbori.

Estaban en el aire. Sus labios se abrieron para explicar el ciclo sobre Medio Oriente que empezaba esa noche. Agradeció a quienes serían los protagonistas de la edición inaugural y los describió con pocas palabras. Sin otros rodeos, fue al punto.

—La Argentina fue blanco de un ataque terrorista que aún no pudo ser esclarecido —se dirigió a sus invitados—. Fue el primer ataque de esas características en el continente americano, una suerte de ensayo siniestro, porque el del estacionamiento en las Torres Gemelas de Nueva York sucedió un año después, en 1993. La explosión produjo dos muertos y centenares de heridos. Pero allí descubrieron enseguida a los criminales y se los enjuició. En cambio aquí, en la Argentina, ha corrido mucha agua, sangre y tinta desde el 17 de marzo de 1992, cuando hicieron volar la embajada de Israel. Fueron asesinadas 29 personas y heridas más de 300. Muchas de las víctimas ni siquiera se identificaron como judías. La falta de esclarecimiento ha determinado que las acusaciones salpiquen al Poder Ejecutivo, la Justicia, los servicios de Inteligencia y los organismos de seguridad. También a Siria y la República de Irán, por sostener al Hezbolá y la Jihad Islámica que, desde su sede en el Líbano, se han atribuido el atentado. ¿Qué opinan ustedes? ¿Qué opina Marta Hilda Cullen?

—Hubo una responsabilidad externa, reconocida, de la

163

Jihad Islámica y el Hezbolá —con una sacudida de cabeza devolvió a su sitio el mechón que le caía sobre un ojo—. Se atribuyeron el atentado, efectivamente, y difundieron un video en el que mostraban el edificio de la embajada antes de ser destruido, como prueba de que lo habían tenido bajo la mira. Pero luego, al percibir la reacción adversa que produjo en millones de argentinos, prefirieron retractarse. Un comando suicida no puede tener otro origen. En cuanto a la responsabilidad interna, argentina, tampoco hay que apartarse de la lógica. Existen grupos antisemitas vinculados con los organismos de seguridad que con gusto se prestarían a brindar apoyo a un atentado como ése.

—¿Por qué no avanza la investigación?

—A mi juicio, en lo interno existe una red de corrupción vinculada con altos niveles del poder. Ni la SIDE, ni la policía ni la Justicia tienen apuro en sacarlos a la luz, porque sacudirían una red de complicidades. Si me permites, Cristina, necesito agregar algo con respecto a los responsables externos. Hay una clara resistencia a poner el cascabel al gato y denunciar con todas las letras las organizaciones terroristas, en especial las que entrenan comandos suicidas. Como si se les tuviera miedo. No olvidemos que ahora, en los hechos, el Líbano es un protectorado sirio y el Hezbolá recibe fondos de Irán.

—Muy duro —comentó Cristina—. ¿Qué opina Martín Guardia?

—Respeto a Marta, pero hoy vino con un exagerado espíritu simplista —sonrió con la mitad de su boca—. Para ella de un lado están los buenos y del otro, los malos. No niego que hayan autoritarios y antisemitas en nuestro país. Soy un hombre que ha sufrido la dictadura militar y reconozco que en la administración pública siguen teniendo influencia, lo que condeno. Pero no voy a aceptar que se aplique la palabra terrorismo a los grupos árabes que luchan contra una potencia de ocupación. Los oprimidos utilizan los medios que están a su alcance y, si apelan al terror, lo hacen porque nada logran por otro camino. No son los malos de la película.

—¿Los felicitás por la voladura de la embajada, entonces? —los ojazos de la historiadora emitieron fuego.

—Es obvio que repudio la muerte de inocentes, pero no sólo judíos. ¿Cuántos jordanos, palestinos, libaneses, sirios y egipcios ha asesinado Israel?

—Aquí no estamos en Israel —terció Cristina, olvidando su papel neutral—. Con esa bomba violaron nuestras fronteras, dañaron nuestra capital, mataron gente que nada tenía que ver con un lejano conflicto.

—Todo eso es lamentable —contestó Martín—. Pero, ¿no fue atacado un emblema del poder sionista? ¿Por qué no pensar que fue un objetivo bélico?

—Estoy de acuerdo con el señor Guardia —terció el diplomático iraní con serenidad—. Además, quiero expresar que es injusto vincular a mi gobierno con este doloroso hecho. Por otro lado, el sur del Líbano y Palestina siguen ocupados por el Estado sionista. En Medio Oriente hay una guerra de liberación que sólo desea algo tan legítimo como expulsar a una potencia expansionista y cruel que se ha apoderado de sus tierras. Mi gobierno comprende y apoya la justicia que asiste a los palestinos y libaneses, pero no entrena comandos suicidas.

—El Hezbolá es shiíta, como Irán —intervino Cristina de inmediato—. ¿Niega usted vínculos entre su gobierno y esa organización?

—No niego que haya vínculos. Por otra parte, comprendemos y elogiamos su lucha, pero nosotros ¡no entrenamos comandos suicidas! —cerró categórico.

—Bien, no los entrenan; tampoco se habla de iraníes suicidas —Cristina dudó antes de lanzar su pregunta—. Pero, ¿pagan a los que sí los entrenan, como el Hezbolá y la Jihad?

—Eso es un insulto, si me disculpa —Tabbani desvió el golpe.

Marta levantó la mano.

—Es elocuente —dijo— que los compañeros de este panel digan Estado sionista en vez de Estado de Israel, ¿no? Tratan de describirlo en forma esquemática como un país que sólo ambiciona ocupar territorio ajeno.

Martín Guardia disparó al instante:

—¡Es la evidencia!

—Evidencia para quien ignora la historia de este siglo y sólo se basa en conjeturas. O algo peor, en la ceguera de los prejuicios —Marta no sabía discutir con calma y esto la ponía en inferioridad de condiciones.

—¿La tragedia palestina es un prejuicio? —preguntó Martín.

Hassem Tabbani lo miró complacido y llevó a sus labios el vaso de agua; tenía un buen aliado.

—¡Veamos! —Marta adelantó su cabeza, el cabello se le había desordenado—. Hace medio siglo, cuando terminó la Segunda Guerra Mundial, ¿cómo era la situación de Palestina?

—¿Querés probar mi ignorancia? —Martín Guardia se acomodó en su butaca—. Palestina estaba bajo el dominio colonial de Gran Bretaña. Pertenecía a Gran Bretaña por decisión de la Liga de las Naciones, que le habían conferido un mandato después de la Primera Guerra Mundial, cuando se desmembró el Imperio Otomano. ¿Correcto?

—¡Muy bien! —aprobó la enronquecida Marta—. Y te lo agradezco, porque escuché decir, incluso a periodistas, que en Medio Oriente existía un Estado árabe palestino al que los sionistas destruyeron para instalar en su sitio el Estado de Israel. Es lo más ridículo que escuché, pero lo escuché.

—No había un Estado, pero sí un pueblo árabe palestino —corrigió Martín.

—Y un pueblo judío —retrucó Marta con un suave golpe de puño—. Había dos pueblos en un solo país mal llamado Palestina.

—¿Mal llamado? —se asombró Cristina.

—No quiero desviarme, lo explicaré después. Voy a mi segunda pregunta: ¿qué pasaba en ese país antes de la independencia de Israel?

—¿Tengo que contestar? —la desafió Martín, decidido a derrotarla—. Pues había una presión tremenda en favor de los sionistas con el argumento del Holocausto.

—¿Qué más? —bebió un sorbo de agua sin sacarle los ojos.

—¿Hace falta más? Con esa presión consiguieron el apoyo de las Naciones Unidas y de los Estados Unidos para expulsar a un millón de palestinos y crear su Estado.

—¿No hubo una guerra de liberación de los judíos contra la potencia colonial? ¿Una suerte de Intifada judía antibritánica?

—Bueno… Llamarla guerra de liberación… —meneó la cabeza su contrincante.

—¡Claro que la hubo! ¡Y fue muy difícil! En cambio, si hubiera sido por los árabes palestinos… —a Marta la bloqueó un inoportuno golpe de tos—. Disculpen, si hubiera sido por los árabes, Gran Bretaña continuaba allí hasta el presente. Gran Bretaña no quería un Estado judío soberano, porque quebraba su poder en toda la región. La lucha de los judíos se volvió irrefrenable y determinó que la cuestión fuese llevada a las Naciones Unidas. Pero para desautorizar a los judíos, no a los ingleses ni a los árabes, que eran sus aliados. ¿Qué pasó entonces?

—Discúlpenme, pero debemos interrumpir porque viene una tanda publicitaria —anunció Cristina.

Los integrantes del panel se contrajeron, enfurruñados. El súbito gong les impidió seguir descargando los golpes que tumbarían al adversario. Miguel Escudero, frente a la pantalla de su despacho, respiró con alivio porque el programa amenazaba salirse de riel.

Martín intentó ablandar el hielo de los panelistas cuando Ivonne se acercó a Cristina con su instrumental cosmético.

—No se olvide de mí —sonrió.

Tabbani prefirió aparentar ausencia, concentrado en el monitor que reproducía la tanda. Su investidura proyectaba una envidiable serenidad.

—Cuando regresemos al aire —pidió Cristina— retomaremos la exposición de Marta.

La historiadora asintió con un movimiento de cabeza. Percibió que en ese instante Martín Guardia la contemplaba con sorna y evitó darse por aludida para que su enfrentamiento no degenerase en una riña de mal gusto.

—¿Nos decías, Marta? —abrió Cristina apenas se encendió la luz roja.

—Decía que se formó un Comité de países neutrales para estudiar el problema desde diferentes ángulos —retomó Marta— y propuso la división de Palestina en dos Estados, uno árabe y otro judío, articulados por cruces territoriales y lazos económicos. Fue la más sensata de las iniciativas, avalada por la mayoría de la Asamblea General. ¿Cuál fue la respuesta de los interesados? Un sí inmediato de los judíos, que celebraron ruidosamente el aval internacional; terminaba la ocupación británica y se impedía una indeseada guerra con los árabes.

—¿Indeseada? —marcó Martín.

Cristina Tíbori tamborileó los largos dedos sobre la mesa; el programa escapaba de su control por la vehemencia de Marta, que era apasionada y no podía disimular su admiración por el moderno Israel.

—Por supuesto que indeseada —ratificó la historiadora—. ¿Sabés qué querían los judíos, o los sionistas, como preferís decir? Continuar la construcción de su Estado. Soy historiadora y no dejo de asombrarme ante los ideales, el sudor y el coraje que pusieron para transformar un territorio devastado por el abandono y la erosión, en un vergel. ¿O de eso no hay que hablar? Tel Aviv fue construida sobre médanos de arena. Y así muchas otras localidades. El Estado de Israel no fue "inventado" en 1948 como afirman los ignorantes o desmemoriados. Ya existía. En serio, ya existía. Con la azada y el martillo los pioneros hicieron surgir de la nada una red de *kibutz* que debería constituir una fuente de admiración en gente progresista como vos, Martín. Forestaron colinas peladas, construyeron caminos, inauguraron millares de escuelas, habilitaron hospitales, instalaron la primera universidad y dieron brillo al primer instituto científico de Medio Oriente. Hasta pusieron en actividad salas teatrales y crearon la primera orquesta filarmónica de la zona.

—Nos alejamos del tema central —protestó Cristina.

La historiadora no escuchaba.

—El acelerado desarrollo económico de Palestina, gracias a los sionistas, empezó a superar al de los países vecinos, lo cual determinó una fuerte inmigración árabe a Palestina. No me escucharon mal: dije "fuerte inmigración árabe". Muchos palestinos no son en realidad palestinos, sino egipcios y sirios. Según el censo oficial otomano de 1882, en Palestina sólo vivían ciento cuarenta mil musulmanes, nada más.

—¿A qué viene esa apología sionista? —Hassem Tabbani la interrumpió, enojado.

—A que Marta estuvo en Israel, y allí le lavaron el cerebro —acusó Martín.

Cristina intentó aplicar paños fríos.

—La invité a esta audición, precisamente, porque conoce Israel, además de ser una respetada historiadora —explicó.

—Sí, estuve en Israel haciendo una maestría. En ese año aprendí muchísimo. No soy judía, sino católica. Mientras viví en ese país me di cuenta de que su existencia no fue el regalo de nadie, ni siquiera de las Naciones Unidas. Fue producto de una pasión constructora que deja sin aliento. Pero voy más allá. Mientras los judíos levantaban su Estado, ¿qué hacían los árabes?

—De nuevo tu simplificación: buenos y malos. Los árabes son los malos.

Cristina apoyó las manos sobre la mesa, segura de que una porción de la audiencia, harta del maldito conflicto, cambiaba de canal y su ráting se iba al diablo. Miguel Escudero debía estar escupiendo rayos y culebras.

—Por favor, ¡quedémonos en el presente! El tema son las bombas, los atentados, el terrorismo.

—No es así, Martín —la historiadora tampoco la escuchó en ese momento, indignada con el sociólogo—. Critico a los árabes con pena, pero debo hacerlo para que no sigan poniendo la culpa afuera. Los critico porque no se dedicaron a construir el Estado que ahora reclaman. No cultivaron el yermo, sino el odio y la envidia. Su principal sueño no es un Estado próspero, sino la venganza. ¿Qué se puede construir con la venganza? ¡Te pido el coraje de reflexionar sin prejuicios! —había recuperado la potencia de su voz—. En 1948 había un Estado judío listo para nacer, en cambio no había un Estado árabe. Pese a ello, tuvieron una oportunidad de oro. Y la rechazaron.

—La Partición propuesta por la ONU era injusta.

—¿Injusta? El territorio que les destinaban las Naciones Unidas era más extenso que la actual Franja de Gaza y Cisjordania. Pero rechazaron la oferta. Es preciso tener la honestidad de reconocer que fueron ellos mismos los responsables de haber malogrado esa iniciativa. Prefirieron e impusieron el camino de las armas, del odio y la expulsión. En vez de aceptar la paz y el progreso, optaron por la guerra. Proclamaron su intención de arrojar a todos los judíos al mar, porque apenas Gran Bretaña abandonase el territorio, en agosto de 1948, se lanzarían sobre ellos. Gran Bretaña estaba feliz y, para evitar que los judíos consiguieran preparar la resistencia, adelantó su partida para el 14 de mayo.

—Es la fecha de la independencia de Israel —ilustró Cristina.

—Claro. Y también pudo haber sido la fecha del nacimiento del Estado palestino.

Hassem Tabbani entrecerró los ojos y mantuvo una cortante sonrisa de desprecio.

—Egipto, Siria, Líbano, Irak y Jordania —siguió Marta— penetraron hondo y provocaron millares de bajas en el recién nacido Estado judío. Ninguna potencia creía que Israel era viable y por eso ni siquiera aceptaron venderle armas. Sólo la comunista Checoslovaquia lo hizo, porque de esa forma dañaba al Imperio Británico y, además, suponía que Israel, de sobrevivir, ingresaría en la órbita soviética.

—Pero los judíos no fueron lerdos —replicó Martín Guardia—. Con la excusa de que se los quería arrojar al mar, empujaron al exilio a un millón de árabes.

—La guerra con los árabes no fue deseada por los judíos —insistió Marta—. Eran bastante inteligentes para no haber buscado enemistarse con el océano árabe y musulmán que los rodeaba; además, venían del Holocausto. Pero no les dejaron otra opción: o triunfaban o eran exterminados.

—Los describe como si fueran las únicas víctimas... —protestó el diplomático iraní.

—En ese momento eran las víctimas, claro que sí. Hasta que aparecieron las nuevas víctimas, los palestinos.

—¡Por fin algo de equilibrio! —exclamó Martín.

—Gracias. Pero no acepto la leyenda de la expulsión de árabes por obra de la maldad judía. Muchos fueron expulsados, es cierto, o huyeron como consecuencia del clima de guerra, pero muchos se fueron por orden de los mismos líderes árabes, que deseaban tener el campo despejado con el fin de barrer a los judíos.

—¡Eso es mentira! —saltó Tabbani y su mirada perdió por primera vez la serenidad.

—Tuve ante mis ojos documentos que prueban los esfuerzos que hicieron soldados judíos para detener los camiones llenos de árabes que se marchaban por órdenes del ex Mufti de Jerusalén. Pero la mejor de las pruebas reside en los millares de árabes que se quedaron en sus casas y no sufrieron persecución ni daños. Los he visitado en Israel y tienen un nivel de vida superior al de muchos países vecinos.

—¡Propaganda! —se mofó Tabbani—. La dolorosa realidad es que un millón de inocentes fueron echados a los campos de refugiados. Hace medio siglo que reclaman justicia. Israel es un cuerpo extraño en tierra árabe y musulmana. Si Occidente sentía culpa por el Holocausto, hubiera instalado a Israel en Alemania o en los Estados Unidos. No había justificativos para clavarlo en nuestro corazón.

Cristina miró el reloj y consideró adecuado efectuar el

segundo corte dejando en el aire las últimas palabras del diplomático.

—Enseguida volvemos —anunció a la cámara—. Seguiremos con este primer debate sobre Medio Oriente.

Apenas se apagó la luz roja, segura de que no saldrían al aire, Cristina se liberó de sus frenos y saltó sobre Hassem Tabbani.

—Discúlpeme, pero también los gobiernos árabes son responsables por la tragedia de los refugiados, ¡seamos honestos! Si no hubiesen desatado la guerra de 1948, ya habría existido un Estado palestino y no hubiéramos tenido que lamentar un solo refugiado árabe.

Marta lo apuntó con el índice, también liberada de la coacción que significaba ser mirada por millones.

—Además, Israel está donde tiene derecho de estar, no sólo por la historia, sino por haber sido construido con sangre, con lágrimas y con amor.

—Maravilloso —replicó Tabbani, frío e irónico—. Pero también es el origen de injusticias y de odios, ¡es una calamidad!

—Israel fue odiado desde antes de nacer por las franjas más reaccionarias de Medio Oriente —contestó luego de verificar que aún no habían vuelto al aire —. Y le voy a decir por qué usted lo llama "cuerpo extraño". No por su mayoría judía, ya que los musulmanes no eran tan antijudíos. Lo odiaban y lo odian porque es ¡el más brillante faro de la modernidad en toda la región! La teocracia fundamentalista y las estructuras autoritarias temen que el paradigma israelí destruya sus arcaicas bases. Ese pequeño Estado luce el único sistema democrático cabal de Medio Oriente. Y luce otras terribles cosas: justicia independiente, libertad de prensa, pluralismo, alternancia política, libertad de cultos, emancipación de la mujer, apertura científica, pensamiento crítico en cualquier área. ¡Espantoso para usted, señor Tabbani, de veras!

Cristina, asustada, pensó que el recreo había desencadenado un huracán de pasiones que no podría frenar.

—¡No insulte, señora Cullen! —contestó malhumorado, pero sin perder elegancia—. Los sionistas le han contagiado hasta la agresividad. El Estado sionista se ha dedicado a robar tierras ajenas, y los palestinos y demás pueblos árabes sufren sus ataques y su cruel ocupación.

—Es el brazo del imperialismo en Medio Oriente —agregó Martín.

—Es el brazo de la modernidad —replicó Marta—. No lo querés ver porque sufrís el antisemitismo que condenó Lenin y practicó Stalin.

—¡No insultes, por favor! ¡Qué te pasa!

—Digo lo obvio. La izquierda ha repudiado a Stalin, pero no su antisemitismo. Lo sigue practicando con Israel. Te repugnan los judíos, hagan lo que hagan. Y eso es antisemitismo.

—¡Ridículo! Exijo que te retractes. Hablás así porque te faltan argumentos.

—¿Ridículo? Ahora no está bien visto ser antijudío, y una parte de la izquierda sustituye las palabras Israel y judío por sionista. Lo expresó muy bien la Santa Sede en su documento *La Iglesia y el racismo*, párrafo 15. Dice que "el antisionismo sirve como telón del antisemitismo, nutriéndolo y conduciendo hacia él". ¿No te abre los ojos?

Cristina ordenó silencio, se acababa la segunda tanda publicitaria y volvían al aire. Sus invitados respiraban tensos, iracundos. Ella se incorporó, sin saber por qué. Las cámaras tuvieron que hacer malabarismos para seguirla a través del estudio. No estaba previsto ese cambio. Tampoco Cristina previó que pondría en riesgo su papel equidistante. Miguel Escudero la estaba observando en el monitor de su despacho y mordió su habano.

—La puta madre… ¿Qué hace ahora?

—¡Miren el mapamundi! —el dedo de Cristina señaló la decoración del noticiero mientras caminaba presurosa hacia él; tuvieron que iluminarlo precipitadamente. Rodeó la mesa desde la que habían hablado los locutores y, cuando estuvo junto al mapa, marcó un punto en la zona oriental del mar Mediterráneo—. ¡Aquí está Israel! —exclamó—, es casi invisible. Alrededor se extiende una veintena de países árabes y varias decenas más de países musulmanes. Yo le pregunto con respeto y sinceridad, señor Hassem Tabbani: si hoy fuese posible barrerlo del mapa, ¿lo harían o no?

El diplomático se acomodó la túnica y recordó que en ese momento lo miraba una audiencia enorme.

—¡Vaya pregunta! No queremos un nuevo genocidio. No queremos arrojar los judíos al mar, como se nos calumnia. Sólo queremos que desaparezca la entidad sionista y en su sitio se establezca un Estado palestino donde convivan árabes y judíos.

—Es decir, reconoce que desea la destrucción de Israel.

—Dijo "de la entidad sionista", no de los judíos —Martín acudió en apoyo del diplomático.

—En lugar del democrático Israel, quiere un Estado islámico que abarque toda Palestina, ¿no? —Marta tradujo sus palabras—. Es decir, otro Irán: sin igualdad para la mujer, sin pensamiento crítico, sin pluralismo, sin libertad de expresión, sin justicia independiente, sin libertad de prensa.

—¡No y no! —la interrumpió Martín Guardia con movimientos de mano y cabeza—. Un Estado democrático, binacional.

—Era el discurso de los setenta y los ochenta, lo recuerdo muy bien —terció Marta—. Ahora los que predican esa postura son una minoría. Ha crecido la teocracia fundamentalista. Y esa teocracia jamás aceptará a los judíos modernos. Quieren la destrucción de lo que Israel significa como modernidad. Por eso ahora recurren a cualquier medio, incluso el terror. Y a cualquier geografía, por eso sus bombas han llegado hasta Buenos Aires.

Cristina regresó a su butaca con paso rápido, seguida por la cámara. El rostro de Florencia bajo los escombros la llenaba de indignación. Olvidaba que tomaba partido en forma imperdonable, que estaba cometiendo el peor de los errores. Se ventiló la nuca, gesto que se había prometido evitar ante las cámaras.

El diplomático iraní retomó la palabra.

—Nosotros no tenemos nada que ver con el antisemitismo. Deseamos un orden justo y saludable en Irán y todo Medio Oriente. Nos inspiramos en el sagrado *Corán*, que ama a los judíos y a los cristianos como gente del Libro, y por lo tanto son merecedores de nuestra especial consideración. Veo, señora Tíbori, que le hacen señas para cerrar el programa, y no quiero que la audiencia olvide algo tan simple como esto: Israel es una potencia ocupante y el sionismo es la ideología que respalda esa ocupación. Mientras no devuelva las tierras que usurpó, no merece que la dejen tranquila. Sería inmoral.

—¿Cuáles son las tierras ocupadas? —Marta pareció ingenua.

—¡Vaya pregunta! Palestina.

—¿Sólo la Franja de Gaza y Cisjordania? —insistió mirándolo a los ojos mientras Cristina hacía gestos de paciencia a la producción, que urgía el cierre.

—Dije Palestina —el diplomático acarició el borde de su túnica.

—Cuando usted dice "Palestina", también se refiere a

las áreas completamente judías —puntualizó Cristina con tranquilidad—, las que no sufren ninguna "ocupación". Cuando usted habla de "territorios ocupados", no se refiere a Gaza y Cisjordania solamente, sino a Tel Aviv, Haifa, Eilat, Tiberias, ¡a todo Israel! Debemos tenerlo presente, ¿no?

Luego se dirigió a la cámara.

—Lamento que debamos interrumpir. El tema es largo, lleno de vericuetos y matices. Pero los invito a encontrarnos la próxima semana a la misma hora. Pido a Marta Hilda Cullen que regrese para explicarnos por qué dijo que es un error el nombre de Palestina; me ha desatado la curiosidad y confío sorprenderme junto a ustedes... ¡Buenas noches!

Disminuyó la intensidad de los reflectores y los invitados se pusieron de pie. Se acercaron dos jóvenes de la recepción del canal para conducirlos hacia la salida. Martín Guardia advirtió a Marta que se había convertido en un halcón y que semejante postura lesionaba su credibilidad. Tabbani dijo a Cristina que esperaba verla más apenada por la tragedia de los palestinos. Cristina no devolvió comentarios y agradeció cálidamente a cada uno por haber concurrido al programa. Se dirigió al despacho de Miguel Escudero, porque intuía que la esperaba una amonestación.

El despacho estaba inundado de humo. Tras su escritorio, en mangas de camisa, la esperaba demudado. No respondió a su saludo y le indicó que tomara asiento.

Cristina depositó una carpeta y se aclaró la garganta.

—Parece que tuvimos un buen ráting —dijo.

Su jefe tardó segundos en contestar.

—Eso será corroborado mañana —sacó otro habano, lo hizo girar, olisqueó y cortó la punta.

—Veo que está fumando mucho —dijo ella, amistosamente, para disminuir la tensión.

—No encuentro otra forma de calmar mi desencanto.

Cristina cruzó las piernas y apretó sus puños, lista para el ataque que se le venía encima.

—Estoy arrepentido —gruñó.

Movió las manos sobre la mesa en busca del encendedor que se le había extraviado entre los papeles. Dedicó unos minutos a prender su habano con parsimonia, como si no lo estuviesen mirando. Lanzó una bocanada de humo azul.

—Le hará mal... —susurró Cristina.

—Estoy arrepentido —repitió Escudero—, porque confié más de la cuenta en su profesionalismo. Estoy arrepentido de haberle autorizado este programa. Mientras lo miraba y sufría, tomé dos resoluciones.

Se interrumpió para dar otra chupada.

—Primero, su programa queda cancelado a partir de ahora —chupó nuevamente, para que la sentencia cayese en forma lenta y devastadora, como plomo fundido—. Segundo, usted ha terminado sus vínculos con este canal.

Cristina tragó saliva. Por sus arborizaciones nerviosas corrió pedregullo helado.

—Es... es... una decisión, ¿en firme?

Miguel Escudero avanzó el cuerpo sobre el escritorio, como si estuviese por saltarle a la cabeza.

—¿Cree que estoy para bromas?

—Le voy a responder —tragó de nuevo saliva; no iba a dejarse abatir—. Ambas decisiones son incorrectas.

El hombre frunció su entrecejo.

—¡Usted es una mujer increíble! Debería pedirme disculpas y, a lo sumo, preguntar sobre el monto de su indemnización. ¡No le permito cuestionar mis decisiones!

—Ambas son incorrectas —insistió—. Por lo tanto, yo sigo en el canal y también sigue mi programa. Si usted, señor Miguel Escudero —se paró y le acercó el índice a los ojos— pretende echarme, lo denunciaré por cercenar la libertad de expresión. Le haré la vida imposible, ¡seré más dañina para su salud que ese asqueroso habano!

Giró sin esperar respuesta y dio un portazo que se escuchó hasta el final de los pasillos.

Esa noche no pudo dormir.

A la mañana siguiente, más temprano que de costumbre, telefoneó a su entrenador de boxeo y le pidió una clase urgente. Necesitaba descargar toneladas de ira. Su maestro bostezó y, resignado, la citó para una hora después. Ella arribó primero y empezó el calentamiento. Cuando la transpiración se volvió profusa apareció el profesor, que le vendó los puños, le calzó los guantes y la autorizó a pegarle a la bolsa. En el resistente cilindro los ojos enrojecidos de Cristina veían la cara de Escudero y la de los homicidas de su hermana. Crujía los dientes e imaginaba que se los rompía a ellos, incansablemente. De su garganta brotaban maldiciones mientras castigaba enfurecida, sin piedad. El entrenador la controlaba con esfuerzo y, tras media hora de ejercicio, preocupado, le ordenó que se detuviese. Terminaría desmayada. La obligó a caminar en torno al gimnasio haciendo respiraciones profundas. Luego autorizó tan sólo cuatro minutos más de punching ball. Los puños de Cristina se convirtieron en las aletas de un ventilador enloquecido. Era tanta su rabia que no logró llegar a los tres minutos: la palidez se extendió por su rostro y tuvo que bajar los brazos. Volvió a caminar haciendo respiraciones profundas.

Estaba sola, increíblemente sola. Nadie la acompañaba en su misión con la firmeza necesaria. Ni siquiera Esteban, que la consideraba una fanática quijotesca, y tampoco su aletargado equipo de *Palabras cruzadas*. A más de dos años del asesinato de Florencia, era evidente que no interesaba esclarecer el atentado a la embajada. Se había convertido en un asunto antiguo, molesto.

En el contestador de su casa encontró un mensaje del canal. Escudero la mandaba llamar urgente. Volvió al despacho con náuseas. Su jefe le ordenó mantener cerrada la boca y limitarse a escuchar. Había revisado lo dicho bajo el impacto de la descontrolada mesa redonda de la noche anterior. No la expulsaba, pero el ciclo sobre Medio Oriente sólo tendría otra edición, para no faltar a las promesas hechas al público. También le respetaba el contrato. En consecuencia, podía continuar sus investigaciones sobre el atentado a la embajada, pero todo el material quedaba para el canal; más adelante se resolvería qué hacer.

Ella se mordió los labios y pensó que no tenía alternativa mejor, pese a sus deseos de aplastarlo bajo las carpetas amontonadas sobre la mesa.

Se marchó debilitada. Pero no dio un portazo. Miguel Escudero, en cambio, agarró su caja de habanos y lo tiró al cesto de papeles.

—¡Mierda! Qué difícil es dirigir esto.

Capítulo 20

Recuerdo hasta el sabor de la seca pata de cordero que nos sirvió en su derruida casa de Sabra, adonde fui a vivir después de mi restablecimiento. Fue la última vez que comí cordero ahí, porque luego sólo mastiqué amarguras. Ahmed, su odioso hijo mayor, sobrevivió gracias a que una bala le había herido el hombro y cayó en una zanja llena de cadáveres que los milicianos dejaron en paz. Despertó en un hospital y a los nueve días fue dado de alta. Bordeó la fosa común y descubrió a la mujer, que seguía esperando sobre un paciente trozo de mampostería. Se abrazaron y lloraron. Enseguida fueron a lo del imam Zacarías en Burji el Bareini, para solicitarle una bendición. Fue ahí donde nos conocimos.

A mí no me quedaba ningún familiar cercano.

—Alá preservó solamente a tu hijo Ahmed, pero te regaló a Dawud —dijo Zacarías a la mujer.

Ella se sorprendió. Pero, sumisa, acarició mi cabeza y dijo que me invitaba a vivir con ellos. El imam impartió otra bendición y nos despidió murmurando frases del Corán. Yo sentí que lagrimeaba y no podía sonreír.

Siguieron meses duros, con escasez de alimentos, pesadillas, sospechas de que se iba a repetir la matanza. Ahmed me superaba en fuerza, pese a que teníamos la misma edad. Pero en vez de considerarme un compañero menor o un ayudante, me detestaba sin disimulo. Sus celos no toleraban mi presencia, que consideraba como una prematura y ofensiva sustitución de sus hermanos muertos. Su madre le rogaba que no me maltratara, que no fuese injusto con otra víctima. Resultó peor. Al día siguiente me atacó con un palo de escoba y casi me quebró una pierna. La desesperada mujer recurrió a Zacarías.

El imam miró durante varios minutos el suelo, como si allí estuviese escrita la solución del problema. Ella se retorcía los dedos mientras aguardaba sus consejos e instrucciones. Pero Zacarías no encontró la forma de resolver el conflicto. Para su sorpresa, decidió entregarme a un orfanato del Hezbolá, una reciente organización religiosa shiíta que brindaba ayuda a los millares de desgraciados que había producido la guerra civil.

—Lo educarán y alimentarán —dijo.

Ella se había puesto a llorar de alivio y también de pena.

Me contaron que Zacarías la comprendió: se había encariñado con el pequeño, le había salvado la vida, se sentía su madre. Pero había que aceptar la implacable realidad.

El orfanato era dirigido por religiosos que exigían la memorización del Corán como eje de la enseñanza. Se aprendía a leer y escribir en función del libro sagrado, que debía estudiarse en forma colectiva y en voz alta, con cadencias musicales que impedían dormirse. Mis maestros alternaron dulzura y rigor. Corregían, aconsejaban y también descargaban fuertes golpes en los hombros o la cabeza cuando un alumno se ponía difícil. Los espacios para recordar a mi familia exterminada o lamentar mi destino lleno de úlceras eran muy breves, apenas antes de caer dormido con el rostro de mi madre desaparecida en la mente o el de la madre del perverso Ahmed.

Un año y medio más tarde creí que regresaban los asesinos de la Falange.

Era el centro de la noche y abrí los párpados como hacen algunos animales ante la proximidad de un peligro que aún no se manifestaba para el común de la gente. Me senté de golpe, listo para escapar de la estrecha cama. Escuché la respiración de los catorce compañeros con los que compartía el hacinado dormito-

rio. Algo espantoso estaba por ocurrir, me lo decía el corazón ace-
lerado. Desde que nací me arrullaron las bombas y los disparos;
antes de los estallidos se imponía un silencio macizo, como anun-
cio de lo contrario.

Empezó un fino tintinear de tazas y jarrones. De repente se
quebraron los vidrios de las ventanas. Se movió mi colchón. Ba-
jé de la cama y también el piso se movía. Era un temblor que no
se acababa, acompañado por un ruido mínimo, como avergonza-
do. Salté a prender la luz apoyándome en las camas alineadas y
vi la monstruosidad del pánico en la cara de los demás chicos.

Entonces nos volteó un estruendo colosal. Era como si hubie-
se explotado un arsenal lleno de municiones. Tropezábamos den-
tro de la caja convulsiva en que se había convertido el dormito-
rio. Presionamos la puerta que daba al patio. Tampoco allí nos
sentimos seguros; algunos pedían ayuda, otros lloraban y corrían
sin dirección. Por debajo de la tierra trepidaban perforadoras ase-
sinas que iban a asomar sus garras y espirales de acero. Arriba
aún brillaban las estrellas, que eran rápidamente cubiertas por
una mancha roja. No se trataba del amanecer, sino de nubes lle-
nas de carbón y siniestra luz que se alzaban en violento revoltijo.
Emergían del sitio donde estaba el Cuartel General Americano.
Entre las exclamaciones que llegaban de los alrededores se escu-
chaba la frase "¡Allahu akbar! ¡Allahu akbar!".

Seguíamos intentando prendernos de cuanta cosa en aparien-
cia fija se presentaba delante de nosotros, pero la soltábamos ate-
rrorizados al percibir que también eran víctimas de la epilepsia
generalizada. Algunos —yo entre ellos— se enredaban en las tú-
nicas de los maestros que se desplazaban entre nosotros recitando
imprecaciones. Los edificios vacilaban, era posible que sus muros
cayesen sobre el patio. En el aire aumentaba el olor a pólvora. Íba-
mos tomando conciencia de que habían sido volados decenas de
galpones, armas, tanques y soldados.

Me puse a gritar porque había percibido que el terremoto esta-

183

ba por repetirse. *Los efectos del primero aún seguían manifestándose y de repente se descosió otro largo estampido en el extremo opuesto de Beirut. Vibró el suelo; por las paredes se ramificaban nuevas y peligrosas grietas. A la roja nube del sur se acopló la del norte, furiosa también, que escupía llamas. Ahora habían hecho volar el Cuartel General Francés.*

Cuando cesó la convulsión, pese a que se oía un creciente ulular de sirenas, nos ordenaron en rondas, cada una bajo la dirección de un maestro. Recitamos frases del Corán *a ritmo cada vez más parejo y firme. El ritual nos trasmitió seguridad y calma. Media hora después empezaron a circular jarras de latón con leche tibia. Lo que había ocurrido no estaba fuera de los planes de Dios.*

Más tarde, los maestros distribuyeron kannafa, *para celebrar la victoria.*

Mi sorpresa fue advertir la llegada del diminuto y enérgico imam Zacarías Najaf, que hacía meses no veía. Me estremecí de placer. Zacarías era un enano paternal y vigoroso; su presencia se notaba enseguida porque emitía una magnética radiación. Pese a que cualquier adulto lo superaba, nadie dejaba de tratarlo como a un ser eminente, merecedor de reverencias. Eso había ocurrido en sus anteriores visitas al orfanato: los maestros lo rodeaban como si fuese la autoridad y cuando avanzaba le abrían respetuosos el paso. Se acercó a los niños que él había enviado y nos besó en ambas mejillas; a mí me regaló una prolongada caricia en la nuca. Nuestros ojos se contemplaron con cariño. Lo sentía como un enviado de Alá.

Pese a la dulzura de sus gestos, me di cuenta de que había llegado furioso. Dijo que no le gustaba la distribución de golosinas; cuando le entregaron un puñado las devolvió despectivamente.

—Es absurdo. No hubo victoria —murmuró.

Insistió en que no le parecía oportuna la festiva kannafa. *Dijo que el asesinato de franceses y americanos no era un triunfo del Islam, porque el Islam no se regocija con los crímenes de na-*

die. Era mentira que cientos de americanos y franceses se hundían en el infierno mientras los militantes suicidas volaban hacia el Paraíso. Mentira, repitió en voz cada vez más estentórea.

Estábamos perplejos, y nuestros maestros, más escandalizados que los niños y jóvenes, desde luego. Se había producido una confrontación entre autoridades. Jamás habíamos presenciado algo así.

Discutió con los clérigos que al principio lo escuchaban con atención y luego se animaron a expresarle su discrepancia. Nunca le habían cuestionado sus ideas como en esa angustiante oportunidad. Me dolía que el amado imam fuera objeto de un repudio que aumentaba de tono y parecía ganar consenso.

—¡Esos muertos no son culpables! —aulló Zacarías—. Han matado inocentes, han violado sagrados mandamientos de Alá. No tenemos ninguna razón para estar felices.

—Pero son infieles, son invasores, son nuestros enemigos.

—Están aquí porque los llamó nuestro gobierno.

—No era "nuestro gobierno", sino el gobierno de los asesinos cristianos. Los cristianos convocaron a la Fuerza Multinacional de Paz, que es de todo menos de paz y justicia.

—Era el gobierno del país —replicó—, aunque nos disguste. La convocó para frenar una violencia que no paraba nadie. ¿O ya no se acuerdan? ¿Prefieren otra matanza como la de Damour, como la de Sabra y Chatila? Alguien tenía que llenar el vacío de poder y frenar la guerra civil. Ese gobierno o cualquier gobierno no estaba en condiciones de lograrlo. Tampoco nosotros.

—¡Cállate, Zacarías! ¿O te has vuelto un renegado?

—Renegados son quienes rezan cinco veces por día, pero ofenden al Islam con esos crímenes.

—¡Qué dices! Los que atacaron a los americanos y franceses son nuestros héroes, son shahids, *mártires.*

—¡Son shahids, *mártires! —corearon otras voces.*

—¡Merecen nuestra admiración!

—¡Su conducta debe ser imitada!

—¡Estamos en guerra! ¡El Islam está en guerra!

—No es verdad —replicó Zacarías—. Al Islam no lo amenazan desde afuera, sino desde adentro.

—Zacarías, debes hacer una profunda revisión de tus ideas.

Zacarías, transpirado, no se daba por vencido.

—La muerte alegra a Satán, no a Dios —replicó—. Ese principio es básico y transparente como la luz.

—Has perdido el juicio.

Los maestros se amontonaron en torno al pequeño y tonante imam, mientras los alumnos dejaban de recitar el libro sagrado para atender la indescifrable polémica. Yo quería intervenir en favor del pequeño hombre, pero no tenía argumentos ni hubiera sabido por dónde empezar. Tampoco los maestros hubieran tolerado semejante insolencia. Me quedé mirando cómo el círculo se cerraba a su alrededor y tuve miedo de que lo asfixiaran. Advertí que se estaba rompiendo una alianza y las cosas se pondrían muy feas para Zacarías Najaf. Estaba solo y no podría ganar a tantos adversarios juntos.

Lo llevaron hacia el cuarto donde funcionaba la dirección y, pese a que nos ordenaron volver a la palabra santa, supe que la polémica siguió hasta avanzada la mañana. No me enteré de cuándo partió el imam, expulsado con furia, porque no lo dejaron acercarse a nosotros para despedirse, como lo había hecho siempre. Tuve ganas de llorar, otra vez me sentí abandonado.

CAPÍTULO 21

Eligieron la avenida Corrientes, que estallaba en vehículos y gente multicolor. Se sucedían animados comercios, carteles que competían entre sí en tamaño y estridencia, escaparates que avanzaban audaces sobre la calle como anzuelos para enganchar peatones, pizzerías, bares, teatros, restaurantes, cines, paradas llenas de gente que esperaba, trepaba, bajaba y corría detrás de los ómnibus. Todos parecían estar de paso, menos algunos judíos ortodoxos que se desplazaban con sus negros caftanes y sombreros de ala.

—Se llama Once. Es uno de los barrios judíos más antiguos de Buenos Aires —comentó Tabbani mientras se acomodaba el puente de sus anteojos.

Doblaron hacia la izquierda y avanzaron por la calle Pasteur.

—Estas dos cuadras sufrieron apagones de luz. Desde que el actual gobierno privatizó las empresas de electricidad, dejó de haber cortes. Pero aquí hubo una excepción llamativa.

Dawud levantó sus caídos hombros en signo de pregunta.

—Te aseguro que a esos cortes no los propusimos nosotros, pero los hizo gente que odia a los judíos tanto como nosotros.

Dawud lo miró interrogativo.

—Policías, servicios de Inteligencia. Algunos políticos —explicó Tabbani.

—¿Para qué hacer los cortes? ¿Sólo para molestar?

—Tal vez. Pero no nos convienen en estos momentos. Aumentarían el alerta de los sionistas. Ahora te pido que prestes atención. En cuanto crucemos la próxima esquina tendrás que mirar hacia la derecha. Estaremos junto a la AMIA, la mutual más importante del judaísmo argentino.

Omar, en el asiento delantero, hizo un gesto al chofer para que disminuyera la velocidad. Pasaron lentamente frente a un edificio de mármol negro, con una gran puerta que sólo dejaba pasar a la gente por un pequeño segmento recortado en un ángulo inferior. Una placa ovalada exhibía el número 633. Había un patrullero adherido al cordón y un policía de pie, inclinado, hablaba a los dos colegas de su interior a través de la ventanilla.

—También les hacen amenazas anónimas a las telefonistas —agregó Tabbani—. No nos conviene.

A Dawud se le dilataron las pupilas.

—¿Funciona aquí la embajada israelí?

—No, ¿por qué?

—Por eso de las amenazas.

—Las amenazas pretenden molestar a los judíos que viven aquí, no se relacionan con la embajada. Astutamente, la embajada se mudó a un edificio del centro, lleno de empresas, donde ya funcionaba la embajada de los Países Bajos. Le sirven de escudo. Ahora sería muy difícil hacerla volar, diría que imposible.

Dawud estudió los pormenores de la entrada, los muros, los guardias, el patrullero, un volquete lleno de escombros que alguien debía retirar.

—Como te das cuenta —prosiguió Tabbani— la gente

entra y sale de ahí como si nada. Los controles son más teatro que otra cosa. Se han acostumbrado a vivir bajo tensión. Las amenazas diarias que reciben las telefonistas no son tenidas en cuenta, excepto cuando mencionan la palabra bomba. Entonces se movilizan, porque recuerdan la voladura de la embajada. En dos oportunidades se asustaron tanto que ordenaron la evacuación completa. La última vez fue este mismo año, en abril.

—Pero éste no es el objetivo que eligieron nuestros jefes, supongo —Dawud lo miró con intensidad para descubrir algún indicio.

—Me parece que no, pero todavía no lo sé —contestó Tabbani, sereno—. Puede que sí, puede que no. Debemos ser pacientes y confiados.

—¿Sospechan de un nuevo ataque?

—No quieren sospechar, prefieren vivir tranquilos. Predomina la actitud del avestruz, como dicen aquí, que ante un peligro mete la cabeza en tierra. Es falso, porque el avestruz no hace eso, pero la imagen se ha convertido en un lugar común. Por lo tanto, nadie habla de un segundo atentado, nadie sospecha el peligro. El asunto de la embajada ya está prácticamente archivado. Pero hay situaciones, lógicamente, que no podemos descuidar. Ciertos investigadores y periodistas nos quieren poner la soga al cuello. Creen que descubrir la verdad es un filón de oro, que les dará fama y dinero. Hace unos días tuve que soportar las agresiones de una periodista.

Dijo esto y giró su cabeza hacia el joven que tenía a su lado, que había recorrido medio mundo para cumplir una acción trascendental. Por supuesto que la acción será trascendental, se dijo sin abrir los labios, a fin de espantar las dudas sobre una postergación que había comenzado a quitarle el sueño. Miró las orejas casi invisibles del joven, su pelo negro, su rencoroso entrecejo. La información que fue recibiendo en clave sostenía que la misión se ajustaría a las contingencias. Harán lo más productivo, espectacular y, al mismo tiempo, imposible de ser descifrado. Puede que se asesine al embajador de Israel y varios de sus ayudantes, que se haga volar un colegio judío o una sinagoga. Había un plan A, un plan B y un plan C. Dos días atrás el lacónico Ramón Chávez le había entregado un detallado informe sobre los recorridos diarios del embajador de Israel y de cinco de sus colaboradores. Con semejantes datos no sería difícil acorralarlos en la calle y perforarlos a tiros.

Dawud era un héroe y se convertiría en mártir. Merecía conocer su objetivo culminante. Tabbani sintió el deber de trasmitirle en forma sintética la información que hinchaba su cabeza. Los judíos en este país llegaron a conformar la comunidad más numerosa de América latina y eran un auténtico peligro. Aunque vinieron en forma aislada en los siglos previos a la independencia, su aluvión empezó a fines del siglo XIX y siguió hasta mediados del XX. Sucias olas de inmigrantes se derramaron en colonias agrícolas y luego invadieron todos los campos de la actividad nacional.

—No se quedan quietos ni colmados, son como los microbios. Tienen una ambición sin límites. Parecen planificados para realizar la ocupación de lo ajeno, como Israel. Mientras unos se dedican a juntar dinero, multiplicar negocios y abrir fábricas, otros se meten en los sindicatos y los partidos políticos de izquierda. Actúan en pinzas. No dejan un área sin contaminar: irrumpen en la radio, la televisión y los diarios. Se infiltran en el teatro y el cine. Ni hablar de cómo invaden las universidades y llegan a convertirse en líderes estudiantiles, docentes y directivos. Si abres la guía telefónica marea la cantidad de médicos, ingenieros, psicólogos y arquitectos judíos. Hasta han influido en el tango con poetas, compositores y músicos. Nada les es ajeno. ¡No parecen un cuarto de millón, sino una docena de millones!

A Tabbani lo escandalizaba que no sólo hubieran realizado la sistemática ocupación de la Argentina, sino que hubiesen al mismo tiempo organizado su vida comunitaria de una forma envidiable. No se conformaron con levantar sinagogas, sino también escuelas, cementerios, hospitales, organizaciones solidarias, cooperativas y mutuales. Dicen que discuten mucho entre ellos mismos, que tienen miles de opiniones sobre cualquier cosa, pero cuando deben unirse, lo hacen como las limaduras de hierro en un poderoso imán. Y lo peor de todo es que siempre se solidarizan con Israel.

—Algunos se acercan a los árabes o musulmanes con el fin de mantener un diálogo que les garantice la impunidad. No son sinceros, ¡qué van a ser! Su objetivo es dominar el mundo, degenerarlo y esclavizarlo. Desde donde sea. También desde la Argentina. Por eso celebro que te hayan enviado, Dawud —estaba a punto de abrazarlo.

Dawud reclinó la cabeza contra el espaldar de su asiento. Su imaginación empezó a desplegarse hacia el futuro inminente. Avanzaba airoso con una impresionante carga de explosivos para cumplir su misión. Adelante se aglomeraban seres con rostros maléficos, bestiales. Eran judíos adultos, judíos viejos, mujeres pintarrajeadas, todos iluminados por la inquietante sonrisa de sus mandíbulas devoradoras. También vio niños cuyos dientes no parecían menos agresivos. Conformaban una legión de criminales a los que había que destruir enseguida, antes de que llevasen a cabo los planes de Satán.

Estaban en guerra. Ganaría el más valiente, el más osado.

Introdujo sus dedos en los bolsillos y apretó los activadores. Sintió un estremecimiento que hundió más su nuca contra el resistente espaldar. La onda expansiva se dilató rápido. De las pequeñas cajas que llevaba en torno a su cintura brotaban los proyectiles que se diseminaban como nube de gas y se hundían en las caras repugnantes, quebraban dientes, abrían el pecho y hacían volar por el aire las víboras de olorosos intestinos judíos. Él mismo, Dawud, se dividía en infinitos pedazos que ascendían hacia el cielo. Pero escuchaba los gritos de victoria, los elogios exaltados, la admiración de sus jefes. Sentía amor, mucho amor.

En medio de las imágenes cargadas de pólvora y sangre alcanzó a preguntarse, conmovido, qué diría Zacarías Najaf cuando se enterara de la proeza que cerraría la historia del niño agonizante que había rescatado de los escombros de Sabra.

Capítulo 22

—No hay caso, el viaje a la India te trastornó la sesera —Cristina hizo un gesto burlón cargado de rabia mientras se desenredaba el cabello frente al espejo de su cómoda—. Tu pensamiento tiene la ingenuidad de los santones. ¿Cuándo vas a volver a la realidad?

—Pero, ¡qué estás diciendo! —replicó Esteban—. Te escucho y proceso las ideas por vos; lo más importante es que trato de bajarles la paranoia. Eso te confunde.

—¡Qué paranoia! Tengo datos que electrizan los pelos. ¿Hay que esperar las catástrofes mirando las nubes?

—Sos injusta y desagradecida conmigo.

—Vamos, no intentés ahora manipularme con la culpa.

—¿Acaso no te ayudo? ¿No te conseguí una información impresionante sobre Santiago Branca? ¿Creés que me resulta divertido actuar de millonario árabe?

—Claro que sí. De lo contrario no lo hubieras hecho o no lo hubieras hecho tan bien. Por lo menos seguís practicando teatro. Actuás mejor de lo que pensás.

—¡Qué dura! Dura y hermosa... No sé cómo abrirte la cabeza —dijo tocándose la frente—. Te has vuelto loquísima. Ese maldito segundo atentado te llevará al manicomio.

—¡Basta! Por favor.

Esteban se había quitado la camisa, se frotó la cabeza con los dedos, alzó un frasco de perfume y se roció el cuello y el abdomen. Contó hasta diez y se acercó a Cristina por la espalda, la abrazó y besó en la oreja.

—Dejame, no estoy para arrumacos.

—¿Qué te pasa? ¿No podemos hacer las paces?

—Te quiero, pero no te amo en este momento. No sé, disculpame. Además, no me gusta que me beses en la oreja, ya te dije.

—¡Qué raye homérico, mi Dios!

—¡Necesito un hombre que piense!

—¡Y que coja sólo cuando a vos te bajan las malditas ganas, ¿no?!

—Son tus actitudes las que me congelan las ganas, si eso es lo que necesitabas saber.

—Merecés una flor de paliza, por histérica.

Ella giró; su mirada despedía rayos y en la diestra sostenía un cepillo convertido en arma. Quedaron enfrentados durante varios segundos, sin parpadear.

Esteban se dio vuelta y recogió su camisa.

—¿Adónde vas? —preguntó ella con un leve temblor.

—Vuelvo a mi departamento. Me llevo la maravilla de esta noche, disfrutada juntos en un clima tan romántico.

—No hace falta que seas irónico.

—Franco. Vos sos la nena que todavía no descubrió el amor y, por lo tanto, no sabe lo que es amar en serio.

Cristina se quedó callada. Miró la alfombra, mientras Esteban terminaba de vestirse. Cuando estaba por abandonar el dormitorio, lo llamó. Se miraron a los ojos y se abrazaron.

—Estamos en medio de una tempestad. Debemos esperar un poco —susurró ella besándolo en los labios—. No me guardes rencor. Te quiero, perdoname.

Esteban levantó la tableta de chocolate que le había traído de regalo y la deslizó en el bolsillo de su campera.

—Me será necesario para conciliar el sueño.

—Qué empeño en meterme culpa... —sonrió ella.

—Pese a todo —dijo él aplastándole la nariz con el meñique—, te voy a esperar. Algún día vas a descubrir el amor y te vas a dejar de niñerías.

Tampoco Cristina pudo conciliar el sueño. Procuró concentrarse en escenas agradables y trajo a su mente la última recepción que habían realizado en el canal para recibir a un grupo de artistas nóveles. Evocó las risas falsas, los hipócritas cumplidos, los lugares comunes, el aburrimiento. Su imaginación se desprendió hacia una progresiva duermevela y el suceso comenzó a sufrir la metamorfosis del sueño.

Navegaba sobre onduluciones gratas cuando se produjo la novedad que imprimió brillo a la fiesta. Habían desaparecido los hombres y sólo quedaban, copa en mano, las mujeres. Empezaron a interrogarse sobre la inexplicable ausencia. Los hombres debían de haberse ocultado en alguna parte, decían en cadena de boca a oreja. Era un juego que producía inquietud, seguro que tramaban una sorpresa inolvidable. Entonces comenzaron a apagarse las luces y las mujeres soltaron risitas.

Cristina miró hacia los puntos desde los cuales podían ingresar fieras de circo, trapecistas o payasos. Pero no se presentaron esos números, ni siquiera los hombres que habían desaparecido, sino penes flotantes, pintados con fluorescencias. Eran lo único visible en la compacta oscuridad. Los había de diversos tamaños y formas, algunos rectos, otros en cimitarra curvada hacia arriba o hacia abajo. Cristina estalló en risa, jamás había visto algo tan cómico. Quería dejar su copa, pero la oscuridad no le permitía encontrar un lugar de apoyo. Caminó hacia los penes que bailaban el can-can. Mientras avanzaba contenta sintió un susurro en los cabellos que hizo que se detuviera. La suave boca besó luego su sien y descendió a la mejilla. Esos besos cortos y superficiales le aumentaron la risa, eran un cosquilleo amable. La risa pretendía despertarla, pero ella quería seguir en la fiesta. Nunca se había divertido tanto.

Abrió los ojos, se sacó el cabello de la cara y escuchó los ruidos. Sonaban pisadas y un amortiguado choque de bronces. ¿Habían entrado en su departamento? ¿Ladrones? Miró hacia un lado y otro, los párpados muy abiertos ya. El plateado reflejo lunar se filtraba por las cortinas. Aguzó el oído, pero sólo reinaba el silencio. Debía de haber sido una falsa alarma generada por el sueño. Se restregó las órbitas.

Un golpe seco la tensó. No había dudas, alguien había entrado. Escuchó el chirrido de un mueble empujado con torpeza. Saltó al piso, los puños cerrados, mareada. Tanteó las chinelas que se habían corrido de lugar. Los dedos exploraron impacientes sobre la alfombra. Necesitaba mantener la calma, pero calma era lo que menos le quedaba en el cuerpo y la mente. Aumentó su nerviosismo al no encontrar las malditas chinelas. ¿Alguien se las había llevado? ¿Qué se aconsejaba en momentos como ése? Debía llamar a la policía, sin dilaciones. Pero, ¿y si no había intrusos?, ¿si los ruidos se debían a causas ridículas? Debía averiguar, aunque estuviese atravesada por un miedo infrecuente. No, llamar a la policía de inmediato era mejor. Levantó el auricular y no tenía tono. Angustiada, se deslizó hacia la puerta del dormitorio que Esteban había dejado entreabierta. No había resplandor en los pasillos ni en la recepción. Palpó la llave de luz, pero le aumentó la transpiración fría al comprobar que tampoco funcionaba. Habían desactivado la luz y el teléfono. ¿O tal vez un inconveniente afectaba todo el barrio? Caminó sigilosa hacia el living. Oyó un grito y se desvaneció.

Le pinchaban los ojos. Las luces de la araña caían sobre su cara como una lluvia de alfileres. Le daba vueltas la cabeza. Sentía frío en la espalda porque yacía sobre las heladas baldosas, cerca del comedor. Reconoció la cara inferior de la mesa y a su alrededor la alineación de las sillas. Le dolía el cuero cabelludo y, al tocarse, descubrió el túmulo de un hematoma. Trató de levantarse. No era sencillo porque le dolían los hombros, la nuca y el costado izquierdo del tórax. Se agarró del respaldo de una silla y la trepó con ambas manos, centímetro a centímetro, como si subiese al palo mayor de un velero. Palpó nuevamente el hematoma.

—Canallas… —murmuró.

Tal vez permanecían en el departamento aún. Pero la calma reinante ilustraba el vacío absoluto; hasta los autos en la calle habían dejado de circular. Inspiró una bocanada de miedo y coraje. Tenía que averiguar qué había pasado. Quizá, medio dormida había tropezado, se había golpeado contra un mueble y eso fue todo. Pero no había objetos caídos, ni jarrones rotos, ni siquiera un cairel desprendido de la araña. Alguien le había pegado para robarle, los ruidos no habían sido imaginarios.

Apoyada en las paredes, aún tambaleante, buscó los signos del despojo. En el living y el comedor nada había desaparecido; el único desorden lo había producido ella misma al correr una silla para usarla de escalera. Abrió puertas y cajones para contabilizar las faltas, pero comprobó que no las había. Estaban en su sitio el televisor y la videocasetera. Ni siquiera se movió un solo cuadro. ¿Sólo les interesaba el dinero? Regresó al dormitorio, donde también habían encendido la luz. Sobre su mesita de noche estaba el pequeño Rólex que le había regalado Esteban y su reloj despertador. Ni siquiera se habían llevado los aros que se quitaba de noche. Abrió su placard, corrió los trajes y buscó la caja fuerte disimulada por las maderas del fondo. Tampoco la habían abierto o, si la habían abierto, la volvieron a cerrar, con una cortesía que sólo tenía lugar en las novelas. Cristina activó la clave y comprobó que estaba todo su dinero, chequeras, documentos, bonos, cartas y hasta un grueso collar de oro que pocas veces usaba.

Se sentó en la cama y se frotó un pie con el dorso del opuesto. No le gustaba caminar descalza y ahí estaban las chinelas, junto a la cama, tras haber jugado a las escondidas. ¿Alguien las había puesto de nuevo en su sitio? Se tocó el doloroso hematoma. La noche terminaba del peor modo posible. Ocurrió algo muy raro. Evocó el sueño que la hizo reír; quizá los penes fluorescentes eran cachiporras. Pero si la desmayaron con una cachiporra, había sido después del sueño.

Se dejó caer sobre la almohada y abrió los ojos porque acababa de advertir algo extraordinario: estaban encendidas todas las luces, cosa que ella no había hecho. Levantó el auricular: funcionaba el teléfono. Si la invadieron, no fue para robarle. ¿Entonces? Algo la sacudió de la cabeza a los pies. No fue para robarle, sino para trasmitirle un mensaje.

Percibió la gravedad de la amenaza.

El timbre del teléfono la hizo saltar al piso.

—¡Hola!… ¡hola!…

Del otro lado no hubo respuesta. Pero escuchó una respiración lenta y pesada, como la de un animal.

Capítulo 23

Resolvió hablar con el imam Zacarías Najaf. La repentina decisión le subió como una ola caliente; era una asignatura postergada durante más de dos años. Cristina se sentía rodeada por el desamparo. El ataque a su departamento la había alterado y se reprochó haber dejado a un lado a ese hombrecito, gracias a quien pudo rescatar a Florencia de su anticipada sepultura. Zacarías era un religioso de cabeza rara, mirada fuerte pero generosa. Seguro que le daría algún consuelo o, al menos, la escucharía con paciencia. ¿Cómo fue tan negligente de no haberlo contactado antes? Esteban tenía frecuentes encuentros con él e insistía en que era una asombrosa fuente de sabiduría. Para tranquilidad de Cristina, también aseguraba que no tenía nada de santón hindú.

Se citaron en el café que daba a la esquina del Cabildo. Los ventanales ofrecían un paisaje en gran angular: Diagonal Sur, calle Defensa y la vibrante Plaza de Mayo con sus monumentos, fuentes y palmeras. Cristina llegó primero y eligió la mesita que daba a la Plaza. Mientras aguardaba la llegada de su invitado contempló las fuentes que desde hacía medio siglo tentaban a los manifestantes enmelados de fatiga. Era media mañana. Se le acercó una muchacha grácil de grandes ojos azules, con la servilleta en el brazo. Le pidió un cortado con medialunas de manteca.

Endulzó el pocillo con sacarina y revolvió el líquido oscuro mientras observaba las palomas picotear sobre los mosaicos de la Plaza. Miró a un costado, como se hace cuando uno no quiere testigos, y cometió la travesura que le encantaba desde su adolescencia: mojar la medialuna en el café antes de llevársela a la boca.

De repente, como si despertara, advirtió que a su izquierda se había sentado el imam.

—¡No lo vi! —exclamó atónita, disculpándose.

El anciano sonrió; alrededor de los ojos húmedos se profundizaba la telaraña de arrugas. Cubría su cabeza con un gorro blanco liviano y tenía abierto el cuello de su camisa azul. La barbita que rodeaba su mandíbula puntiaguda estaba encanecida y desprolija. Sus lóbulos frontales sobresalían como chichones. Era tan pequeño que debía apoyar los codos sobre la mesa para no quedar hundido. Le vendría bien un par de almohadones, pensó Cristina, desolada porque no encontraba ninguno a la vista.

—Lo importante es que llegué —contestó el religioso mientras acomodaba una huesuda manita sobre la otra—. Y más o menos puntual.

—Siempre me sorprende, siempre aparece de golpe.

—Bah, es su imaginación. ¿Están ricas las medialunas?

—Muy —pensó si también al anciano lo tentaría sumergirlas en el café—. ¿Ordenamos otro par? ¿Y un café en jarrito? —ella lo miraba con ternura y dijo, ocurrente:—. ¿No es increíble que un símbolo de la fe se haya convertido en un manjar universal?

—¿La medialuna? Ah, sí. Pero no olvide que los símbolos religiosos, después de que son impuestos, tienden a olvidarse de su origen.

—No entiendo.

—La cruz por ejemplo, en su origen fue un instrumento de tortura y asesinato, no de amor.

Cristina curvó las impresionadas cejas: "Es cierto", pensó.

—La medialuna y una estrella en su concavidad eran el emblema de la Constantinopla cristiana, no del Islam. El sultán otomano, tras conquistar la ciudad, los adoptó.

—¡No lo sabía! ¿Es un símbolo del Islam tan reciente, entonces?

—Bastante reciente. Pero se ha impuesto; a nadie se le ocurriría asociarla con otra cosa.

—La cruz fue romana y ahora es cristiana, la medialuna fue bizantina y ahora es islámica. Las nuevas civilizaciones se apropian de las anteriores.

—Es una constante —confirmó el imam—. ¿No se han construido iglesias sobre templos aztecas y mayas?

—¿O las mezquitas de Omar y El Aksa, en Jerusalén, sobre el Templo de Salomón? —Lo miró al centro de sus pupilas, porque acababa de acicatearlo—. Tema problemático, ¿no?

Cristina esperó que viniese un comentario. No la defraudó.

—Estoy de acuerdo con lo que usted acaba de decir, aunque algunos de mis hermanos opinan distinto y hasta se enojarían mucho. Esto no lo diría en público, pero considero malintencionado negar algo tan obvio. Esa tierra ya era bendita por haber sido el lugar donde Salomón construyó el primer templo que la humanidad dedicaba al Dios único. Las mezquitas se edificaron ahí, y no en otro sitio, por esa causa, lógicamente. Los califas no iban a levantar esas mezquitas en un lugar cualquiera, ¿no le parece? Mahoma se elevó al cielo exactamente desde ahí porque ya era tierra santa. No tengo dudas de que bajo las dos mezquitas yacen los escombros del Templo de Salomón.

—Permítame confesarle que aprecio su ecuanimidad, no es frecuente.

—Gracias, pero le advierto que ni yo, ni usted, ni nadie es completamente objetivo, porque todo pasa a través de nuestra alma. Pero debemos hacer un esfuerzo para lograrlo. Supongo que Alá lo valora.

—Alá debe haberlo enviado para instruirme —Cristina hizo un mohín escéptico, casi irónico.

La muchacha de ojos azules depositó el jarrito de café y un plato con medialunas frente al imam, que agradeció con un movimiento de cabeza.

—Instruirla —levantó las blancas cejas—, pero no forzarla a la conversión, si es lo que teme... La segunda *Sura* del *Corán* ordena que nadie sea forzado en materia religiosa.

—No pienso convertirme. Me interesa el Islam como un gran fenómeno de la cultura.

—Muy bien. Pero traje a colación esa *Sura* para refutar el prejuicio de que convertimos el mundo con la espada.

—¿Es sólo un prejuicio?

—Fíjese que en el Asia oriental existen centenares de millones que se convirtieron sin la mediación de una guerra: chinos, malayos, indonesios.

—Advierto que articula su ecuanimidad con una decidida defensa de su religión.

—Soy un profundo creyente.

—Me doy cuenta.

—Y por eso critico a quienes dañan el Islam haciéndolo intolerante. Perjudican su más elevada tradición.

—Pero, ¿cuántos piensan como usted?

—Muchos. Sucede que no se hacen escuchar. Yo mismo me pongo frenos. El Islam ha entrado en gran efervescencia, por un lado es la religión que más rápido se expande y por el otro se vincula con delirios terroristas. Lo magnífico, sin embargo, lo que menos se ve, es un proceso interno que, Alá ayude, proveerá buenos frutos.

—¿Reformas?

—Grandes reformas. Así ocurrió con las otras religiones del Libro. ¿Se acuerda de la Inquisición, de la Noche de San Bartolomé, de la venta de indulgencias, de tantas aberraciones? El cristianismo y el judaísmo sufrieron altísimos costos. Pero gracias a los cambios que se avinieron a realizar sus fieles gozan ahora de riqueza crítica, productividad, bienestar. El Islam tuvo su pico durante los califatos de Bagdad y de Córdoba, fue puente de culturas y usina de progreso. Hizo cosas nuevas, inspiradas en los tiempos del Profeta, claro, pero sin limitarse a imponer el tiempo pasado, porque eso es pereza, ignorancia y poca fe.

Cristina apoyó el mentón sobre sus puños, ese hombre estaba derrumbando todas sus prevenciones. Era tal como lo describía Esteban.

—Pero de eso me di cuenta un poco tarde —agregó apenado—. En Bagdad y en Córdoba los musulmanes produjeron un florecimiento inédito, con apertura, tolerancia, libertad; por eso llegaron a ser superiores a los cristianos. La maravilla duró tres siglos, hasta que las ambiciones de poder usaron una lectura del Corán pobre en imaginación. Confundieron la letra seca con el espíritu, olvidaron que Alá había inyectado variedad al universo, y que castrar esa variedad no era de buenos musulmanes.

—Propio de los fanáticos de cualquier cultura.

Lo contempló masticar con su buena dentadura propia. El imam le había contado a Esteban que había sido alimentado con leche de cabra y de camella; además, el agua de la ciudad santuario de Najaf, en Irak, donde se educó, tenía alta dosis de flúor. En Najaf absorbió la rigurosa enseñanza de los ulemas en una medieval academia shiíta. Le hicieron memorizar el *Corán* e inculcaron la filosofía afín. Sus maestros compartían el temor al comunismo y el nacionalismo ateo que llegaban de Occidente. Tampoco confiaban en el panarabismo que propugnaba el presidente Nasser de Egipto, ni el socialismo islámico del partido Baath, que se fortalecía en Irak y Siria. Elaboraron una respuesta alternativa basada en un gobierno islámico puro, porque atribuían la miseria de los países musulmanes al crimen de haber abandonado el recto y simple camino marcado por la *sharía*. Los teóricos más destacados, a los que había escuchado con ojos jóvenes e idealistas, fueron ayatolás irakíes rodeados por numerosos estudiantes del Líbano, como él.

En 1965 se produjo un gran revuelo al presentarse nada menos que el ayatolá Rudhollah Jomeini, que acababa de ser expulsado de Irán por actividades contra el gobierno del Shá. Era un hombre alto y vigoroso que diluyó las vacilaciones teóricas y propició, lisa y llanamente, asaltar el poder. Zacarías quedó tan impresionado que tuvo una exacta visión del futuro: ese clérigo sería en poco tiempo dueño de Irán. No se equivocó.

Irak detectó la incendiaria animosidad de las academias shiítas, expulsó a muchos ulemas y ejecutó a varios. Jomeini huyó a Francia. ¿Cuál fue la actitud de Zacarías? Adoptó la palabra Najaf como apellido y desempeñó un rol importante en la fundación del Hezbolá, que unía la sensibilidad social con la fe. Adhería a los principios de sus maestros y él mismo fue un teórico de relevancia. Pero después giró hacia las antípodas. ¿Por qué?

—Hay áreas oscuras —apretó Cristina—. Usted fue

educado en las academias de Najaf, bebió enseñanzas fundamentalistas, compartió el nacimiento del Hezbolá...

El anciano llamó a la muchacha y quiso pagarle, a lo que Cristina opuso resistencia con un billete que redondeaba el pago exacto y una propina. Salieron a caminar por la soleada plaza. Como había ocurrido sobre los escombros de la embajada, Cristina tuvo la sensación de estar acompañada por un niño que apenas le llegaba a los hombros. Pero su voz abovedada y con acento árabe subía hasta sus oídos nítida, sonora.

—Un versículo dice: "Y en verdad que triunfará el Partido de Dios" —ilustró Zacarías—. Hezbolá significa eso, "Partido de Dios". Integro ese partido y jamás renunciaré a él, aunque me consideren un renegado. Corro peligro por eso. Muchos de mis hermanos afirman que es peor uno que cuestiona desde adentro que un infiel. Sé que algunos me odian más que a un profanador de mezquitas.

—¿Por eso vino a Buenos Aires? ¿Es un fugitivo?

—Tenía parientes aquí; algunos me habían visitado en Beirut, cuando era la joya de Oriente, y eso me estimuló a estudiar el castellano. Me gustaba ese idioma porque se vincula con España, donde el Islam tuvo su mejor momento, como le dije.

—Quisiera hablar de su fuga, si no le molesta.

—¿Me está haciendo un reportaje?

—Le aseguro que no. Pero me debía un diálogo profundo con usted desde que detectó a mi hermana bajo los escombros. Necesito conocerlo... necesito su ayuda.

El religioso se acarició la barbita.

—Mi ayuda... ¿Qué tipo de ayuda? Imagino que le ha quedado zumbando algo que insinué cuando la voladura de la embajada, ¿no?

—Cómo se acuerda.

—Hay contextos que se graban a fuego. La escucho.

—No, no es un reportaje. Es más complicado. Estoy pasando por un momento de gran tensión, confusión, qué sé yo, desasosiego. Usted me inspira confianza, aunque al principio tenía muchas dudas. Es irracional, claro.

—Bueno, vayamos por partes. Antes de seguir debo resolver su asombro respecto a mis vínculos con una organización que ahora se considera terrorista, el Hezbolá. Usted no me imagina terrorista. Está en lo cierto, no lo soy. El Hezbolá se fundó en 1982, como resultado de la guerra civil libanesa. Hasta fue vista con simpatía por los israelíes, que preferían cualquier cosa a la OLP. Yo la consideraba entonces el mejor camino, porque se dedicó a la asistencia social y educativa. Se fortaleció en el valle de la Bekáa y en el sur de Beirut, pero tuvo que rivalizar con el ejército cristiano y las numerosas tropas sirias, que recelaban de su poder e ideología. En poco tiempo aprendimos a ser diplomáticos, aprendimos a hacer propaganda y pronunciar discursos, inauguramos una estación de radio y un periódico combativo. Finalmente creamos una milicia. El objetivo último pero lejano, era imponer en el Líbano una República islámica homogénea, como la de Irán.

—¡Fundamentalismo! ¿No se da de patadas con su modelo tolerante de Bagdad y Córdoba?

—Completamente —una sombra cubrió su rostro—, por eso comencé a disentir. En mi cabeza retumbaba una voz que decía "Ése no es el camino". Fue terrible, doloroso.

Un dátil rebotó sobre la cabeza de Cristina, cayó al piso y fue asaltado por las palomas. Pero los árboles de esa plaza, que supiese, no producían dátiles, y menos de ese tamaño. Alejó las ideas inoportunas y volvió a concentrarse en el imam mientras continuaban dando vueltas a la plaza.

—Mi crisis aumentó velozmente —prosiguió Zacarías—. Y no creo que haya terminado… La celebración de los asesinatos me pareció una directa ofensa al Islam. Era escandaloso que en los asilos se distribuyese *kannafa*, golosinas, para que también los niños se alegrasen con el crimen. ¡Eso era Satán, no Islam! ¡Era un imperdonable desvío de la ética! Me sentí aterrado y no pude dominar mi boca. Fui intemperante, y eso se paga caro.

Calló un instante, concentrado en las palomas que picoteaban el suelo delante de sus zapatos diminutos. Cristina estuvo tentada de ponerle la mano sobre el hombro; ella lo había convocado para ser consolada y estaba a punto de brindar consuelo. Pero en lugar de eso miró hacia las ramas por donde se filtraba el sol; quería verificar si esos árboles, que conocía desde su infancia, ahora de veras producían dátiles.

—El único hombre que me serenaba —prosiguió Zacarías— era el famoso ayatolá Mohammed Fadlallah, el más antiguo y erudito de los clérigos del Hezbolá. Lo admirábamos como gran predicador y maestro. Adhería al ideal de establecer una república islámica en el Líbano, pero sin recurrir a la fuerza, sólo por persuasión.

La miró a los ojos:

—Fadlallah se negó a brindar dispensa religiosa para cometer atentados suicidas y secuestros.

—No tuvo éxito, por lo visto.

—Al principio sí. La gente no tiene memoria. Escribió que su interpretación de la ley le generaba fuertes reservas sobre el recurso del suicidio en la acción política. Entonces comenzaron las presiones y lo obligaron a conceder que a veces, sólo a veces, podían tenerse en cuenta aspectos positivos, aunque dominaban claramente los negativos. Hasta que… —tragó saliva—, le torcieron el brazo. Fue una gran derrota. Nuestra derrota, mi derrota. El gran Fadlallah dijo desde su solemne púlpito en la mezquita Bir al Abid que, ante la ausencia de otros medios, se justificaba el suicidio. Insistió que "ante la ausencia de otros medios", que casi nunca es total. Pero los fanáticos usaron sus palabras como una irrestricta autorización. Y el mundo se vino abajo. Yo me vine abajo.

—Y tuvo que aprender a nadar contra la corriente.

—Fue durísimo, créame. No conseguí suficientes aliados y me amenazaron de muerte. El Hezbolá dejó de ser una organización de exclusiva ayuda religiosa, social y educativa para convertirse en una fábrica de terroristas. Sus líderes querían guerra. Interpretaban las alfombras de cadáveres enemigos como la ruta de la santidad.

—Ahí decidió huir.

—Sí, decidí huir. Derrotado, frustrado, impotente. Iblis se había adueñado de los míos.

—¿Qué es Iblis?

—Pregunte "quién" en lugar de "qué". ¿No lo sabe? Ahora se lo cuento. Pero antes dígame a qué se debía su urgencia para encontrarnos. No quiero seguir hablando de mí.

Cristina le señaló un banco libre. Necesitaba estar cómoda para aflojarse y explicar la tragedia de su familia, su soledad, sus problemas laborales, las amenazas de los servicios. Un anillo la estaba cercando. Nunca se había sentido tan mal. También quería invitar a Zacarías a la próxima y última edición de su mesa redonda sobre Medio Oriente, porque tal vez de esa forma lograría congraciarse de nuevo con Escudero y prolongar el ciclo.

CAPÍTULO 24

El mes de julio comenzó con lluvia. Ramón Chávez avanzaba prendido al volante, la cabeza adelantada para ver mejor a través de las sucesivas cortinas de agua que el limpiaparabrisas empujaba hacia los lados. El tránsito se había lentificado hasta la desesperación, como ocurría cada vez que las nubes abren sus grifos sobre Buenos Aires. Los conductores habían encendido los faros y rogaban a Dios que les brindase la más escasa de las virtudes porteñas: la paciencia.

A Chávez le resultaba particularmente difícil ser paciente. Había sido invitado a un almuerzo en el Batallón 601 de Inteligencia, donde seguro iba a tratarse la imperdonable situación en que había caído su amigo Jorge Sucksdorf. Esto podía complicar sus servicios a Hassem Tabbani y frustrar el delicado tejido de complicidades que se necesitaba para llevar a buen término el nuevo atentado.

—¡Qué boludo este Jorge! Pero, ¡qué boludo cósmico! —gritó dándole un golpe al volante con la palma de su mano.

Le habían informado tres días atrás, demasiado tarde, sobre el comprometedor descubrimiento; la noticia salió enseguida en los diarios. En la SIDE echó a patadas a su ayudante y lo insultó: "¡Lerdo de mierda!". Andrea, la mujer de Jorge, había disparado a su marido en el brazo. Tal vez quiso darle en el corazón, pero lo dejó vivo, la idiota. Y más idiota aún fue por correr a pedir ayuda a la Policía

Bonaerense. ¿No sabía que la Bonaerense se prendería a cualquier hecho para recuperar su alicaída fama? Esto lo tenían presente hasta los perros del basural. Andrea juró que lo había hecho en defensa propia. Dijo que había tenido que defenderse con lo único (¡qué turra!: "lo único") que tenía al alcance de la mano cuando él la quiso matar a golpes en su choza del Delta. Su lengua se despeñó en una catarata de intimidades que acalambró la mano del escribiente. Pese a los detalles que dejó registrados sobre su infidelidad recíproca, el subcomisario que tomó el asunto creyó que se trataba de una vulgar reyerta. No obstante, con el propósito de divertirse un rato se dirigió a la isla donde vivía la pareja. Comenzó la inspección y exigió ver la pistola que había usado la mujer. No aparecía por ninguna parte, hasta que finalmente fue localizada bajo el agua, junto al muelle, donde la arrojó su marido.

La cosa se puso más interesante cuando un agente también encontró una Bersa calibre 22. Se entusiasmaron con el nuevo hallazgo e intensificaron la pesquisa. La palidez del dueño de la choza prometía algo notable. En efecto, apareció una granada antitanque FMK 3. Y de inmediato fue posible detectar quince proyectiles calibre 7,62 junto a cinco cartuchos de escopeta calibre 12/70. El subcomisario ponía cara de lobo, pero lo embargaba un íntimo placer. Ordenó a sus hombres que se pusieran a registrar por todas partes en forma metódica. Y fue premiado con el encuentro de un cuantioso arsenal. Además de granadas antitanque había granadas de mano, 46 libras de TNT, detonadores eléctricos con cordones de diversas medidas, cajas con proyectiles, cajas con cartuchos... Impresionante.

—¡Qué boludo este Jorge, mi Dios!

Los explosivos alcanzaban para destruir un edificio entero. El subcomisario se preguntó entonces si desde esa ignorada isla del Delta podía haber partido el material que había hecho volar la embajada de Israel. En ese caso podía esperar que su descubrimiento le significara un ascenso espectacular y apariciones en TV. También se preguntó qué otros atentados se planearían con todo lo que ya tenían almacenado ahí. Pero lo que no advirtió (era mucho para la estrecha cabeza de ese subcomisario, maldijo Ramón Chávez) era que las armas tenían un comprometedor origen: no cayeron de las nubes, ni eran de juguete, ni fueron prestadas para maniobras legales: habían salido de diversos cuarteles para vaya a saber qué finalidad. Jorge Sucksdorf merecía que le arrancasen los huevos y Ramón Chávez, pese a todos sus contactos, podría terminar en la cárcel. La puta de Cristina Tíbori y su programa lleno de mala leche le sacaron jugo al tema apenas se enteraron, no se lo iban a perder.

La revisión a fondo, que incluyó levantar tablas del piso, buscar paredes dobles, investigar huecos disimulados en el techo y mirar entre las cortinas, toallas, manteles y hasta en la ropa interior, puso en evidencia una biblioteca con libros nazis, incluidos *Mi lucha* de Hitler y obras de Alfred Rosenberg, agendas y anotaciones sobre contactos con el concejal menemista Jorge Pirra. También aparecieron mapas de oficinas públicas de La Plata. En un almanaque estaba circulado en rojo el día 20 de abril, fecha en que nació Hitler. Llamó la atención una fotografía aérea del Delta; ¿con qué fines? Lo más impactante fueron mapas de la provincia de La Pampa, con marcas en dos torres de alta tensión que habían sido objeto de recientes e inexplicables atentados. El tema desbordaba al subcomisario. Llevaba a desenmascaramientos de mucho voltaje, seguramente ligados a gente poderosa, capaz de financiarlos. ¿Debía seguir adelante? El subcomisario perdió la alegría: quizás en vez de un ascenso le darían un balazo en la nuca.

—¡Cómo se puede ser tan boludo! —Chávez seguía insultando a su decepcionante amigo y frenó a tiempo antes de darse de nariz contra el auto que marchaba delante.

Los vecinos del Delta aprovecharon para descargar su rabia y su miedo. Comentaron que hombres camuflados se internaban en los pajonales que rodeaban la isla y luego oían disparos, como si se entrenaran con armas de fuego. ¿Eran sólo asaltantes?

Andrea confesó que no eran asaltantes, sino agentes de Inteligencia, como su marido. ¿De Inteligencia? El subcomisario se humedeció los labios y decidió aprovechar la incontinencia verbal de la mujer para preguntarle a quemarropa si ellos habían colaborado en la voladura de la embajada. Pero no tuvo suerte: Andrea lo miró alelada y explotó en llanto. Por más que el oficial intentó persuadirla, fue inútil; desde ese momento se limitó a quejarse de lo bestia que era su marido.

También fue inútil tratar de detener a la prensa. La noticia se extendía como las llamaradas de un incendio. Radio, televisión, diarios y revistas competían en agregar datos y lanzar hipótesis. Tres pesadas jornadas habían bastado para que no se hablase de otra cosa. La situación se tornó más complicada para Jorge cuando aparecieron certificados por mucho dinero. No sólo se trataba de armas, entonces. ¿Quién le proporcionaba tanto dinero? Se destapó que planeaba hacer inversiones millonarias con Pirra en un complejo turístico del Tigre. ¿Quién proveía simultáneamente fondos a Pirra y Sucksdorf?, ¿las Fuerzas Armadas?, ¿la SIDE?, ¿alguna embajada árabe?, ¿el Partido Justicialista? Para colmo, Jorge Sucksdorf decía admirar a Perón, Hitler y al encarcelado coronel golpista Mohamed Alí Seineldín.

—¡Boludo a la décima potencia! —volvió a gritar.

Frenó bajo el alero, bajó la ventanilla y mostró su credencial. Ingresó en el oscuro estacionamiento con las luces encendidas. Por lo menos dejaba de tamborilear el agua sobre el techo de su auto. El lugar estaba más lleno que de costumbre y le costó encontrar sitio. Finalmente pudo acomodarlo de culata en un rincón apartado. Cerró con llave y caminó hacia el ascensor. El aire cerrado y húmedo olía a gases asfixiantes. Estornudó y se sonó en un pañuelo de papel. Compartió el ascensor con dos tenientes silenciosos. Este edificio, que ocupaba la esquina de Viamonte y Callao, tenía una rica historia. Allí, en septiembre de 1945, el aún débil coronel Perón observó angustiado la gran manifestación callejera de sus enemigos; no se imaginaba que en sólo un mes recibiría el masivo apoyo que lo lanzaría a la presidencia de la República; en nuestro país —reflexionó Chávez— lo impredecible es regla. Una década después, en este mismo edificio mantuvieron oculto dentro de un armario el cadáver de Eva Perón. Ahora funcionaba el Servicio de Inteligencia del Ejército.

Fue recibido por el ayudante del coronel Hugo Mondini, quien lo llevó al adusto salón comedor. Ya estaban sentados a la mesa tres militares, que se pusieron de pie cortésmente, le dieron la mano y lo invitaron a ubicarse en la cuarta silla.

—Disculpen, pero con la lluvia me resultó imposible llegar antes.

El coronel Mondini hizo un gesto de comprensión y con un movimiento del índice ordenó que sirviesen la comida. Un mozo de chaqueta blanca y moño negro vertió agua en las copas y preguntó a cada uno si prefería vino blanco o tinto. El coronel Mondini volvió a presentar a sus dos acompañantes, porque Chávez no los había registrado bien en su precipitado ingreso. eran los tenientes coroneles Julián Bravo y Reinaldo Leiva.

El mozo distribuyó cócteles de camarones en salsa golf. La tensión era obvia, porque se la pasaron hablando del mal tiempo. Ramón Chávez apreció un cuadro de San Martín y dos paisajes al óleo que adornaban las paredes recién pintadas. Cuando trajeron el plato principal estalló el tema esperado.

Ramón Chávez no podía sacarse de la cabeza el rostro de Jorge Sucksdorf, que le parecía un perfecto retardado mental.

—¿Qué opinan del asunto en la SIDE? —disparó Mondini.

Ramón se tocó los labios con la servilleta y carraspeó. Antes de que atinara a responder, de nuevo habló el coronel, pero con ironía.

—Ya sé que pedirle información a la propia SIDE es como esperar virginidad de una puta.

Todos rieron.

—La verdad, es que estamos muy asombrados —dijo Chávez con aire compungido—. Comenzamos la investigación.

Mondini dirigió su mirada a los otros dos militares, autorizándolos a tirar piedras.

—"Muy asombrados"... La SIDE vive de asombro en asombro —reprochó Julián Bravo—. Tiene bastante presupuesto para saber más y asombrarse menos, ¿no le parece? A menos que Jorge Sudort... o Susdorp...o...

—Sucksdorf —corrigió Chávez.

—O como se llame —Bravo se puso serio—. Si ese alemán se cogiera a la mujer de un ministro o un senador, ahí sí, ahí lo tendrían fichado, grabado y hasta filmado, ¿no?

—¿Me han invitado para retarme? —sonrió Chávez con cara de víctima.

—Tranquilo, amigo —replicó Mondini—. Son bromas.

Lo cierto es que estamos preocupados, por eso queríamos hablar con usted.

Chávez sabía que sus movimientos habían sido exitosos hasta el presente. Aunque se había ocupado de hacer borrar algunas pruebas sobre los autores del atentado a la embajada, y eso le valió una buena recompensa económica, lograba ser considerado "un amigo" de los judíos, que a menudo lo invitaban a recepciones y le pedían consejo. También era "un hombre de la Iglesia" porque mantenía conversaciones con obispos. En la SIDE era considerado recoleto y confiable, apreciado por sus compañeros. Ramón Chávez tenía conciencia de sus virtudes de actor. Sabía moverse, seducir. "Y ahora lo haré con estos milicos prepotentes", pensó.

—Habría muchas razones para estar preocupados, es verdad —replicó sereno—. Se dice que la fortuna de Sucksdorf tiene un origen preciso: la SIDE y ustedes. Pero las armas no pueden provenir de la SIDE, obviamente; sí, en cambio, de las Fuerzas Armadas. A mi criterio, esto último se convertirá en un banquete para los zurdos.

Los tres militares bebieron vino para digerir la puntada.

—Debo ser franco —confesó Mondini—; no será fácil ocultar que quienes hacían ejercicios en los pajonales del Delta eran del Personal Civil de Inteligencia. Gente parecida a usted, Chávez, que no pertenece a la estructura militar pero trabaja para su aparato de información.

Chávez también deglutió la estocada.

—¿Qué información obtendrían en el Delta? —simuló ingenuidad.

—Allí se entrenan para las búsquedas peligrosas. Algunas pueden costar la vida —Mondini le dirigió una recta mirada al centro de los ojos.

—Nuestra bronca —prosiguió Bravo— reside en el hecho de que estamos superando las distorsiones que en el pasado reciente provocaron mucho daño a nuestras instituciones armadas y este descubrimiento en el Delta nos hace retroceder.

Mondini y el teniente coronel Leiva asintieron.

—Ya no queremos nazis. Son el pasado, la infiltración arcaica —remató Bravo.

Chávez se atragantó. Fue un tiro al pecho, porque estos milicos podían hacerse los idiotas, pero seguro que conocían al dedillo su historia en las Tres A, en los grupos de tareas, su incorporación al PNT, sus vínculos con Biondini y cómo había llegado a la SIDE. Le acababan de refregar un mensaje en las narices. "¿Se habrán enterado de mis contactos con Tabbani?"

—Tenemos enquistados algunos nazis desde hace medio siglo, son muy irresponsables —agregó Reinaldo Leiva.

Chávez alzó su copa de vino, la miró, sorbió un largo trago y la depositó lentamente, para evitar que se notase su turbación. Mondini llevó el asunto a su lugar más crítico.

—Ocurrieron atentados contra torres de alta tensión en varios lugares del país. Es un trabajo sucio que alguien encargó, por supuesto. Ahora aparecen mapas en la cabaña de ese Suskor... ¿Qué significa?

—Habrá leído —añadió Leiva— que unos periodistas atribuyen esos atentados a las mismas Fuerzas Armadas, para que se justifique la creación de una Secretaría de Seguridad potente, con atribuciones represivas. Y yo le aseguro que es una infamia. Si hay algo de cierto, que no nos involucren a nosotros, porque estamos con las pelotas llenas. No nos interesa una Secretaría de Seguridad, ése es un tema del gobierno y de la policía, no de los militares. Por lo menos, no es un tema de los militares de ahora.

—Claro que lo sé —Ramón Chávez se mantenía firme

para diluir sospechas en su contra—. Comparto lo que acaban de decir. Pero me gustaría preguntarles qué final intuyen para Jorge Sucksdorf.

El mozo recogió los platos y trajo café. Los comensales hicieron un incómodo silencio, el tema era delicado. Chávez miró el cuadro de San Martín.

—Ese sujeto… —empezó Modini.

"Ese boludo", pensó Chávez.

—…no tiene vuelo. Se ha mezclado en demasiadas cosas, es desprolijo. Y terminará… Bueno, en un país riguroso terminaría mal, pero debe de tener suficientes relaciones que pagarán por su silencio. Como no será fácil despacharlo al otro mundo, que sería lo mejor, le aplicarán una pena suave, algo que contenga un mensaje claro: "Te protegeremos, pero ni se te ocurra abrir el pico". ¿Qué opinan ustedes, Leiva, Bravo?

—Coincido —Reinaldo Leiva repitió su mueca—. Le aplicarán un latigazo de mariposa por tenencia de armas. Nada más. Ningún juez se atreverá a bucear en las profundidades.

—Y los nazis que queremos extirpar tendrán una nueva confirmación. Dirán que son tropa imprescindible.

Bebieron el café.

—Antes de retirarme, como agradecimiento a tan sabrosa comida —Chávez se esmeró por generar simpatía—, quisiera que me digan en qué los puedo ayudar.

Los tres lo miraron con sonrisas calcadas.

—¿No se ha dado cuenta? Sujetos como Sucksdorf ya no sirven, los queremos fuera de las instituciones armadas. ¿Su ayuda? Buena información sobre ellos. Nombres, lugares de entrenamiento, sitios de reunión. Sobre todo queremos identificar a los que permanecen enquistados en las fuerzas de seguridad.

Chávez asintió con cara de circunstancias.

—Haré todo lo posible —pensó en unos sujetos de segunda línea que podría sacrificar sin mayores costos y, de esa forma, ganar tiempo.

Bajó por el ascensor hasta el estacionamiento y se encontró con los mismos tenientes silenciosos que habían aparecido durante su ingreso. Las casualidades eran madres de sospechas. Los saludó con amabilidad y, cuando arrancó, trató de ubicarlos mediante el espejo retrovisor para ver si lo seguían. Había dejado de llover y el pavimento aún húmedo reflejaba desde sus charcos los edificios de la avenida.

Esa tarde vendría a su oficina Santiago Branca y tendría que reprenderlo. Le iba muy bien con su negocio; es decir, le iba bien porque él le cubría sus ventas ilegales, incluso con su último invento de contratar gente que traía antigüedades y opalinas de colección envueltas en papel a burbujas; nadie podía imaginar que a las burbujas se las podía llenar de droga. Ganaba tanto que se estaba volviendo pelotudo, como Jorge Sucksdorf. El imbécil se calentaba con el físico de Cristina Tíbori y le estaba regalando algunas pistas comprometedoras. Era imperdonable. Esa mina no tendría escrúpulos en zamparlo en la cárcel apenas tuviera la ocasión. Esa mina era una imbancable puta y se acababa de reunir con el imam Najaf, un enano disidente con cabeza de víbora. Las fotos que le habían entregado los mostraba muy concentrados en su conversación. Convenía pasarle el alerta a Tabbani, habría que hacer algo pronto.

—¡Día de mierda! —siguió castigando el volante—. Lluvia; milicos "democráticos"; Santiago baboso por la Tíbori; la Tíbori conspirando con un imam. ¡Carajo!

Capítulo 25

Había aprendido a manejar armas con la misma destreza que los versículos del Corán. Después de pasar un año en el orfanato de Beirut fui enviado a un campo de entrenamiento militar, donde se diluyó el miedo que me dominaba desde el exterminio de mi familia. Comprendí que podía destruir a los otros, que tenía poder. Crecí de golpe.

Fui enviado a matar israelíes de la Galilea. Pero cada vez que me acercaba a ese territorio me nacían pensamientos desagradables, como por ejemplo la existencia de árabes que allí vivían cómodos, en promiscua amistad con los judíos. De esto había hablado a menudo mi padre, cuando él mismo hacía esas excursiones.

Recuerdo un operativo en el que casi terminé muerto y en el que también participó Hussein Dibb.

Avanzábamos entre las rocas, de noche, siguiendo al guía. Cuanto más nos acercásemos al kibutz, mayor cantidad de judíos irían al infierno. De repente sonaron estampidos y Sharif se ajustó la vincha negra en la frente, decidido a inmolarse. Lo mismo hice yo y Hussein Dibb, que caminábamos detrás. Corrimos hacia los puntos desde donde venían los disparos. La consigna ordenaba acercarnos a las viviendas y recién lanzar las granadas que colgaban de nuestra cintura. Moriríamos, nuestros cuerpos se fragmentarían en el aire y serían recogidos por los pájaros verdes que llegan hasta el trono de Alá.

Sharif se adelantó y resbaló. Maldije en voz baja, porque temí que explotase solo, sin haber impactado a un miserable enemigo. Pero no hubo explosión, felizmente. Volvió a trepar un collado y se empequeñeció rápido por la velocidad de su carrera. Hussein chocó una saliente y tuvo que protegerse con ambas manos para no desplomarse de cara.

La distancia con Sharif era cada vez más grande. Sería el primero en hacer volar israelíes. Hussein reanudó la marcha, pero rengueando; le dolían los dedos de un pie, quizá se había fracturado una falange. Palpó las cargas que rodeaban su cuerpo y trató de ignorar el pie herido; ese inconveniente minúsculo no iba a detenerlo. De cada dos o tres pasos, sólo uno lo hacía sobre la pierna sana; dijo que tal vez debería gatear, como los animales, pero resultaba indigno. Sharif, a lo lejos, aún se distinguía contra el cielo iluminado por el trayecto mortal de los obuses.

De pronto nos rodeó un mar de lava. Era la respuesta de los malditos hijos de Satán. A mi lado aulló Alí, que rodó por el suelo. Le habían dado en un muslo. Intenté levantarlo y palpé sangre caliente sobre su pantalón. Había que ponerle un torniquete y pedí ayuda. Pero Hussein había desaparecido y nadie me podía escuchar o se iba a detener. Arranqué de mi bolsillo el grueso elástico que tenía reservado para esta emergencia, me arrodillé junto a Alí y cerré un anillo en torno a su muslo con toda mi energía, sordo a sus protestas. Se desmayó. Me pregunté si debía dejarlo para que alguien lo recogiese a la vuelta.

Ante la réplica israelí, nuestro jefe decidió hacer estallar granadas de humo blanco. Era una buena arma para deformar la puntería enemiga. Son horribles, porque enceguecen los ojos y el discernimiento, producen una sensación de abismo. La brisa, por desgracia, giró hacia el norte y el humo cubrió por completo nuestra propia tropa. Sentí ganas de estrangularlo. ¿Cómo se puede uno equivocar de esa manera? Un camarada me chocó y derribó; apenas intuí su forma, porque al instante había desaparecido en medio del humo, cada vez más espeso, más nocivo; era un gas que quemaba la piel y asfixiaba. Palpé a ciegas y tampoco logré ya en-

contrar el cuerpo de Alí. Todo se movía. Nuestro jefe repitió su or-
den de seguir lanzando granadas de humo con los morteros, a ra-
zón de doce por minuto y logró vencer la resistencia del kibutz.
Varios de los nuestros corrieron hacia las viviendas.

Podía ver de nuevo el perfil nocturno de las colinas cuando
un tiro me atravesó el abdomen. Me dobló el dolor. Alcancé a ima-
ginar que volaba el kibutz *entero y evoqué al pobre Alí, abando-*
nado junto a una roca. Los israelíes nos encontrarían muertos o
desmayados, nos humillarían. Perdí el conocimiento con la amar-
ga sensación de la derrota.

Abrí los ojos ante un enfermero libanés, vaya a saber cuántas
horas más tarde. Me costaba darme cuenta de dónde estaba, qué
sucedía. Me ardía el abdomen y era imposible girar en el catre.
Escuché quejidos, había olor a excremento. El hombre me palpó
arrancándome gritos, me puso de lado y clavó una aguja en mi
nalga.

—Por fin despiertas —dijo ásperamente.

—Qué... ha pasado.

Encogió los hombros.

—Te salvaste por casualidad. Primero nos cayeron los heri-
dos de una incursión en Galilea y enseguida llegó esta avalan-
cha de mierda.

No entendí.

—Son los heridos por la aventura de la Torre Rashid.

Seguía sin entender. El enfermero salió a la disparada para
calmar a un herido que gritaba como si lo estuviesen destripan-
do. Pero no era el único: una multitud extendida como alfombra,
aglomerada en camillas, abandonada sobre colchas en el piso, ge-
mía sin cesar. Por encima de las cabezas saltaban médicos y en-
fermeros vestidos con guardapolvos manchados de sangre. Hasta
había gente bajo una escalera y también en los balcones interio-
res que rodeaban la enorme sala. Al cabo de varias horas pude
enterame de que habían masacrado a los asaltantes de la Torre y

que el Hezbolá envió adolescentes inexpertos para reemplazar las bajas. El gobierno no aceptaba la continuación de la guerra civil y barría sin clemencia a los insubordinados. Los heridos desbordaban la capacidad de los hospitales y sanatorios, y hubo que recurrir a galpones como éste. Los cirujanos trabajaban sin pausa, sin paciencia, sin cuidar los detalles.

Dormí unas horas y otro enfermero vino para quitarme la venda y estudiar mi herida. Pude ver un tajo lleno de puntos negros. Me pintó la piel con yodo y apretó los bordes de la herida para expulsar el coágulo que se había formado en el interior. Mi grito rebotó en el techo.

Cuando quedé solo empecé a llorar. Al principio sentí un feroz nudo en la garganta, después una corriente de hormigas que subía de las extremidades y por último me sacudió una convulsión. Perdí los controles, me volví niño; saliva y mocos se mezclaban con las lágrimas mientras llamaba a mamá, a papá y a mis dos hermanas. Entre sus caras sonaba la voz de papá contándome que los sionistas habían ocupado Galilea, su patria, pero cada vez que iba a la frontera para matar judíos debía tener cuidado de no confundirse, porque allí quedaban muchos árabes, los que no fueron expulsados.

—¿Y por qué no fueron expulsados? —preguntaba yo con asombro y él no contestaba— ¡Por qué, por qué!

Después supe que su familia se dividió entre quienes obedecían las órdenes impartidas por el Mufti de abandonar el país para que los ejércitos árabes lo limpiasen de judíos, y quienes decidieron asumir el riesgo de permanecer en sus casas. Mi padre, por desgracia, se unió a quienes obedecieron al Mufti. Fue un error fatal, una vergüenza de la que no se podía volver a hablar.

Cuando me recuperé supe que en la fallida excursión habían muerto mi jefe, Sharif y Alí. Hussein estaba a salvo, listo para continuar la guerra. Yo también.

Capítulo 26

Hassem Tabbani se reunió con el comisario Adolfo Branca para informarse sobre los rápidos trabajos de reparación y pintura que le hacían a la Trafic comprada por once mil quinietos dólares en la avenida Juan B. Justo. Branca se acarició la raya del bigote y, para dar énfasis a sus méritos, le aseguró que la compra había sido realizada con absoluta discreción por uno de sus agentes de máxima confianza, que también respondía a la SIDE.

—Lo sé —repuso el diplomático con mirada de hielo.

—Mi agente tiene pinta de ricachón centroamericano y jamás se saca los anteojos negros y la gorra, ni siquiera de noche o en un local cerrado. Parece un gigoló prepotente. Nadie puede sospechar.

—No parece: *es* un gigoló —Tabbani no pudo evitar una mueca: "Esos sujetos merecen ser ejecutados".

—Un tipo así nos vino perfecto.

—No estaría tan seguro —levantó la mandíbula y entrecerró los párpados.

—¿Por qué? Todo parece normal.

Tabbani no hizo comentarios.

—Además, el mismo vendedor ofreció ocuparse de las reparaciones y la pintura —insistió Adolfo Branca—. Ese Telleldín es un amigo.

—Taj el Din —corrigió Tabbani.

—¿Cómo?

—Su nombre árabe original.

—¿Ah, sí? Nunca lo dijo, puede ser —el comisario trataba de congraciarse con el iraní lleno de plata propia o ajena, aunque le resultaba difícil: a veces no entendía sus propósitos ni su humor.

—Olvídese —Tabbani hizo un gesto desdeñoso con la mano—. No tiene importancia.

—La Trafic estará lista en cuarenta y ocho horas. ¿Va bien para sus necesidades?

—Sí.

El comisario se frotó el inquieto bigote, que parecía adquirir autonomía cuando su dueño perdía la estabilidad.

—Otro tema, y disculpe, señor Tabbani, pero debo planteárselo: falta cerrar la última cuota acordada. No olvide que mi gente espera la guita, de eso vive. ¿Soy muy directo? Usted prefiere que sea directo, ¿no?

—Nosotros cumplimos con nuestras promesas —repuso gélido—. Apenas retiremos la Trafic tendrá lo pactado.

Regresó a su coche, miró la hora y ordenó al chofer dirigirse otra vez al centro. Dawud ya debía estar listo para volver a salir.

Mientras, Dawud inhalaba el perfume a jazmines que se expandía desde el parque. En Beirut florecían abundantes en mayo. Se acercó a un arbusto verde azulino y aproximó sus dedos a un pimpollo. Acarició sus pétalos y estuvo por arrancarlo cuando le dijeron que aún podía crecer, que lo dejase. Reconoció la voz firme. Miró hacia abajo y vio los prominentes lóbulos frontales que calzaban un turbante blanco. El imam se elevó sobre la punta de sus zapatos para besarlo en las mejillas. Dawud sentía ganas de abrazarlo, porque ese hombrecito era su padre y su madre y el más esclarecido intérprete de Alá. Le confesó que desesperaba por conversar de nuevo con él, como lo había hecho en los días del orfanato, antes de las bombas. Tenía que contarle lo mucho que vivió desde que dejó de visitarlo —¡hacía un siglo!—, describirle su entrenamiento en el valle de la Bekáa, enumerar sus hazañas contra los judíos, trasmitirle su vocación de *shahid*, referirle cómo la pasó en España y sus paseos por Al Andaluz, de la que el imam tanto le había hablado. Y, sobre todo, hacerle conocer la secreta razón de su viaje a Buenos Aires.

Zacarías dijo, como si no le prestase atención:

—No conociste la vieja Beirut: ¡qué hermosa era! Tenía jazmines en cada cuadra.

Jazmines...

—¿Por eso te fuiste? —preguntó Dawud— ¿Por eso me abandonaste, imam?

—Por eso, sí. No quedaban jazmines, los destruyó la pólvora.

Despertó irritado. Con la sábana se secó el cuello, la cara, la nuca. Estaba a punto de realizar el más sublime acto de heroísmo y se emocionaba como una mujer. En esa breve siesta habían vuelto a perturbarlo las tentaciones de Satán. Así ocurre siempre, ya se lo habían advertido tres ayatolás. Se pellizcó la frente para que sus pensamientos retornasen al orden. Luego el rabioso cepillo de dientes le hizo sangrar las encías.

Sonó el teléfono y contestó que enseguida bajaba. En el lobby lo aguardaba Omar Azadegh, quien lo condujo hasta la vuelta de la manzana, donde aguardaba el auto con vidrios polarizados. Saludó a Hassem Tabbani, sentado en la parte posterior.

—Volvemos al Once.

Enfilaron por Junín y doblaron en la calle Sarmiento. Dawud pegaba su mejilla al vidrio para no perderse detalle; veía negocios, edificios, autos estacionados, gente caminando; veía hasta las nubes entre los edificios coronados por cables y antenas. Una indicación de Omar al chofer hizo que éste disminuyera la velocidad. Se acercaban a un bloque cuya parte inferior también estaba revestida de mármol, como la mutual judía. El edificio, sin embargo, impresionaba como mucho más alto y voluminoso. Hassem Tabbani reclamó la atención de Dawud. La vereda no era muy ancha y por ella circulaban peatones que no se incomodaron ante el sereno deslizamiento de un vehículo con patente diplomática.

—¿Qué es?

—Se llama Hebraica —explicó—. Puede ser el objetivo. Aquí no hubo tantas amenazas ni evacuaciones; es más vulnerable. Y podrías matar el triple o el cuádruple de personas que en la mutual.

—¿Es un club?

—Sí, y otras cosas. Viene mucha gente para distintas actividades. Tiene piscina cubierta, un gimnasio enorme, cine, teatro, salones de fiesta, biblioteca, restaurante. Concurren millares de socios y es apreciada en algunos sectores porque albergó a los científicos, intelectuales y artistas perseguidos durante las dictaduras. Por eso, junto con el aprecio de unos, existe el odio de otros.

—¿Estarían satisfechos por nuestra acción?

—Una franja —Hassem Tabbani pensó en Ramón Chávez, en el comisario Adolfo Branca, en tres funcionarios del ministerio del Interior y uno de la Cancillería, en dos senadores—. Así es. Destruiríamos un antro sionista y aumentaríamos la simpatía por nuestra causa, por lo menos de un influyente sector.

—¿Me está diciendo, entonces, que aquí haré estallar la bomba?

—No he recibido una orden semejante.

—Pero ha dicho que…

—Que puede ser el objetivo. A mi juicio, es el mejor. Pero no te impacientes. La decisión está siendo evaluada con gran responsabilidad.

—Si me preguntasen, diría que este objetivo me gusta.

Tabbani sonrió complacido.

"Nos han enviado a un *shahid* maravilloso", pensó.

—Seré *shahid* —confirmó Dawud, como si le hubiese leído en la mente—, de eso estoy seguro, con la voluntad de Alá. Y me gustaría ser maravilloso, pero no quiero pecar de arrogante. Sé que mientras más alimañas expulsemos de la Tierra, más gratos nos haremos ante los ojos de Alá.

—Aprovechemos este viaje para que empieces a memorizar recorridos. ¿Estás de acuerdo? También te mostraré la residencia del embajador y seguiremos sus pasos. Cualquiera sea el objetivo que los jefes elijan, estos conocimientos te serán útiles —se inclinó hacia delante y puso su mano sobre el hombro del chofer—. Dé otra vuelta por Pasteur, así repasamos la mutual, y luego regresaremos aquí. Use las mismas calles.

Pensó que por esas calles, dentro de muy poco, circularía la Trafic cargada de amonal, manejada por Dawud. Le dio una palmada en la rodilla.

—Vale la pena tener en cuenta estos datos —estiró los pliegues de su túnica.

La voladura de la embajada israelí, calculó en voz alta, produjo tres decenas de muertos y tres centenares de heridos. La voladura de la AMIA produciría ese número multiplicado por tres o por cuatro. La voladura de Hebraica, en cambio, multiplicaría la cifra por diez o por quince: morirían alrededor de quinientas personas y serían heridas no menos de dos mil. ¡Algo sin precedentes!

A Dawud le brillaron los ojos.

Aunque claro, siguió diciendo, no sólo importaba el número de víctimas, sino el impacto político. Quizá brindara más frutos masacrar a todo el cuerpo diplomático israelí; pero eso tenía complicaciones adicionales.

A la hora de la cuarta oración el coche se detuvo en la avenida Callao para que descendieran Dawud y Omar. Ambos se arrebujaron en sus sobretodos y abordaron el hotel Chester´s desde el lado contrario al de la partida. Ni el botones enfundado en su monárquico traje debía sospechar lo que estaban urdiendo. Fueron hacia la suite de Hussein Dibb, donde ya se habían reunido los tres acompañantes de apoyo. Habían corrido la mesa ratona y un par de sillones para despejar el espacio que necesitaban para las flexiones de la plegaria.

Capítulo 27

La nueva y última edición del programa dedicado a Medio Oriente podía terminar con la carrera de Cristina en el canal. Su jefe sospechaba que, pese a sus órdenes, ella continuaba investigando la voladura de la embajada para darle el uso que considerara mejor; no era una mujer que se resignase fácilmente. Lo que más lo irritó de la primera edición fue que hubiera invitado al agregado cultural de Irán para arrinconarlo en una situación embarazosa. Basada en sus informes, pretendía generar hechos que tornasen irrefutable la participación de Irán en el atentado. Pero Miguel Escudero estaba harto de las "amables" frases que le llegaban de la SIDE, de niveles medios del ministerio del Interior, de dos comisarios y de un juez federal amigo, para que no molestase a ese país ni a sus representantes, según el deseo de la cúspide del poder nacional. Tendría que estar loco para no escuchar semejantes advertencias. Por lo tanto, decidió que el programa no saliese en vivo, sino que fuera grabado. Haría una evaluación y una prolija edición antes de arriesgarse. Tampoco aceptaría que participaran diplomáticos.

Llamó a Cristina y la puso en ebullición al pedirle la lista de la gente invitada.

—¿Qué ocurre, Miguel? Nunca me había pedido algo así. ¿Ahora tenemos censura?

—¡Yo fui censurado y encarcelado por los milicos! ¡No

me venga con absurdos! Pasa que soy el responsable de lo que se emite.

—¿No confía en mi criterio?

—Ya no. Tampoco en su neutralidad.

—Me están sacando de las casillas.

—Fue una muestra de sus límites. Usted no es la Mujer Maravilla, no hace todo perfecto.

—¿Por qué no me echa, entonces? Podría conseguir trabajo en otra parte.

Escudero corrió el canasto de papeles hacia un ángulo de la mesa, como le pasaba cada vez que se ponía nervioso.

—No aplico censura —su tono bajó los decibeles—: pretendo ayudarla.

Cristina resopló. El olor a maderas y cigarros le resultaba asfixiante.

—¡Menos mal! Gracias.

—Ahora dígame a quiénes invitó —examinó la caja de habanos, pero sin abrirla.

—Prometí que volvería Marta Hilda Cullen, por algo interesante que iba a explicar. Añadí al imam Zacarías Najaf, para que no me acusen de tendenciosa.

Escudero se frotó la mandíbula.

—¿Quién es?

—Un sabio venido del Líbano, que reivindica un Islam fraterno y humanista.

Su jefe no pudo disimular un gesto irónico.

—En la Argentina —dijo— no hay un solo clérigo musulmán que reivindique otra cosa. ¿O usted conoce alguno que se pronuncie en favor del terrorismo?

—En público, nadie. Pero no sé qué dicen en privado. Tampoco tengo información sobre lo que predican en sus sermones.

—Sospecha, pero no tiene información.

—Sí, sospecho. La mayoría de los musulmanes, incluidos los que repudian el terror, ahora son prisioneros de los fundamentalistas. No se animan a enfrentarlos.

—Y este Zacarías Najaf…

—Hace tiempo que Esteban lo frecuentaba. Lo abordé personalmente y me ha convencido de que es un admirable guía espiritual, que merece ser tenido en cuenta.

—Con usted, Marta Cullen y este imam conciliador, el panel resultará muy sesgado. No habrá polémica. Falta alguien que ponga sal en las heridas.

—Lo pensé. En la primera edición, que tanto le ha disgutado, participó Martín Guardia, un lúcido ex stalinista. Ahora quiero convocar algo más fuerte.

—Es decir.

—Un neonazi.

Escudero cayó sobre el respaldo de su sillón como si lo hubiese empujado un ariete.

—¿Cómo?

—Sí —Cristina oscilaba entre la seriedad y la burla—, alguien que no haga rodeos para decir que brindó con champán cuando volaron la embajada, que odia a los judíos, que celebrará el barrido a sangre y fuego del Estado de Israel. De esa forma el programa tendrá sal, swing y equilibrio; ¿qué le parece?

La contempló intrigado. Esta mujer era capaz de ponerle el mundo al revés.

—¿Le gusta Alejandro Biondini? —preguntó ella.

Su jefe frunció los párpados y por la rendija que dejaban las pestañas le lanzó una centella fulminante.

—¡Ese hombre no pisará este canal! ¿Qué pretende ahora?

—Hacer un buen programa —entrelazó sus largos dedos—. Un buen programa que ayude a desmontar mentiras y complicidades. Quiero exhibir la red que liga lo peor de nuestra sociedad.

—¡Fantástico! Pero lamento decirle que se ha vuelto fundamentalista, Cristina. Es lo mismo que quiere criticar.

—Tal vez, pero con una diferencia: no tengo impulsos asesinos —miró hacia los contraídos ojos de Escudero y añadió en tono divertido:— ¿Se imagina lo que dirá Biondini cuando sepa que usted lo ha censurado?

—Sí, reclamará libertad de expresión, la misma que abolirá apenas consiga una sola hebra de poder —Escudero se acomodó más tranquilo, volvió a mirar los tentadores habanos y distendió su rostro—. Cristina… dígame que está bromeando.

No, no bromeaba. Pero tampoco pretendía llamar a Biondini. Se reconocía impulsiva, no irresponsable. Entonces le comunicó quién era de verdad su tercer invitado: el columnista independiente Román Franco, que usted ha elogiado varias veces, Miguel.

La grabación del programa se iba a realizar en un estudio donde los monitores trasmitían el noticiero. Seguía la guerra étnica en Ruanda y no aflojaban las amenazas de Corea del Norte. En el cierre se hizo un repaso sobre los avances de la Reforma Constitucional en marcha, requerida por el presidente Menem y aceptada por el ex presidente Alfonsín. El informe meteorológico señaló que en ese mes de julio se estaban viviendo los días más fríos del año.

Se encendieron las luces, apagaron los monitores y el jefe de producción anunció que podían empezar. Cristina miró a la cámara e hizo una síntesis del debate pasado. A su término recordó que había quedado en el aire una expresión asombrosa: "El errado nombre de Palestina".

—Explíquenos: ¿por qué está mal ese nombre? —se dirigió a la historiadora Marta Hilda Cullen.

—Porque deriva de *Philistin*, que quiere decir filisteo. *Filisteos*, a su vez, significa "hombres del mar". Posiblemente llegaron de Creta, donde habían sido protagonistas de la sepultada civilización minoica. Se instalaron en el sur del territorio, sobre la costa, en lo que es actualmente la Franja de Gaza. Durante siglos lucharon contra los israelitas, hasta que fueron derrotados por el rey David y se integraron al resto de la población. Nunca más se volvió a hablar de ellos, desaparecieron. El país nunca se llamó Palestina porque los filisteos jamás lo dominaron en su totalidad. Se llamó Tierra de Israel y luego del cisma que siguió al reinado de Salomón, se llamó Israel en el norte y Judea en el sur.

—¿Por qué se impuso ese nombre, entonces?

—Cuando los romanos terminaron de sofocar las rebeliones judías, no sólo destruyeron Jerusalén, sino que cambiaron su nombre por el de *Aelia Capitolina*. Tampoco quisieron que perdurase la palabra Judea, por temor a que siguieran las reivindicaciones. Entonces recurrieron a *Philistina*, una denominación tirada de los pelos.

—Confieso mi sorpresa.

—Durante centurias —agregó— nadie la llamó Palestina: ni los judíos, ni los cristianos, ni los árabes. En el Imperio otomano, que duró siglos y controlaba toda la región, se la identificaba como Siria meridional o Vilayato de Jerusalén. Recién a partir del siglo XIX resucitó la palabra Palestina. Jamás hubo ni Estado ni nacionalidad palestina. Palestina es ahora una consecuencia del estímulo que produjo el renacimiento de Israel.

—¿Qué opina el imam Zacarías Najaf?

El pequeño hombre se dio tiempo. Sus vivaces ojazos

fueron capturados por la cámara mientras exploraban el rostro de Cristina, Marta y Román Franco. Vestía traje oscuro, camisa celeste sin corbata y cubría sus escasos cabellos con un gorro liviano. Pese al maquillaje, sus fuertes lóbulos frontales emitían un brillo tenue. Le habían puesto almohadones sobre la butaca de felpa, de modo que podía mantener apoyados los pulpejos de sus dedos sobre la mesa, como si estuviese por escribir en un teclado.

—En árabe el nombre de Jerusalén es *Al Quds*, la Santa —dijo con acento extranjero, pero correcta sintaxis—. Nunca hemos dicho *Aelia Capitolina*, como pretendían los romanos. Y a Palestina le decimos Palestina. Confieso que la reciente explicación me ha esclarecido. Gracias, señora Cullen.

—¿Le molesta que se la llame Tierra de Israel, como siempre lo han hecho los judíos? —preguntó Cristina.

Titubeó. Miró la mesa buscando allí algún dato. Por fin inspiró y se largó a decir lo que habitaba en su pecho.

—Ahora, por razones políticas, la pregunta se ha vuelto problemática. Pero no antes. El *Corán* reconoce que los hijos de Isaac e Israel salieron de la esclavitud en Egipto bajo la conducción de Moisés y contaron con la voluntad y la ayuda de Dios para establecerse en la antigua Canaán, la Tierra Prometida. La *Sura* 17, llamada "Viaje nocturno", lo precisa claramente —se permitió una pausa, sabía que cada una de sus afirmaciones golpeaba como una piedra—. Luego David convirtió a Jerusalén en la capital de su reino y es reconocido como profeta por el *Corán*, lo mismo que Salomón. Fueron soberanos de un pueblo y un país llamados Israel. No es justo, por lo tanto, cuestionar que ese pueblo vivió allí y allí recibió revelaciones de trascendencia. Soy un musulmán que considera absurdo negar los derechos judíos, no sólo por sus credenciales del pasado, sino por el continuo apego a esa tierra, que fue reconocida por grandes hombres de nuestra historia, como el sultán Saladino, por ejemplo —hizo otra pausa—. También debemos reconocer sus virtudes en la reconstrucción del país. Pero, por otro lado —miró a la cámara—, tampoco olvido ni disminuyo los incuestionables derechos de la población árabe que allí se arraigó durante generaciones. Merecen su propio Estado, bello y próspero como el de los judíos.

—No es frecuente escuchar algo así de un árabe musulmán.

—Tal vez no formulen bien las preguntas —una sonrisa dulce cruzó su rostro.

—¿Qué opina sobre la voladura de la embajada de Israel? ¿Qué opina sobre los fundamentalistas?

Se acarició la irregular barba que disimulaba la conformación triangular de su mentón y después se arregló el solideo.

—Esperaba esta pregunta. Los periodistas son amables, pero no tanto… Se la voy a contestar sin rodeos. La voladura de la embajada es un crimen que todo musulmán digno repudia. No me cansaré de repetir que el Islam condena el asesinato de inocentes y condena el suicidio. Quienes destruyen criaturas humanas cometen el sacrilegio de ponerse en el lugar de Dios.

Durante medio minuto el estudio quedó galvanizado. Todas las pupilas confluyeron en el diminuto imam cuya voz y presencia, paradójicamente, llenaban el ambiente. Porque lo iban a escuchar millones de personas cuando el programa fuera emitido. Lo iba a escuchar Miguel Escudero desde el apoltronado sillón de su despacho con un cigarro en la mano izquierda mientras con la derecha acariciaría su debilitado corazón. Lo iba a escuchar Ramón Chávez con un vaso de whisky depositado en la mesita lateral de su sofá mientras pensaba de qué forma impediría que la Tíbori continuase sus investigaciones con cámaras ocultas. Lo iba a escuchar el pasmado Dawud Habbif desde su cama en la suite del hotel Chester's con tres almohadones en la espalda.

Cristina carraspeó:

—También le pregunté sobre los fundamentalistas.

Zacarías puso sus palmas hacia arriba, como si esperase que sobre ellas descendieran pétalos.

—Los fundamentalistas tienen ahora un calificativo exacto, que los describe a la perfección. Es simple: quieren volver a los fundamentos. No está mal. Lo que está mal es confundir la sana referencia a esas bases, con la pretensión de anular el tiempo.

—Esto último… no se entiende.

—Vea, Dios creó el tiempo, ¿no? Y el universo debe someterse a él. Sólo Dios podría modificarlo. Por eso, pretender que los musulmanes y el resto del mundo vivan como se vivía hace mil cuatrocientos años, en la época del Profeta, no sólo es absurdo, sino que es blasfemo.

—¿Por qué reduce el fundamentalismo a querer vivir mil cuatrocientos años atrás? —preguntó Román Franco mientras se levantaba el abundante pelo gris que le caía sobre la frente.

—Porque anhelan vivir como en los tiempos del Profeta. Lo digo con aflicción, están confundidos. Aprecio que quieran imitar al más alto de los modelos, pero no es posible su reproducción literal. Se ha interpuesto el tiempo, el tiempo creado por Alá, con todas sus consecuencias. Por más santo que uno quiera ser, jamás podría vivir como el Profeta. Jamás. Habría que suprimir todo lo que vino después —abrió los diez dedos y empezó a contar—.

Por ejemplo: suprimir los actuales medios de comunicación, eliminar la medicina y la cirugía modernas, luchar sólo con la espada, destruir el sistema de agua corriente, viajar únicamente en burro o en camello, prohibir la electricidad. No se debería usar el ventilador, ni la heladera, ni la calefacción, ni los químicos que preservan alimentos, ni los regadores artificiales, ni la cocina a gas, ni el teléfono. En fin, la lista es ¡tan abundante!

El panel lo escuchaba mudo.

—Y los fundamentalistas —añadió el imam— anhelan ese grotesco. Pero no son ingenuos: imponen lo que les conviene, al margen de la lógica. Es patético.

—¿Por qué?

El imam advirtió que había hablado más de lo que debía y se retrajo bruscamente.

—No tengo la respuesta.

Román Franco intervino.

—A mi criterio, los moviliza una causa más fuerte y oculta que el celo religioso. ¿Saben cuál? —se permitió una pausa y siguió—: El ansia de poder. Un fundamentalista goza al sentir que se impone a los demás.

Las cámaras se concentraron en las palmas de Zacarías Najaf vueltas hacia arriba, donde en efecto aterrizaban pétalos amarillos y rosa. Debía ser la refracción producida por un insecto que jugaba delante de los objetivos de la cámara. Era mágico en ese instante, aunque procediera de un error.

—¿Califica de fundamentalista al gobierno de Irán? —Cristina no iba a perder la ocasión de clavar el cuchillo; su mente volvió a estar invadida por la cabeza agonizante de Florencia y vio la temblorosa aguja que buscaba la vena yugular para suministrarle suero.

—¿Pretende enemistarme con mis hermanos en la fe?

237

—sonrió el imam y su carita arrugada se frunció más aún—. Irán no es un estanque; por debajo de su aparente inmovilidad hay movimiento. No sé qué pasará en algunos años. Pero sí sé que muchos musulmanes de Irán y fuera de Irán quieren que nuestra fe sea fresca y actualizada. No un código marchito por la teocracia.

—Dijo teocracia —puntualizó Franco.

—Sí, el gobierno de los clérigos. Aunque nos pese, debemos admitir que los clérigos no somos infalibles, sino pecadores como cualquier otro mortal. El conocimiento no nos inmuniza. A menudo falta humildad, porque la teocracia deforma, llena de omnipotencia. Contamina la religión con los deleites del poder, como usted dijo, señor Franco.

—Las teocracias son corrosivas en cualquier religión —puntualizó Marta.

—De acuerdo —asintió Román Franco—. Pero qué edificante sería que millones de musulmanes hablaran igual que usted y pusieran el Islam a la altura de los tiempos.

Sobre el rostro de Zacarías Najaf bajó lentamente la noche.

—Ocurrirá, pero llevará años. El optimismo no debe pecar de ingenuo. Muchos creen que los tiempos modernos son pura corrupción y deben ser combatidos mediante un retorno a los días del Profeta. Pero hay que marchar hacia delante, no hacia atrás.

—¿Existió el sueño de establecer en nuestro país la primera república islámica de América latina? —Franco le disparó a quemarropa; hasta Cristina quedó perpleja.

Zacarías dobló sus palmas hacia abajo, como si depositase los pétalos sobre el espejado cristal.

—¿A mí me lo pregunta? Son los argentinos quienes deberían responder.

—Se dice que el presidente Menem asumió compromisos durante la campaña electoral —recordó Franco—. Visitó Siria, que no es una república islámica, pero tiene estrechos lazos con Irán y protege al Hezbolá del Líbano. También envió mensajeros a Libia. Se iba a convertir en el primer presidente latinoamericano que nació musulmán, de padres musulmanes y cuya esposa e hijos son musulmanes. De modo que algunos habrán tenido ese sueño —miró a Zacarías.

—Es posible.

—¿Quiénes, imam?

Rió suave y dirigió su índice al entrecejo de Franco.

—¿Me pide que acuse a las personas por sus sueños?

Franco vaciló ante la hábil respuesta.

—Pero al verlos frustrados, pudieron creer que hubo traición. La traición debía ser castigada y el castigo fue la voladura de la embajada de Israel, por ejemplo.

Zacarías arrugó su frente y torció hacia el pecho las comisuras de los labios.

—Una teoría. Una de tantas, ¿no?

Capítulo 28

Jueves 14 de julio. Al día siguiente culminaría su misión. Primero atravesaría la ceremonia que transforma a un militante en *shahid al jai*, mártir viviente. Y unas horas después ascendería a la sublime categoría de *shahid*, el ser más amado por Alá. Sus fragmentos volarían heroicos hacia las alturas del Paraíso.

Por consiguiente, Dawud tenía en esas horas previas la obligación y el derecho de divertirse a fondo. Los placeres prohibidos aumentaban la potencia del musulmán predestinado, porque al derramar su sangre para la gloria, vivencia el milagro mayor de que se borren todas sus faltas. Había que tener fe en ese milagro y, antes del acto supremo, salir a rodar por los placeres de este mundo, comer, beber el alcohol prohibido y fornicar.

Omar Azadegh se empeñó en acompañarlo, pese a la resistencia de Dawud. Sus tres acompañantes, con quienes rezaba cinco veces al día y hablaba una y otra vez sobre la nobleza del martirio, insistieron en que accediese al criterio de Omar. No podía arriesgarse solo en una ciudad como Buenos Aires. Era demasiado importante y tentaría a los agentes de Satán que debían de estar merodeando en cada rincón.

Fueron a cenar en un restaurante vestidos de manera informal. Dawud ordenó parrillada argentina con abundancia de achuras; para beber solicitó que le trajesen el mejor vino tinto de la bodega. Se presentó el somelier con ropas medievales y un pesado medallón en el centro del pecho. Hizo la descripción de la marca, alabó su cosecha, mostró la etiqueta plateada y descorchó la botella en presencia del huésped. Exhibió el corcho, que depositó con respeto junto al plato y le sirvió un centímetro de vino en una copa enorme, que ordenó traer al mozo. Dawud le hizo señas para que sirviese más, pero el somelier rogó que lo probase. Al fin se pusieron de acuerdo y Dawud bebió la escasa ración. Era la primera vez que tomaba vino, sentía ardor en la garganta y se preguntó dónde estaba el deleite que tantos exaltaban. El somelier aguardó erguido su opinión, pero Dawud nada dijo. Omar, más ducho, indicó que le llenase la copa. El somelier lo hizo hasta la mitad y depositó la botella sobre una mesita lateral.

Omar eligió bife de lomo con ensalada y una botella de agua tónica.

Al término de la cena pagó Omar, que se guardó el recibo. El auto de la embajada los dejó cerca de la calle 25 de Mayo, célebre por sus pubs y bares, donde abundaban hermosas mujeres de fácil acceso. En la penumbra de la arteria cobraron magia las luces amarillas, rojas y añiles que iluminaban las vidrieras de ambas veredas. Con lentitud, amontonados, se desplazaban hombres solos, parejas, grupos de mujeres. A través de las vidrieras podían verse conjuntos variados, entre los que se destacaban jóvenes bien vestidas, enjoyadas con aros, collares y pulseras de fantasía. Frente a jarras de cerveza, copas de vino o pocillos de café charlaban animados y miraban en torno como si no estuviesen en un escenario, sino en una platea desde la que podían gozar el juego de los actores.

A Dawud comenzó a desenroscársele el deseo. Esas mujeres parecían racimos de tentaciones al alcance de sus manos. Las ganas resonaban como la creciente en un río de piedras; bramaban al mismo tiempo la amonestación y la urgencia por trasgredirla. En esa calle se exhibía la degeneración irrefrenable de Occidente y su entrega a las podredumbes de Satán. Eran los placeres que no se debían gozar ahora, sino en las colinas del Paraíso eterno, cuando se hubiesen esfumado sus ligaduras con el vicio. Bajo su bragueta empujaba una ya ingobernable erección.

Entraron en un pub de *boisserie* negra y techo bajo, donde era preciso alejar con las manos las cortinas de humo producidas por decenas de cigarrillos. La música resonaba estridente, con un ritmo peristáltico feroz que no dejaba escuchar palabra ni aunque les gritasen a la oreja. Omar hizo bocina junto a la barra y pidió whisky escocés para Dawud. Se quedaron adheridos al mostrador, los codos apoyados contra sus bronces. Desde ahí podían ver a la gente de pie y alrededor de las mesas. Algunos, sin desplazarse, se movían al ritmo del ruido que llamaban música; otros arrojaban sus tragos a la garganta, la cabeza echada hacia atrás.

Dawud devoraba con los ojos a las mujeres rubias. Algunas eran besadas en las mejillas, el cuello o la boca, y las caricias les provocaban risitas. Miró cómo fuertes brazos les rodeaban la cintura y quedó prendido a un hombre que acariciaba las nalgas de su compañera; luego de recorrerlas con lascivia, el dedo mayor empezó a frotarle lento y hondo el surco central. La escena lo puso al rojo vivo.

Omar sonrió malicioso, porque había visto la misma audacia y preguntó si quería ir a otra parte. Dawud asintió; necesitaba descargar la excitación brutal que lo desgarraba desde adentro. Salieron al aire frío, que reacomodó un poco su desestabilización emocional. Media cuadra más adelante vieron que el lugar les convenía y se pusieron de acuerdo en ingresar a un café blandamente iluminado. No había tanto humo, pero flotaban corpúsculos fosforescentes con aroma a canela. Casi todas las mesitas estaban ocupadas por mujeres solas. Recorrieron en zigzag el salón donde la música era más suave y no existían los apretujones del pub. Omar se acercó a una rubia que apagaba el pucho de su cigarrillo sobre el cenicero y sostenía una copa a medio beber. Ella alzó sus ojos amistosos para decirles cómo no, pueden sentarse aquí.

Omar se excusó por el atrevimiento, pero había demasiada gente y poco lugar; ella insistió en que su compañía no la molestaba en absoluto. Dawud simuló no comprender el castellano, así no tenía que esforzarse en inventar explicaciones sobre su vida y las razones de este viaje. Omar dijo a la mujer que su amigo había venido por asuntos de negocio y había escuchado maravillas sobre las chicas de Buenos Aires. Ella lo acarició con una sonrisa de ángel y Omar tradujo a Dawud lo que éste había entendido perfectamente. Dawud apretó los labios y asintió con un enérgico movimiento de cabeza.

—¿Ve? ¡Está encantado!

Siguió hablándole y construyendo una historia que explicase cómo desde tan joven ya estaba haciendo negocios. Ella dijo que se llamaba Virginia, lo cual sonaba a tomadura de pelo en ese lugar. Mientras desgranaba un repetido libreto sobre sus trabajos de modelo y corista exigente, miraba con preferencia al arrebolado Dawud; era evidente que con él terminaría la noche. Haber dicho de entrada que era un hombre de negocios significaba el pago por adelantado. Ciertos códigos son universales.

Virginia era estudiada por ambos hombres, pero Dawud examinaba cada detalle como si quisiera llevárselos consigo. No le importaba si era por efecto de la luz acei tosa o el maquillaje intenso, pero el cutis de esa mujer le pareció de una seda que invitaba al más cuidadoso de los roces. Esa imantada seda se extendía por su cuello y sus hombros desnudos; luego bajaba voluptuosa por el escote apenas adornado con un collar de perlas seguramente falso. Los pechos se exhibían firmes y vibraban con su risa. Los brazos se veían perfectos y terminaban en manos blancas de largos dedos rematados en uñas rojo carmín. Los anillos y pulseras sólo amplificaban las emanaciones de feminidad que le salían por todos los poros. Dawud y ella bebieron un par de cócteles para tranquilizar la espera; Omar se conformó con un café en jarrito.

Finalmente Omar Azadegh le susurró que su compañero desearía irse con ella a un lugar más íntimo. Virginia inclinó la cabeza con ternura de santa, la apoyó sobre su puño y miró dulcemente a Dawud. Era joven y apuesto, casi le faltaban las orejas, tenía los hombros caídos, pero se lo notaba vigoroso y en estado de celo animal. Aunque parecía demasiado serio porque nada había dicho, ni siquiera en su idioma, y tampoco se había reído una sola vez. Quizá lo lograría en el cuarto, sometiéndolo a las cosquillas de su arte.

—Con gusto —dijo ella—. ¿No quieres venir también?

—No, gracias. Entrego a mi amigo el cien por ciento de tus encantos.

—¡Qué generoso! Bueno, como digas. A la vuelta hay un hotel discreto. Pero, ¿sabés? —usó un dulce tono de voz para balancear la crudeza del pedido—. Me tenés que dar aquí la gratificación.

Omar sacó un billete de cincuenta dólares y se lo pasó con disimulo por el costado de la mesa. Virginia ni necesitó mirarlo; protestó sonriente, sin devolverlo.

—Es el doble, querido.

El diplomático sacó otro billete y ella los hundió complacida en su bolso.

—Gracias —remató.

—Antes de que salgamos —Omar se acercó a su oreja— quiero decirte que los acompañaré al hotel, saludaré al conserje, me dirán el número de la habitación y luego traerás a mi amigo a este mismo sitio, donde estaré esperando.

—¡Qué gentil! —rió—. Amigos así ya no quedan.

—No sabe castellano y no quiero que tenga problemas.

—No los tendrá.

—Te tomo la palabra. Otra cosa: quiero que le hagas pasar una noche inolvidable.

—De eso me ocuparé yo —hizo un gracioso mohín—. Cuando te cuente, vendrás a buscarme chorreando ganas.

Dieron vuelta la esquina y Omar registraba atento la sucesión de locales para que no hubiese sorpresas. Suponía con lógica que a Dawud se le habían adormecido los reflejos por la intensidad de su excitación; no le sacaba los ojos de encima al cuerpo de Virginia, que los guió con paso cimbreante hasta un hotel modesto, poco iluminado. Atravesó las puertas vidriadas y caminó adelante, hacia la recepción. El conserje leía una revista apoyado en ambos codos y levantó la mirada al escuchar los pasos. El saludo de la mujer revelaba confianza.

—Quiero una pieza linda —dijo.

—Tengo una buena en el tercer piso.

—¿Número? —preguntó Omar.

—Trescientos cuatro —sacó la llave del tablero y se la entregó a Virginia.

Omar leyó en el tablero y en la etiqueta de madera sujeta a la llave para corroborar la exactitud del número.

Tanta desconfianza hizo sonreír a Virginia.

—¿Seguro que no querés acompañarnos?

—Esperaré en el bar. Pero sin apuro.

Mientras caminaban hacia el ascensor, ella le murmuró al oído que si pasaban la hora se duplicaría el precio.

—No habrá problemas —Omar los saludó con un movimiento de la mano y regresó a la calle.

Mientras el ascensor subía, las narices de Dawud se dilataron: aspiró el perfume que brotaba de la mujer como de una fuente. Se acercó y la abrazó comprimiéndola contra la pared. Sintió la mejilla de seda, que evocó las que había gozado en España. Los abrigos de ambos no impedían percibir sus curvas. Ella suspiró y a él se le aceleraron los latidos. Antes de abrir la puerta le acarició el cuello por debajo de los colgantes plateados.

La siguió hasta la habitación asignada. Virginia tuvo el gesto de entregarle la llave, que Dawud no consiguió introducir en su primer nervioso intento. Cuando por fin abrió la puerta se adelantó Virginia, que encendió la luz. La habitación era amplia, con una gran cama en el medio. Una cortina cubría la ventana cerrada. Dawud echó llave y fue a examinar el cuarto de baño. Al regresar encontró a la mujer de pie frente al espejo, mirándose un lunar junto a la nariz; aún no se había quitado el tapado. La abrazó por detrás y empezó a besarla en el cuello. Ella se estremeció por las cosquillas y a Dawud le aumentó la fiebre. Con manos temblorosas le quitó el abrigo y volvió a estrecharla. Se le mezclaban los anhelos tiernos con los agresivos. La acarició por encima de la blusa escotada mientras sus labios seguían recorriendo el cuello, los hombros y las mejillas, alternativamente. Ella esquivaba los besos en la boca con delicado virtuosismo y Dawud no sabía si por rechazo o para excitarlo más. Empezó a mover sus manos en diversas direcciones hasta alcanzar las nalgas, luego subir a los pe-

246

chos, volver a las nalgas, descender a los muslos, regresar a las nalgas y ponerse a levantarle la falda para ingresar en el estrecho espacio que le dejaban los muslos.

—Esperá, que me desvisto —ella procuró retomar el control.

Dawud le levantó la falda hasta la cintura, como si no hubiese escuchado o entendido. Ambas manos empezaron a frotarla con apuro y se aventuraron en la entrepierna. Sus dedos tironeaban la bombacha e intentaban hundirse en su carne.

—¡Cierto que no entendés castellano, idiota! —gritó ella—. Me desvisto, esperá, que vas a estropearme la ropa.

Dawud siguió en lo suyo y Virginia lo empujó con tanta fuerza para desprenderse, que lo hizo caer sobre la cama. Ella sonrió como disculpa y le mostró que empezaba a desabotonar el extremo superior de su falda. Dawud la miró con los ojos inyectados de un deseo feroz y saltó sobre sus hombros como una bestia en celo. Cayeron sobre la alfombra.

—¡Eh…! ¡Qué te pasa! Así no… —la asaltó el recuerdo de una desafortunada amiga asesinada por un cliente de esta forma.

Le abrió la blusa de un tirón y los botones saltaron al aire. Metió las manos bajo el corpiño, rodeó sus pechos como frutas y los extrajo en plenitud. Clavó su rodilla entre los muslos y se aplicó a succionarle los senos como un desesperado.

—¡Bruto! ¡Bruto! Me hacés doler —angustiada, ella intentó sacárselo de encima, pero mientras más fuerza oponía, más codicia exacerbaba en el desenfrenado hombre.

Como si estuviese en una cacería donde no quería perder ni una presa, Dawud saltaba de un pezón a otro. Se ayudaba con las manos, que comprimían los pechos a fin de sacarles la última gota de néctar. Mientras, su rodilla presionaba entre los muslos, a los que no terminaba de separar porque aún estaban cercados por la falda. Sus labios continuaban devorando los pezones hasta que no pudo contenerse y los mordió.

—¡Ayyyy! ¡Loco de mierda! ¡Dejame! ¡Dejame te digo! —lo empujó con ambos brazos y empezó a pegarle. Eso iba a terminar mal; ella tenía que jugarse. Entonces le clavó los dientes en la oreja.

Dawud no la sintió, hundido en la flor del seno como una abeja que sólo tiene energía para chupar el polen. Pero cuando el dolor llegó al cerebro saltó como un animal espantado.

Ella lo miró con terror y procuró mandarse a mudar. Alzó su tapado y con la mitad de su ropa puesta hizo girar el picaporte. Dawud apareció a su lado, la levantó en el aire y arrojó sobre la cama. Se aplicó a quitarle la falda y tironearle las medias.

—¡Me desvisto sola! —protestó ella— ¡Loco! ¡Loco!

Pero no le daba tiempo y tampoco se dio tiempo para sacarse los pantalones. Extrajo su miembro como una trompa que ya no soportaba la prisión y, mientras volvía a cargar sobre los doloridos pechos, consiguió abrirle las rodillas y penetrarla.

—¡Momento! ¡El forro! ¡No te he puesto el forro! ¡Sos un pelotudo!

Reunió sus últimas fuerzas y consiguió expulsarlo de un solo golpe. Dawud jadeaba como un perro y ella lo miraba con pánico. Comprendió que no lograría huir y que era mejor bajarle la calentura. Le mostró el preservativo y le hizo entender que se lo pondría con la boca. Dawud se esforzó por serenarse. Se tendió boca arriba y la dejó hacer. Virginia invocó a Dios y trató de recuperar las sutilezas del arte. A Dawud el sexo oral le resultaba demasiado pasivo, pero en ese momento le provocaba un goce que deseaba no terminase nunca. Ni siquiera la detuvo cuando estaba por culminar. Virginia prosiguió hasta que las sacudidas de Dawud se fueron apagando. "Por fin te domé, guacho de mierda", pensó.

Con delicadeza le extrajo el condón y miró si tenía líquido en el fondo. Se levantó, fue al cuarto de baño y lo arrojó a un blanco cesto de basura. Ese hombre la había tomado por sorpresa, abusó de su confianza, tendría que cobrarle el triple. ¡Qué hijo de puta!

Empezó a vestirse y examinó su blusa, a la que le había echo saltar la mitad de los botones. Se la acercó a su cara jadeante aún haciéndole señas con el índice, porque no entendería una palabra.

—¿Ves, boludo? Sos un impaciente, un asco de tipo. Me arruinaste la blusa.

Dawud seguía sin hablar. La miró con una dulzura novedosa y le tomó la mano; le besó un dedo y dio unos golpecitos sobre la cama, invitándola a acostarse a su lado.

—¿Otra vez? ¡Ni loca! Nos vamos de aquí. Te devolveré a tu amigo y le pediré reparaciones. Quiero seguir viva. Y sana.

Dawud insistía en que se quedase. Ella lo miró dudosa. Evaluó que ya no sería el mismo de un momento antes.

—Bueno, me quedaré un ratito. Pero antes de la hora saldremos. ¡Ni se te ocurra volver a tocarme, turro salvaje! —acomodó su ropa sobre una silla y se acostó.

Dawud la abrazó, dio besos breves a su hombro y le apoyó la cabeza sobre el pecho.

—Ahora estás mimoso —dijo ella—. ¡Por favor, qué bestia! ¿No te podías haber portado así desde el comienzo? Ah, todavía me duele. ¡Basura!

A Dawud el monólogo de Virginia le empezó a sonar como la melodía de un arroyo tranquilo. Se arrebujó en los acantilados del hermoso cuerpo y evocó las calles que había recorrido con el agregado cultural. Vio el edificio de Hebraica y lo imaginó volando en millones de partículas. Demoró esa imagen tras sus párpados cerrados como si fuese una fotografía. Su imaginación podía identificar trozos de mampostería que atravesaban el espacio, ventanas, fragmentos de vidrios que reverberaban al sol, patas de mesas, libros desgarrados, el capitel de una columna, mármoles que chocaban con piedras, sillones atravesados en el aire por lanzas de granito, nubes de yeso, alfombras, cortinas, todo elevándose como los globos. Qué espectáculo. Así debió haber ocurrido con la embajada: una irradiación de materia inútil que ascendía recta hacia las alturas. Y después… después se instalaba el vacío. Como si Alá se hubiese llevado el pecaminoso edificio a otra parte.

Rodeó la cintura de Virginia con el brazo. Estaba en la tierra aún. Esta mujer era apenas un anticipo imperfecto de las huríes que lo esperaban. Tendría que manejar la Trafic con extrema precaución, porque Satán haría lo que estuviera a su alcance para impedir su hazaña. Había memorizado la ruta: avanzaría por Junín y doblaría en Sarmiento, tal como lo hicieron varias veces con Tabbani a su lado y Omar junto al chofer. Evitaría despertar sospechas. A esa hora de la tarde habría muchos autos y gente en la calle, y también más gente en Hebraica. "Mañana será viernes y los judíos se reúnen para las vísperas de su sagrado sábado. En los salones, el teatro, los gimnasios y el restaurante se concentrarán miles de socios. Estarán contentos y desguarecidos. Nadie imaginará que avanza un *shahid* para ponerles punto final a sus malditas vidas. Avanzaré con las manos firmes al volante y un volumen del *Co-*

rán en mi bolsillo superior, sobre el corazón. Me pondré la vincha del Hezbolá, pronunciaré las plegarias y cruzaré la calle Uriburu. Estaré a escasos metros del objetivo. Cuando alcance la puerta principal, aunque haya policías custodiándola, giraré de golpe y penetraré en el edificio como penetré a esta puta.

"Un fuego intenso y vigoroso, como si saliera de los abismos infernales saltará hacia todos lados. Volaré en fragmentos hacia las aves que me recogerán con ternura. Y desde mis evoluciones podré ver a los judíos retorciéndose de dolor.

"El imam Zacarías toma mi mano suelta, como dicen que la tomó cuando estaba casi muerto sobre un desvencijado sillón, allí, en Sabra. La miran sus ojos sabios y dice 'Te convertiste en *shahid*, querido Dawud'. 'Sí —contesto exultante— en *shahid*.' Zacarías me acaricia la cabeza en medio del orfanato de Beirut y enseña que sólo Alá conoce el día del Juicio Final y sólo Alá determina quiénes irán al Paraíso. '¡Pero yo soy *shahid*! —grito contento—, voy seguro al Paraíso.' El imam sigue acariciando mi cabeza: 'Nadie lo sabe, querido Dawud, sino Alá'. '¡Soy *shahid*! ¡Soy *shahid*!'"

En torno ruedan pedazos del edificio con fragmentos humanos. El imam repite que Alá no ama a quienes destruyen su obra, y que el ser humano es lo mejor de su obra. Dawud se siente confundido. "Soy *shahid*", repite. Entonces Zacarías le toma el brazo, como dicen que lo hizo en Sabra, y le pide que observe la sangre que chorrea por sus dedos. "Has destruido la obra de Alá, mi querido Dawud. ¿No te das cuenta —insistía— que has destruido la obra de Alá?" Dawud tiene ganas de llorar como lo hacía de chico, cuando los falangistas amenazaban coserlo a balazos. "¡Cometí el atentado para la gloria de Alá!" Zacarías no deja de revolverle los cabellos y contesta: "Alá no necesita gloria por medio de la destrucción, hijo mío." *"¡Allahu akbar!"*, aúlla Dawud. Zacarías le sacude el brazo ensangrentado ordenándole callar, porque quienes destruyen la obra de Alá no merecen el Paraíso. *"¡Allahu akbar! ¡Allahu akbar!"*

—¡Qué te pasa, bombón! —Virginia lo zarandeaba en la cama—. Tenés una pesadilla. ¡Despertate de una vez!

Agitó sus brazos ciegos y golpeó el respaldar. Ella levantó el vaso de agua que tenía sobre la mesita de luz, pero antes de arrojárselo Dawud empezó a frotarse la cara como si estuviese atacado por una violentísima picazón. Apartó a la mujer y fue al baño. Miró en el espejo su piel surcada por hilos blancos y rojos, como si lo hubiese envuelto una red de cables. Satán lo quería enloquecer disfrazado de Zacarías Najaf. Se lavó con agua fría y se enjuagó la boca que tenía olor a cadáver. Necesitaba hablar con el verdadero Zacarías, aunque fuese por teléfono. Debía hacerlo antes de la ceremonia que lo convertiría en *shahid al jai.*

CAPÍTULO 29

Era la segunda vez que ingresaba en Trumps siguiendo a
su presa. El exclusivo local se abría junto a la Avenida del
Libertador. Una marquesina daba acceso a un pasillo
adornado con bronces, plantas y espejos, que desemboca-
ba en el vasto salón. Desde los rincones parpadeaban focos estratégicos que teñían de amarillo y violáceo sillones,
mesitas y personas. La música exigía aproximar los labios
a las orejas. Enfundados en trajes oscuros los mozos desplazaban sus bandejas como planeadores. El olor a cigarro y marihuana raspaba el interior de la nariz y envolvía
los cuerpos. La tibia penumbra invitaba a relajarse. El perfume no sólo provenía de las mujeres, sino de rociadores
que pretendían imponerse al humo. Trumps era el albañal de los corruptos que medraban en el país.

Cristina avanzó por los zigzaguentes caminos simulando no ver. Se acercó al solitario Ramón Chávez, quien se
daba un nariguetazo ruidoso, y le empujó las rodillas. Sorprendido, el hombre levantó las manos para defenderse
de la intrusión. Ella le suplicó disculpas y, compungida, le
palmeó un hombro; parecía desolada.

—No es nada —dijo Chávez mientras se sacudía los restos de polvo que le cayeron sobre la ropa.

—Disculpame, en serio.

—Está bien.

—Una no ve nada aquí adentro. ¿Para qué tanta oscu-

ridad? —resopló con fastidio—. ¡Qué cansada estoy!...
¿Puedo sentarme? —había lugar en el sofá, junto a Chávez—. Disculpame, en serio.

Ramón la miró de arriba abajo para estudiar sus formas. Pese a los inconvenientes de la penumbra, apreció las piernas torneadas y el tajo que le subía por el muslo, el hueco de su talle, los pechos abultados y una cabellera espesa que descendía hasta los hombros. Esta mujer era un inesperado presente de la noche. Llamó al mozo y la invitó con un cóctel. Cristina ordenó un margarita sin sal. En ese instante reconoció su perfil y tuvo que apelar a todos sus músculos para tragarse el asombro. Este encuentro no podía ser inocente. La perra anda buscando carne picada, se dijo Ramón. Ya le han bloqueado *Palabras cruzadas* y puesto término a su ciclo sobre Medio Oriente; va cuesta abajo, debe de sentirse acorralada. Por lo tanto, es más peligrosa que nunca. ¡Ojo, Ramón! No vayas a dar un mal paso.

Tras un cuarto de hora de charla anodina él la invitó a probar su blanca, puesto que lo había visto mientras la inhalaba. Ella contestó con voz susurrante que no hacía falta el rodeo, porque conocía su desempeño en la SIDE. Ramón Chávez simuló un respingo, como haría alguien desenmascarado de golpe.

—¿Qué dijiste? ¿Yo de la SIDE? ¿Tengo pinta de James Bond?

—No te hagás el vivo. Conozco tus actividades y las vamos a difundir.

—¡Qué bien! Si estás en condiciones de hacerlo —simuló divertirse con algo imposible—, te agradeceré que me conviertas en un tipo famoso. ¿Quién no quiere ser famoso?

—Lo serás. Pero hay famosos y famosos. Algunos terminan en la cárcel.

—¡Uy! ¡Qué miedo! ¿Y me harás famoso para mandarme a la cárcel? ¡Qué mala! Ni siquiera conozco tu nombre.

Cristina hizo un mohín irónico.

—No te hagas el gil, Ramón Chávez.

—¿Y el título? Mejor sería decir "espía" Ramón Chávez, ¡no me quites el nivel cinematográfico!

—Sos algo más que un espía.

Chávez frunció los labios y comenzó a armar un porro. Cuando lo tuvo listo se lo ofreció a Cristina. Ella negó con un gesto amable.

—Prefiero estar lúcida en tu presencia.

—Esto aumenta la lucidez, precisamente —lanzó una larga bocanada de humo mientras se repantigaba en el sillón; al rato agregó—: ¿Así que te disgusta mi trabajo?

—La verdad, sí.

—¿Qué sabés de él?

—Mucho.

—Tu respuesta es evasiva. Mucho, poco, nada, todo…

—Mucho es mucho. Tengo registradas tus actividades, suficientes para que te pudras en la sombra —hablaba con paradójica dulzura, lo cual aumentaba el veneno de sus frases.

Chávez giró hacia ella y le rodeó amorosamente los hombros con un brazo.

—Está claro que viniste al choque. ¿Puedo saber qué andás buscando, muñeca?

—Información.

—¿No dijiste tenerla ya?

—Tengo suficiente para joderte bien jodido. Pero me faltan algunas cosas. Vos me darás las que faltan.

—¿Para joderme más? ¿Me considerás boludo? —movió la cabeza, sonriente—. Sos encantadora, pero sos un

255

caso. Contame qué sabés. Nunca tuve una noche más rara que ésta.

Ella paladeó otro sorbo de su margarita mientras proseguía el meditado plan.

—Sé, por ejemplo, que el presupuesto de la SIDE para este año es 537 veces más gordo que el que tenía en 1989, cuando asumió Menem —se arregló el cabello con una sacudida de la cabeza, para darle tiempo a digerir el dato—. También sé que su personal declarado es de dos mil quinientos hombres, más doscientos espías contratados entre profesiones diversas: periodistas, taxistas, docentes, empleados del gobierno, empleados de grandes empresas.

—Correcto —dijo Chávez.

—Sé que el Señor 5 tiene atribuciones sobre medio millón de dólares diarios, que llaman caja chica.

—Muy bien, hablás como una enciclopedia. ¿Y con eso me vas a impresionar? A esa información la sacaste de los diarios.

—¿También saqué de los diarios tu insistencia en disolver la Sala Independencia, que coordinaba la investigación sobre la bomba en la embajada? —le clavó el aguijón.

—¡Eso es men...! —Chávez giró en su asiento— ¿Quién te dijo que yo...?

—No lo saqué de los diarios, eh —apoyó su copa sobre la mesita—. Y algo más: tu argumento para disolverla fue que la publicitada persecución de iraníes y pakistaníes no había dado un solo fruto, porque los acusados resultaron ser unos pobres diablos. Por otra parte, la Sala Independencia ni siquiera tenía un traductor del farsi.

—Fueron buenas razones.

Cristina se liberó con suavidad del brazo que le rodeaba los hombros y trataba de avanzar hacia su cuello.

—Acabás de confirmar que presionaste para disolverla, lo cual empeora la investigación, porque sin ese instrumento, ni siquiera continuarán muchas pistas.

Chávez inspiró el porro y retuvo el humo.

—Acepto que la Sala Independencia erraba los tiros —agregó Cristina sin cancelar su provocativo mohín—, pero los erraba porque gente como vos se ocupaba de corromper sistemáticamente las pistas, ¿verdad?

Chávez reflexionó unos segundos: la mina estaba dispuesta a cualquier jugada, era una bomba de tiempo.

—La que ahora está errando las pistas —replicó lento para simular calma— sos vos. Por completo. ¿Querés trabajar de espía? ¿Te gusta una vida llena de equívocos? Te aseguro que no es fácil, requiere entrenamiento.

—¿Qué profesión no lo requiere?

—Empezamos a ponernos de acuerdo. En resumen, vos querés jugar de espía, pero las cosas no te van a salir. Si tus ganas son fuertes, yo te podría entrenar. Pero debés regresar a la dulzura del principio.

—Gracias por tu cínica amabilidad. Pero un espía es retorcido, se parece a la serpiente.

—¡Qué elogio! Y vos preferís ser pantera, saltar a la nuca. También en eso estamos de acuerdo, sí.

—Te falta convicción —murmuró Cristina, para turbarlo.

Chávez pensó que la mujer podría arruinar el inminente operativo. Estaba saltando sin red. Por eso había venido a Trumps; la circunstancia no podía ser casual. Era posible que hubiera conseguido enterarse de la Trafic y del objetivo que estallaría en menos de veinticuatro horas; sólo necesitaba cerrar algunos agujeros para empezar a arrojar piedras. Era gravísimo, debería contarle a Tabbani. Pero, si lo hacía, el iraní no le entregaría a la mañana temprano el segundo anticipo, diría que todos debían esperar. Mierda, tendría que estrangularla ahí mismo, en el sofá. Lástima que no la había mandado eliminar cuando se regodeaba con el escándalo del boludo Jorge Sucksdorf, ése hubiera sido un buen momento.

—¿Así que me falta convicción? —dijo en actitud de despistado.

—Para dejar de lado tu insostenible resistencia. Una confesión oportuna podría reducir muchísimo tu condena, hasta te convertiría en héroe.

—¿Ya me hablás de condena? Sos terrible, Cristina.

—Quiero que entrés en razones. No te salvarás, Chávez, de eso estoy segura. Voy a refrescarte la memoria sobre algunas de tus travesuras —atacó Cristina—. Una muy grosera fue hacer que, después del atentado a la embajada, el ministro del Interior se mandase el bolazo de decir que el coche-bomba era un Fairlane que había entrado de contramano por Arroyo, basado en los restos de un motor. Además, aseguró que los autos estacionados en la cuadra mostraban perforaciones de un tiroteo previo... ¡con ametralladoras! ¡Qué despiste! El ministro quedó tan humillado que durante horas se encerró en su despacho a comer gelatinas y mirar el vacío. ¡Te divertiste a lo grande, Ramón, porque los informes en que se basó el idiota partieron de la SIDE!... y habían sido redactados en tu oficina.

—Yo no soy toda la SIDE —replicó de pronto endurecido.

—¡No te enojes! Aquí vos sos el espía oficial, quien debe guardar las formas, no yo.

—No me enojo.

—¿Te recuerdo otra travesura? Difundiste la versión de que había un arsenal escondido en el segundo subsuelo de la embajada. Era un truco perfecto para echarles la culpa a los mismos israelíes, ¿no?

—Esa hipótesis no fue mía, pero sedujo a la Corte Suprema. No te confundas.

—¿No fue tuya? La Corte luego se arrepintió, avergonzada. No había segundo subsuelo y el único que existía no servía para guardar nada, porque estaba cruzado por caños.

—Repito que en eso no tuve participación.

—¿Y lo del misil?

—Qué misil.

—¡Vamos! De tus oficinas partió esa versión: que en la embajada había un misil. Y para hacer creíble el disparate, contabas que había sido comprado en Santiago de Chile y entrado ilegalmente al país por Iquique y Paraguay. Hasta hubo un marino retirado (¿empleado tuyo tal vez?) que dijo haberle visto la trayectoria desde su oficina a trescientos metros de distancia. El periodismo tuvo material para darse manija, mientras los verdaderos culpables seguían esquivando el bulto.

—Según tu teoría, yo soy el culpable de todas las pelotudeces que hicieron los servicios de Inteligencia. ¿No agregarás que la misma SIDE armó el coche-bomba?

—No, eso no.

Chávez tuvo ganas de hundirla en el sofá y apretarle el cuello hasta mandarla al otro mundo.

—Me salvo de algo, por lo menos.

—Tus contactos con la policía son excelentes —lo miró directo a los ojos.

Chávez pensó que sólo faltaba que le describiese los pormenores de sus negociaciones con Tabbani y los comisarios. Era un demonio.

—Y esos contactos te permitieron otra travesura

—agregó Cristina, dispuesta a torcerle el brazo—. ¿Te acordás de cómo hundiste a un comisario imbécil para lograr el ascenso de otro, que era tu amigo? Un portero de la calle Juncal dijo que habían entrado personas raras en su edificio, que hablaban inglés y, para más señas, preguntaron si allí vivían judíos. La pista justificaba un allanamiento feroz. El comisario ni se imaginaba la trampa y se apuró en advertir a la prensa, que le dio amplia publicidad. ¿Odiabas a ese tipo?

Ramón armó el segundo porro. Era preciso mantener la sangre fría. Esta serpiente demostraba ser peligrosísima. ¿Cuál sería su precio?

—¡Pobre comisario! —siguió ella—. Las personas raras, presuntamente vinculadas con el comando suicida del Hezbolá, resultaron ser unos rabinos de Nueva York que vendían libros sobre la Cábala —su contagiosa carcajada obligó a que Ramón sonriese—. ¿Nunca se te ocurrió escribir comedias? Tenés mucha pasta.

—¿Por qué no vas al grano?

—Estoy en el grano. Ya te dije: necesito información adicional.

—De qué.

Cristina aún debía ajustarle la soga.

—Sé —dijo— que manejaste la historia del dedo.

—¡Basta de revolver basura, mujer!

—Te quiero demostrar que tenés gente muy cercana que ya no te es leal. Estás complicado.

Ramón Chávez peinó con los dedos su cabellera.

—¿Quién te contó lo del dedo? —trataría de convertir en boomerang esa acusación.

—¡Ah, te picó! —celebró Cristina—. Buen signo.

Ambos recordaban que luego de la explosión el dedo gordo de un pie fue a parar al quinto piso de un edificio de departamentos, bajo de la mesada de la cocina. Fue descubierto por una niña, que empezó a proferir gritos. Su madre vio el macabro fragmento, lo levantó con un papel y lo entregó a su hijo para que a su vez lo llevase a la policía. Cuando el muchacho regresó, dijo que el policía se había encogido de hombros y ordenó tirarlo a un contenedor lleno de los escombros producidos por el atentado. La SIDE construyó un informe que daba por esclarecida la masacre. Sostenía que ese dedo venía adherido a un trozo de sandalia y que la piel correspondía a un árabe que acostumbraba andar descalzo. La prensa le dedicó mucho espacio. El mismo Ramón Chávez le había confesado a Santiago Branca que nunca se había imaginado tanto alboroto por un dedo de mierda. "¡Te imaginás si hubiera sido una pija!... —exclamó Ramón Chávez en aquel momento, mientras brindaba con su amigo—. Las cosas que se podrían haber inventado." Santiago festejó la ocurrencia y, durante semanas, cada vez que volvían a encontrarse, repetía: "¡Te imaginás si hubiera sido una pija!". "¡Y con sandalia!", completaba Ramón antes de darle un abrazo cómplice.

—"Buen signo" de qué —preguntó Chávez a Cristina mientras aspiraba el porro—. Fue una cosa ridícula. A lo mejor la SIDE armó esa versión, pero ya te dije que no soy toda la SIDE. Y si lo que te interesa es descubrir la conexión local del atentado, te diría que has equivocado el camino. No estoy mezclado con esos criminales ni sé quiénes lo están. Soy amigo de los judíos.

—También estoy al tanto de tus presuntas amistades judías pero, ¿qué te puedo decir? ¡No me convencen! Vos participaste del borramiento de huellas y conocés quiénes vendieron los explosivos y a quién se le compró la pick-up.

—Y vos estás con un pedo rabioso.

—Todavía creés que vas a zafar. Bueno, para zafar yo te aconsejaría que seas realista: lo único que debés hacer ahora es pasarme los datos sobre lo que está por ocurrir.

Chávez depositó el porro sobre el cenicero y giró hacia ella.

—No me mires con cara de asombro —porfió Cristina—. Tenés la oportunidad de hacerle un buen servicio al país y a la humanidad. No digo que te conviertas en prócer, sino en un arrepentido... incluso en un arrepentido ejemplar. Sé que te resulta complicado, pero pensá que son unos asesinos, unos hijos de puta. Y que al hacerlo, vos dejarías de ser el hijo de puta que fuiste hasta ahora.

La miró alucinado. Sabía más de la cuenta, no le había fallado la presunción. ¿Debía ahorcarla nomás?

—No puedo decir lo que ignoro —prosiguió resistiendo—. ¿Querés que invente algunos culpables? ¿Que escupa nombres al voleo?

—No, quiero que asumas que ya comenzó a romperse la alianza del silencio. A partir de esa certeza cambiará tu actitud.

—¿Me vas a correr con la vaina?

—No te lo iba a decir, pero tengo la impresión de que ahora bastaría un empujoncito para que abrieras los ojos.

Chávez alejó con la mano la nube de humo que se interponía entre él y esa diablesa. Era imprescindible mantener la serenidad aunque se desplomase el techo.

—Estoy esperando el empujoncito —la desafió.

Ella le acercó sus labios a la oreja y susurró:

—"¿Te imaginás si hubiera sido una pija?... ¿Y con sandalia?"

Chávez pegó un respingo que Cristina percibió a las claras.

—Bien, te escucho —demandó.

Él no respondía, no iba a ceder a una pedestre extorsión.

—Tenemos poco tiempo —lo apuró Cristina—. ¿O preferís seguir siendo el mismo hijo de puta?

Chávez se incorporó.

—Veo que has elegido no cambiar —en la expresión de Cristina se insinuaba una falsa súplica.

—No me gustan los desvaríos. Pero reconozco que me has hecho pasar una noche distinta de las habituales. Fue de todo menos aburrida. Gracias —se alejó tranquilo.

Ella se mordió una uña. ¿Otra frustración? De ningún modo. Repasó ordenadamente cada sobresalto, duda, contradicción y resignado asentimiento que Chávez había desgranado ante su atención despierta. Tenía la punta del ovillo. Ahora sólo le faltaba tirar.

TERCERA PARTE

Capítulo 30

Sonó el teléfono en la profundidad de la noche. La mano de Santiago Branca tanteó vacilante y levantó el tubo.

—Más vale que te despiertes y escuches bien —la voz le retumbaba en el cráneo—. Te van a matar por pelotudo.

—Qui... quién es —tartamudeó mientras se incorporaba en el lecho y con la otra mano buscaba el reloj en la mesita de luz.

—Nos conocimos hace mucho y te debo un par de favores, por eso te llamo.

—Pero..., qui... quién sos.

—No te lo voy a decir, porque no sabés frenar la lengua. Sólo quería prevenirte.

Cortó.

—Hola... ¡Hola! ¡Hola!

Miró el tubo silencioso. Eran las tres de la madrugada. Las cortinas, mudas también, cobraron vida. Las contempló durante varios segundos, como si ocultasen un peligro inminente. Las rozó asustado y fue a buscar agua, añadió unos cubos de hielo y bebió medio vaso de un golpe. Se acarició la frente. Trató de reconocer la voz, aunque era imposible porque conocía el truco: la habían deformado con un pañuelo, como se hace para formular amenazas. Aunque no se había tratado de una amenaza, sino de una advertencia. La advertencia de alguien que procuraba ayudarlo. Un sudor frío le brotó en la nuca y las sienes: estaban por consumar una venganza contra él, una venganza con lógica, por no "frenar la lengua" había dicho la voz en el teléfono.

En su negocio las ambiciones eran terribles. Había logrado formar una clientela que le redituaba fuertes ganancias con la más alta discreción. Pero esta ventaja, en lugar de brindarle estabilidad, provocó la envidia de quienes deseaban su terreno. Debía luchar contra enemigos invisibles. Las antigüedades eran una cortina impecable y Ramón Chávez hacía desaparecer las huellas de cualquier denuncia. Ahora tenía que hablar urgente con él, todo podría irse al carajo. El riesgo debía provenir del atentado que ya se había puesto en marcha. Flotaban datos comprometedores, no había que ser un genio para percibir muchas coincidencias. ¿O sería una trampa de Cristina Tíbori? Esa guacha me ha sacado información sin devolverme nada a cambio. Pero fue honesta en no difundirla, como había prometido. Sin embargo, digo yo, ¿para qué diablos querría información si no la difunde? ¿Estará armando un expediente de la puta madre para romper las cumbres del ráting? Algo de eso debió filtrarse y por eso me han puesto en la mira. ¿O la muy turra mandó que me asustaran para sacar más datos? No debo olvidar que es insaciable, pensó.

Se afeitó y duchó antes de que amaneciera. Descendió a la cochera y puso en marcha su Mercedes. Encendió la calefacción, prendió y apagó la radio: estaba muy intranquilo y debía seguir pensando. Salió a las calles de un Buenos Aires aún oscuro. Los escasos madrugadores caminaban con bufandas. Entró en un café recién abierto y pidió el desayuno. Después caminó hasta un quiosco y compró el diario. Entró en otro café intensamente iluminado. Aguardó hasta las siete y media con la impaciencia triturándole los nervios. No pudo contenerse, sacó su celular y llamó al departamento de Ramón.

—Tengo que verte enseguida.

—¿Qué pasa?

—Te lo diré personalmente. No es joda.

Ramón percibió el tono angustiado. Por fin empezás a tener miedo, imbécil, se dijo, porque cada vez le gustaba menos este antiguo amigo devenido en ricachón amarrete y, para colmo, lengua larga. No tenía ganas de verlo, pero le convenía esquivar una derivación indeseable. Ya no convenía recibirlo en su departamento ni en la SIDE.

—¿Estás en tu casa? —preguntó Ramón—. Te paso a buscar con mi coche.

—No, estoy en un bar. Voy con el Mercedes, yo te paso a buscar.

—No perdamos tiempo en boludeces —replicó seco—. Me hacés comenzar el día con tus problemas y encima pretendés dirigirme. ¿Dónde queda el bar? Bueno, esperame en la esquina. Llegaré en quince minutos. ¡Chau!

Santiago miró su celular mudo y recordó el ominoso silencio que se había producido a las tres de la madrugada cuando el desconocido también le había cortado tras darle una bofetada con su advertencia.

Lo vio llegar, esperó que se acercase y subió al Honda negro de Chávez, que enfiló hacia la Panamericana.

—Empecemos de una vez —dijo impaciente—. ¿Qué carajo te hizo despertar con el pie izquierdo?

—Una advertencia telefónica, me quieren matar.

—¿Ah, sí? ¿Quién te quiere matar? —Ramón tragó saliva para controlar el malestar que le producía esa filtración; tenía infieles por los cuatro costados.

—Una voz anónima, un tipo que dice que me debía favores.

—No des vueltas —giró un dedo en el aire—. Si buscás mi ayuda, despachate a fondo. ¿Quién te hizo la advertencia?

—No sé, no me dijo, deformó su voz con un pañuelo.

—¿Lo ubicás?

—Para nada.

Se pasó la lengua por los labios y pensó que ese idiota no tenía remedio. Sin bajar el tono de ironía agregó:

—¿No sabés que se pusieron de moda las amenazas? Te tocó una, eso es todo. La gente se divierte.

—No me pareció falsa. Y era una advertencia.

—¿De quién sospechás, entonces? Necesito datos, no conozco a tus enemigos.

—Conocés a varios.

—Son enemigos negociables. Pero matarte... ¿quién buscaría matarte? Dame un nombre.

El anticuario miró sus uñas.

—No hemos hablado sobre el tema... Es decir, vos no quisiste hablar de él, siempre desviaste la conversación —miró el perfil severo de Ramón, que había empezado a disminuir la velocidad.

—¿Qué tema?

—La posibilidad de un nuevo atentado.

Ramón Chávez estranguló el volante con los diez dedos. Era lo menos que podía hacer ante semejante confirmación.

—Y vos, ¿qué mierda sabés?

—Lo mismo que vos, supongo. Un comando ya llegó a Buenos Aires, ¿o eso es ficción?

Chávez volvió a tragar saliva.

—¿Qué más?

—¿Me estás probando? ¿Desconfiás de mí? ¿Querés verificar si estoy bien informado?

—Puede ser.

—Estoy en peligro, Ramón, y la advertencia debe estar relacionada con ese atentado.

—¡No habrá atentado! Es un invento, una cortina de humo.

—¿Por qué mentís? Soy tu amigo. ¿Para qué necesita una Trafic el agregado cultural de Irán?

—¿Seguís con esa idea?

—¡Ramón! No te hagas el despistado. Nos conocemos desde hace mucho. A la Trafic la compró Salgán, tu ayudante, yo mismo lo vi con el agregado en la avenida Juan B. Justo. Era una Trafic, no un Mercedes último modelo.

—No encuentro la relación —dijo, mientras pensaba cómo podía haberse enterado de ese detalle.

—Los vi, te lo conté, te disgustó que los hubiera visto… No lo comenté con nadie más. Algo se ha filtrado. Pero no es mi culpa.

—Vos te encontraste con Salgán y él te buchoneó.

—No hablé con Salgán.

—Francamente, me has intrigado —giró para apuntar a su entrecejo—. No hablaste con Salgán, pero lo conocés. Entonces hay un eslabón entre ambos que deslizó el dato. Si no, ¿cómo mierda te enteraste de lo de la Trafic?

Santiago estuvo tentado de mencionar el eslabón porque su amigo era más lúcido de lo que imaginaba, pero no lo iba a quemar en ese momento, podía serle útil para la negociación que se venía.

—¿Hiciste alguna pelotuda denuncia?

—¡De ningún modo! Creéme, no lo hablé con nadie más. Pero una de mis mulas cayó en la trampa de Cristina Tíbori.

Ramón Chávez sintió un escalofrío y apuntó hacia la primera salida. Ingresó en San Isidro y avanzó hacia las residencias tapiadas con ligustrines. Allí podía marchar a paso de hombre y concentrarse en esa conversación que lo estaba sacando de quicio.

—¿Qué tienen que ver esa puta, uno de tus contrabandistas y el atentado? ¿Por qué no largás el chorro de una santa vez?

Santiago Branca pensó que por fin había pulsado el botón que abría las compuertas de su hermético amigo.

—No confiás en mí, Ramón —se quejó apesadumbrado.

—¿Reproches encima? ¿Así me pagás por haberte salvado de la cárcel?

—Hace rato que dejaste de confiar. Si no, ¿por qué contrataste a una de mis mulas sin avisarme? Le ordenaste cambiar los pasajes a último momento. El hombre se dio cuenta de que lo utilizabas para desviar la atención. Con él vinieron unos árabes demasiado jóvenes para ir en clase *business*. Mi mula sospechó que integraban un comando y que vos estás directamente involucrado.

—Ah, por ahí viene la cosa… ¡Sos un reverendo hijo de puta! Es muy grave lo que acabás de decir y me lo vas a aclarar punto por punto. Con respecto al viejito que te sirve de mula, tiene mucha imaginación.

—Ojalá.

—¿Por qué me acusás de haberlo contratado? Está a tu servicio, hace contrabando para vos.

—Ramón, el contrabando no es de opalinas, sino de droga, lo sabés. El asunto es muy delicado, pero le ordenaste cambiar de avión. No puede ser casual.

—¿Adónde querés llegar?

—Supongo que él le dijo algo a la Tíbori para salvar su pellejo. Es una víbora que le saca datos hasta a las piedras.

Chávez pesaba cada vocablo.

—Le habrá contado sobre la orden de cambiar el vuelo

—prosiguió Santiago—, y habrá mencionado a la SIDE porque supone que ese solo nombre llena de miedo a los periodistas y los obliga a cerrar el pico.

Frenó donde no se veía a nadie, salvo las murallas de los oscuros setos que protegían las residencias de los caminantes curiosos. Volvió a girar el cuerpo para mirarlo de frente; estaba muy fastidiado, a punto de querer descargarle una trompada en la nariz.

—¿Le dio mi nombre? ¿Te dijo si le dio mi nombre, carajo?

—No, creo que no.

—En síntesis, sospechás que te van a matar porque filtraste noticias de un nuevo atentado.

—No filtré nada, pero suponen eso. Me parece.

Ramón frunció los labios.

—Puede ser —dictaminó con repentina frialdad.

Santiago se sacudió por el apodíctico tono de la respuesta.

—Ramón... Entonces... Pero ¡hay cosas que no me querés decir! Debés saber qué pasa —una inoportuna flema se colgó de sus cuerdas vocales; el miedo le levantó las manos, con las que aferró las solapas de su amigo—. Nos arriesgamos juntos para profanar tumbas, acordate, nos ayudamos para cercar delincuentes subversivos, ¡no podés abandonarme!

Chávez liberó su ropa.

—Te voy a decir la verdad —contestó irritado—. Desde que te empezaste a llenar de guita y asociarte con la farándula, cambiaste. Perdiste la dignidad de otros tiempos. Sos un buchón. Eso sos, un buchón de mierda. Y además, cobarde.

—Yo... yo.

—Si antes de aquella noche en el cementerio yo hubiera abierto la boca sobre lo que estábamos por hacer, ¿cómo me habrías llamado, eh? Traidor, basura, ¿no es así? Bueno, eso mismo hiciste vos, reverendo hijo de puta.

—No es cierto. Me han calumniado.

—Lo hiciste por codicia y por envidia. No mezclés a la mula que te trae la heroína. Te lo digo por última vez y de frente: deberás cerrar el pico y negar todo lo que has dicho hasta ahora.

—Creeme que no he dicho nada, fue ese viejo idiota, que se meó ante el culo de la puta.

—Cargás la culpa en otro, sos indigno de compasión. Para que no me sigas mintiendo —Ramón le hundió el índice en el pecho— te aviso que estamos enterados de que informaste a la Tíbori sobre la advertencia telefónica. Sos un faldero que pide ayuda a cualquiera. Sos un cagón asqueroso.

—Pero si la advertencia ocurrió anoche…

—Es la que te asustó de veras. Pero a vos te amenazan desde hace rato, y cuando empezaste a sospechar que esas amenazas estaban vinculadas con el nuevo atentado, se lo dijiste a ella. ¿O creés que no tengo pinchado tu teléfono?

—Te pasaron información falsa —Santiago juntó las manos en plegaria—. ¿Me considerás capaz de eso?

—Sos capaz de eso y de cosas peores. Te acercaré ahora a tu negocio-fachada y andá pensando cómo vas a arreglar lo que hiciste. Aunque tal vez conviene que no hagas nada, porque cada vez que soltás tu descontrolada lengua provocás un desastre.

CAPÍTULO 31

La misma madrugada del 15 de julio, mientras Santiago Branca esperaba a Chávez en un bar, un BMW negro estacionó en la calle French. Los faroles callejeros aún seguían encendidos con una aureola fucsia en torno a su luz. Los encargados de los edificios limpiaban las veredas de las hojas caídas sobre fragmentos de escarcha.

Con sobretodo y bufanda, Omar Azadegh caminó los ciento cincuenta metros que lo separaban del Chester´s. Se cruzó con un doberman que su dueño había sacado a pasear; el perro lo olisqueó empecinado, pese a los tironeos de la correa. Omar le acarició el lomo: amaba esa raza. Saludó al botones del hotel que le abrió la puerta con la sonrisa que se brinda a los conocidos que, además, son generosos con las propinas. Atravesó el lobby donde ya circulaban los turistas que debían salir de excursión. Fue directo a la suite de Dawud y golpeó con el ritmo codificado. Desde adentro no faltó la precaución de entreabrir la puerta con el seguro puesto. Rudhollah y Sayyid estaban reacomodando los sillones que habían corrido para la primera plegaria.

Hussein propuso que se sentaran en ronda. Quería que rodeasen a Dawud, protagonista de la próxima hazaña, como solemne prólogo de lo que vendría. A Omar Azadegh le destinaron el centro, para que dijera las frases pertinentes en nombre de la autoridad. El diplomático restregó sus heladas mejillas mientras traía a su mente algunos conceptos fundamentales. Recordó que en esos días se iban a cumplir dos años y cuatro meses de la voladura de la embajada; lo que iba a ocurrir al final de esa tarde era, por lo tanto, una buena forma de darle continuidad a las acciones de la *jihad* y rendir un homenaje al mártir de aquella proeza, mártir con quien Dawud se encontraría en el Paraíso.

—¡*Allahu akbar!*—respondieron a coro.

La destrucción de Hebraica ocurriría en unas horas, a las siete y cuarto de la tarde, cuando se hubiera concentrado el mayor número de socios. Tal como lo había calculado Hassem Tabbani, el estallido del coche-bomba en el centro del edificio produciría la muerte de unos quinientos sujetos, no veintinueve, como había sido el caso de la embajada. Y habría tres o cuatro veces más heridos, un total que con suerte podría redondearse en dos millares. Sería, por lo tanto, un acontecimiento cuya magnitud sacudiría al mundo y desataría la convulsión de todos los medios de prensa.

—¡*Allahu akbar!*

Azadegh contempló los rostros absortos del comando, y no pudo resistir la tentación de describirles el futuro inmediato. Una visión profética le calentaba la sangre. Dijo que se hundiría el gimnasio lleno de gente, el teatro, las salas de reuniones y de conferencias también llenos, los vastos salones de acceso, la biblioteca, el restaurante, los bares, los talleres para jóvenes y niños, los estudios de danza, los cuartos destinados a labores recreativas de la tercera edad. Perecerían individuos de cinco a ochenta años, de variada condición social y también —era lamentable y quizá no— muchos no judíos que trabajaran en el edificio o que en ese momento caminaran cerca de él. Cada planta se aplastaría como una montaña sobre la de abajo y decenas de cadáveres se apilarían unos sobre otros. Sería tan impresionante como una visión del infierno.

Los cuatro jóvenes le miraban los labios enrojecidos y las pupilas frías, que combinaban júbilo y control. En sus palabras y actitud se unían la turbulencia y la lógica, la exaltación del bien por el enrevesado camino del mal. Trasmitía un ciclón del espíritu al servicio de Alá. Omar Azadegh se acompañó de gestos enfáticos para explicar que el objetivo consistía en provocar el mayor daño posible, una masacre que produciría vértigo con sólo mencionarla. Porque la acción de un *shahid* debía ser grandiosa. Debía inculcar en fieles e infieles el concepto de que cada uno de ellos equivale a una división de guerra.

—No hay retroceso en el victorioso camino de la *jihad* —sentenció.

—*¡Allahu akbar!*

Luego se refirió a los israelíes, brazo armado de Satán. A ellos estaba dedicado el atentado que realizaría Dawud Habbif. Volvió a recordar que en marzo de 1992 había sido destruida su embajada y después, en septiembre de 1993, un coche-bomba estalló en el estacionamiento de las Torres Gemelas de Nueva York.

—Hoy —dijo—, 15 de julio de 1994, volará por los aires la muy sionista Hebraica de Buenos Aires. Son golpes que hieren profundo el flanco de Satán en sus dos versiones: Israel y los Estados Unidos.

Agregó que los malditos israelíes no podían contra el martirio y jamás lograrían frenarlo. No lo entendían. Trataban de explicar los actos heroicos como una moda pasajera. Creían que habrían de desaparecer. ¡Ilusos! ¿Podrían desalentar la educación que hacía crecer el anhelo de ser mártir como la hierba en un valle fértil? Sus represalias a los atentados del Hezbolá se limitaban a destruir edificios. Había un mundo de distancia entre matar gente y derribar edificios. Se les había deformado la cabeza, gracias a Dios. Tenían el miedo que los aferraba a la vida; en cambio los musulmanes poseían el coraje de amar la muerte. A ellos les importaba tanto la vida que no lograban descifrar la maravilla del martirio. Hasta anunciaban sus ataques, para que la población tuviera tiempo de huir. Esa presunta generosidad se les había vuelto en contra, porque el Hezbolá ahora disparaba sus armas desde barrios densamente poblados.

—En la *jihad* no hay alternativas —concluyó firme—, sino el recto camino que conduce a la victoria.

Se quedaron mirándose. No había dicho nada nuevo, pero dijo lo que se debía escuchar en ese momento. Equivalía a una arenga antes de la batalla.

Ahora había que terminar la escenografía. Rudhollah y Hussein instalaron la bandera del Hezbolá sobre la pared más ancha del cuarto. Acomodaron una mesa cubierta por un mantel verde y una silla por delante, justo en el medio. La cámara había sido fijada sobre un trípode y Sayyid se ocupó de ajustar el encuadre. Los cinco hombres se movían con infrecuente lentitud, como si pisaran vidrios. Cada uno tenía presente que estaban viviendo un momento trascendental, que eran observados por los ángeles. Cuando se completaron los arreglos Omar Azadegh se dirigió a Dawud, quien asintió con un breve movimiento de cabeza. Depositó su ejemplar del *Corán* sobre el paño de la mesa y se sentó. Ajustó la vincha negra en torno a su frente de modo que se pudiera leer claramente la inscripción. Miró hacia la cámara y esperó la orden de empezar.

La cámara de video se encendió; Dawud levantó la mandíbula para que su cara fuese captada en plenitud.

Abrió el libro y se puso a recitar párrafos previamente seleccionados. Luego volvió a mirar la lente. Sus profundos ojos negros destellaban resolución y orgullo. Con voz clara dijo su nombre y afirmó que realizaba el martirio por su propia y exclusiva voluntad. Deseaba que su ejemplo fuera imitado, para la gloria de Alá y el triunfo sobre sus enemigos.

Vestía jean azul y camisa gris. Sus orejas diminutas parecían más grandes, sus hombros más altos, el pelo más abundante. Del cuerpo entero irradiaba una tranquila y conmovedora firmeza. La muerte no lo asustaba en absoluto, porque desde niño había aprendido a considerarla el sendero de la gloria. Desde la época del orfanato había sabido por sus maestros que la muerte por martirio era la mejor de todas, porque llevaba hacia el Paraíso en forma directa. Ese tema estaba cargado de atracción y mantenía fascinados a los alumnos. La vida, en cambio, era menos importante: se caracterizaba por su brevedad, era la pobre antesala de lo que vendría después, mucho más largo e intenso. Pero en esa corta antesala se determinaba el futuro de cada humano; era para lo único que servía.

Cuando terminó de hablar, Dawud se quedó mirando el objetivo hasta que Sayyid lo apagó. Hubo unos segundos de embarazosa quietud. Luego todos se acercaron al hombre que consumaría otro espléndido capítulo de la historia sagrada para abrazarlo y besarlo. Tras su compromiso público ya era un *shahid al jai*, un mártir viviente. De esa categoría no había retorno.

Rezaron juntos, poseídos por la tensión de lo sagrado.

Omar Azadegh les recordó que debían efectuar el *check out* en distintos momentos y tomar rumbos diferentes con todo su equipaje: había que esfumarse sin dejar huellas. Entregó a cada uno un papel con las respectivas direcciones, donde los estaba aguardando personal de confianza. Pero ni siquiera ante ese personal debían abrir la boca, porque la espectacular voladura de Hebraica requería un secreto absoluto. Tabbani sospechaba que había existido cierta filtración, a la que se debía refutar con la desaparición del comando. Hussein, Rudhollah, Sayyid y Dawud pronunciarían la plegaria del mediodía en soledad, encerrados en los cuartos de su destino transitorio. Pero volverían a reunirse al promediar la tarde; serían recogidos por autos de la embajada. En ese momento se le entregaría a Dawud un mensaje importantísimo: Hassem Tabbani en persona pondría en sus manos un texto enviado por el ayatolá Mohammed Nasseralá desde Beirut.

CAPÍTULO 32

Cristina no había podido pegar un ojo tras su productivo encuentro con Ramón Chávez y telefoneó al imam Zacarías.

—Disculpe si es demasiado temprano.

—Nunca es demasiado temprano para escuchar una cálida voz.

—Gracias, no estoy acostumbrada a los piropos de un imam.

—No debe tomarlo como un piropo.

—Gracias de todas formas, su amabilidad me ayuda a mejorar el ánimo. No pude resistir llamarlo porque estoy muy preocupada. Al principio me alegré por ciertos datos, pero al cruzarlos con los de mi equipo temo que... Necesito su criterio, sus sospechas y también su intuición.

—Su voz es cálida, pero está muy nerviosa. ¿Cuándo quiere que nos encontremos?

—Cuanto antes.

—¿Le parece bien dentro de dos horas, frente al hospital de Clínicas?

—Allí estaré —Cristina colgó preguntándose por qué Zacarías habría elegido ese lugar.

Aprovechó la espera para procesar los datos que daban vueltas en su cabeza y volverlos a comparar, fragmento por fragmento, con los que había reunido su gente. Subió a un taxi y bajó junto al edificio en cuya escalinata la esperaba el diminuto imam con su gorro blanco y un traje gris. Los estudiantes pasaban a su lado echándole miradas y algunos saludos.

Fueron hacia uno de los bares con menos público. El interior olía a café y medialunas recién horneadas. Cristina tuvo ganas de pedirlas y mojarlas en el café con leche.

—Nos persiguen las medialunas —bromeó Zacarías.

—¿Puedo preguntarle qué hacía en este hospital? ¿Tiene algún pariente enfermo?

—No. Vengo tres veces por semana para ofrecer paz a los internados.

Lo miró curiosa.

—Soy un sacerdote, ¿no? Es parte de mi trabajo.

—¿Hay muchos musulmanes?

—Me dirijo a cualquiera, sin preguntar su fe. Todos somos hijos de Alá.

—Y les ofrece paz… Lo que yo necesito, precisamente —los ojos verdes se le humedecieron y las manos se apretaron entre sí, ansiosas—. Me resulta extraño que la paz que busco, nada menos que la paz, provenga de un árabe musulmán. Claro, son mis prejuicios, perdón.

—La perdono, porque los mismos musulmanes somos en parte culpables de haber contribuido a fortalecer esos prejuicios. Hay una frase en el *Corán* que dice "Alá no ama a los agresores". ¿Quién la recuerda? ¿Quién la cita?

Le narró cómo el emperador Akhbar de la India había demostrado cuán tolerante podía llegar a ser el Islam. Lo mismo sucedió en Al Andaluz. La paz debería reinar en el corazón de los musulmanes para poder irradiarla al mundo.

—Ahora hay millones sin esa paz, porque les hierve el odio y el espíritu de venganza. Con odio y venganza sólo

282

llegan calamidades. Por eso urgen las reformas —afirmó el imam.

—El espíritu de la guerra ha vuelto a enajenarnos, nunca aprendemos —glosó Cristina.

—Le regalaré un cuento ilustrativo —propuso Zacarías para tranquilizarla—, pero antes me dirá qué la preocupa tanto. Vayamos al punto.

Ella se mordió los labios y asintió.

—Anoche pude reunir una importante información que, articulada con la de mi equipo, me alerta sobre algo que nosotros dos sospechamos cuando nos vimos por primera vez, sobre los escombros aún calientes de la embajada.

—¿Se refiere a otro probable atentado?

—Exactamente.

El imam se acomodó el gorro y sobre su rostro descendió una cortina oscura.

—¿Qué dice su intuición? —demandó Cristina—. Sabemos que la impunidad invita a repetir los delitos.

—Mi intuición se nutre de percepciones tan sutiles que... —la cortina le desdibujaba los rasgos y su voz vacilaba, afligida—. Vea, para no enredarme en palabras, le digo que tengo más miedo que antes.

—¿Por qué?

Se le insinuó una sonrisa vencida.

—Discúlpeme, pero la intuición no denuncia sus fuentes, como dicen en el periodismo... Francamente, ignoro por qué, no dispongo de un indicio concreto. Pero algo tiembla bajo nuestros pies, Iblis circula por las calles de Buenos Aires.

—¿Cuál sería su objetivo? No creo que la nueva embajada.

—Por supuesto que no.

—¿Entonces?

Se movió inquieto.

—No sé.

—¿Habrá que esperar de brazos cruzados? —se hundió los dedos en la cabellera.

El imam percibió la aflicción de la mujer en sus músculos.

—Para serenarla prometí contarle un cuento. Me ayudará a mí también.

Ella lo miró agradecida.

—Un viejo rey —dijo adoptando el tono que usan los abuelos que narran historias lejanas— quiso adornar su salón del trono con una pintura que cantase a la paz. Se presentaron muchos artistas con sus obras y al final eligió dos muy diferentes. La primera mostraba un lago quieto sobre el que se reflejaban tranquilas montañas; el cielo era limpio y alrededor del agua se extendían prados donde pacían las ovejas. Los consejeros del rey convinieron que era una perfecta alegoría de la paz. El otro cuadro también mostraba montañas, pero eran abruptas y estaban oscurecidas por la lluvia; en el cielo se quebraban relámpagos; por entre las rocas descendía una torrentosa cascada; el conjunto generaba miedo y tensión. Pero detrás de la cascada, protegido por una saliente de las rocas, había un arbusto verde sobre el que lucía un nido; del nido alzaba su cabecita un pajarito.

Zacarías sorbió su pocillo de café mientras contemplaba a Cristina para ver si ella había resuelto el enigma o captado la moraleja.

—La paz del pajarito es la paz del corazón —dijo el imam—. Por adversas que sean las condiciones externas, ella se expande desde adentro.

—Pero las condiciones externas...

—No son tan determinantes como parecen. El Islam

explica la pérdida de la paz por la intrusión en nuestras profundidades, que son las decisivas, de un ser maligno llamado Iblis. Su eficacia no está afuera, sino adentro.

—¡Vuelve a mencionar a Iblis! ¿Quién es?

Zacarías metió la mano en el bolsillo hondo y a Cristina le pareció que no sólo entraba la pequeña mano, sino el brazo entero, y hurgaba en un fondo que llegaba a los tobillos. Sacó un puñado de dátiles y los derramó sobre la mesa.

—Sírvase, son frescos. Y ayudan a pensar.

Relató brevemente que antes de aparecer el hombre, Alá había creado los ángeles y los genios. Los ángeles eran seres incorruptibles; por eso el Islam, a diferencia del cristianismo, no incluía el concepto de Lucifer o de Ángel Caído. Los genios también fueron creados de la luz, pero con algo de fuego y por eso no tienen la pureza de los ángeles.

—Iblis ¿es ángel o genio? —el nerviosismo de Cristina no daba margen a la paciencia.

—Genio. Pero escuche esto, así comprende mejor: en el *Corán* la historia de Adán y Eva empieza con la convocatoria a una asamblea de ángeles donde Alá comunica su decisión de crear un *califa*, un cuidador de la Tierra. Al enterarse los ángeles de que la nueva criatura tendría libre albedrío, dijeron que provocaría disturbios y derramaría sangre. Alá contestó que lo sabía, por supuesto, pero respondía a su plan.

—Tiene diferencias con el relato bíblico —señaló Cristina.

—Diferencias y coincidencias. Como en la *Biblia*, del polvo surgió la primera pareja y la instaló en un jardín. Eva y Adán fueron provistos de alma, libre albedrío, inteligencia, razón, adaptabilidad al medio y *fitrá*, que es la tendencia innata de buscar a Dios. Luego instruyó a Adán sobre los nombres de todas las cosas, su funcionamiento y cómo usarlas. Esto ya es distinto de la *Biblia*. Convocó a los ángeles y les pidió que explicasen cómo era la naturaleza, pero ellos no tenían elementos materiales y no pudieron responder a los misterios físicos. Entonces hizo hablar a Adán, quien les dio una espléndida lección sobre las plantas, los animales y sus diversas aplicaciones, hasta hacerles comprender que era un ser de gran valía. Dios ordenó que los ángeles se inclinasen delante del hombre en señal de admiración y lo hicieron, respetuosos. Rondaban los genios que gustaban girar en torno de los ángeles y escucharon que debían inclinarse delante de Adán. Uno de ellos, sin embargo, no lo hizo: ahí estaba Iblis. Ahí lo tiene. Entonces Dios le preguntó el motivo de su protesta. Iblis contestó sin rodeos. "Porque yo soy mejor."

Cristina sonrió con el mentón apoyado sobre los puños.

—Dios había establecido una jerarquía: el hombre era mejor que los ángeles y los ángeles, mejores que los genios. Por consiguiente, era absurda la arrogancia de Iblis. Le exigió que abandonase el jardín, donde sus celos eran inaceptables. El orgulloso genio apeló a la tolerancia que tiene Dios por los desafíos y le arrojó el guante: "Si me das tiempo, yo puedo corromper a tus preciosos humanos y al final encontrarás que la mayoría de ellos te serán infieles". Aunque Dios no necesita de demostraciones, el *Corán* dice que las acepta para que nosotros diferenciemos los errores de los aciertos. Por lo tanto, permitió a Iblis que hiciera su trabajo hasta el día del Juicio Final. Iblis se alegró y prometió atacar a los humanos por adelante y por atrás, por la izquierda y la derecha, hasta crear en ellos deseos incontrolables y estúpidas supersticiones. A partir de ese momento el nombre de Iblis cambió por el de Satán.

—Y se fue a gobernar el infierno.

—No, Satán no vive en el infierno, nadie quiere permanecer en un sitio tan atroz. Pero anda por doquier y nos susurra malos consejos, quitándonos la paz. Estimula a intrigar, mentir, matar. Quienes matan o se matan transgreden los designios de Alá. No me cansaré de repetirlo, Cristina: cancelar la vida o despreciar la vida es una insolencia imperdonable. Iblis susurra con malicia y confunde, por eso hay tanto debate, incluso entre los musulmanes.

Cristina se acarició la garganta.

—Me gustó la fábula de los dos cuadros.

—No fue casual. Allí, en ese hospital que desde aquí se ve grandioso, limpio y calmo, reina una tempestad más rabiosa que la del cuadro que finalmente eligió el rey. Adentro azota la lluvia, caen rayos y hay miedo. Un aire cargado de angustia circula por todos los rincones. Pero hay gente que logra sentirse como el pajarito feliz. Yo camino por las salas, me mezclo con los estudiantes, los médicos y las enfermeras, hablo con los pacientes, les doy la mano, les beso la frente y las mejillas, con algunos me abrazo. ¡Nos da una paz tan profunda!… Iblis debe andar furioso conmigo.

Cristina entrecerró los párpados para mirarlo con intensidad.

—¿Es usted un santo?

—No lo soy. Mi paz no es permanente, sino que la busco cada día, cada hora. La busco en ese hospital, y ahora en este bar, mientras trato de brindarle ayuda.

—Gracias.

—Usted conoce parte de mi historia y sabe que no puedo ser un santo.

—Para serle franca, nunca dejé de pensar que usted sufre, sabe que lo odian, carga fracasos, corre peligro, debe sentirse solo.

—Es así.

—Con mucha pasión anhela un Islam diferente, pero no logra que lo sigan multitudes.

—¿Quiere decir que miento cuando hablo de una mayoría silenciosa?

—Tal vez no miente, expresa deseos.

Zacarías bajó las pestañas.

—Creo que también miento. La persuasión necesita recursos que no siempre provee la verdad desnuda.

—Yo también miento —confesó Cristina—. El periodismo no es una práctica de ángeles. Lo hago por causas que considero nobles, pero cometo el delito, si se puede hablar de delito, de no importarme los medios para alcanzar ciertos fines.

—Quiere impedir otro atentado. Es un fin noble.

—¿No me habré vuelto paranoica?

El imam le acercó otro par de dátiles.

—Me parece que no. Sus sospechas son también las mías.

—¿De dónde provienen las suyas? Ayúdeme, por favor.

—No puedo denunciar en falso. Pero le aseguro que si me entero de una pista irrefutable, lo sabrá enseguida.

—¿Es una promesa?

—Es una promesa.

Capítulo 33

Horacio Dumont ingresó en el negocio de Santiago Branca, quien, al verlo, le pidió tener una reunión a solas. Subieron al noveno piso. Mientras viajaban en el ascensor el visitante se arregló el pañuelo que le asomaba por el bolsillo de la chaqueta. Ambos estaban tensos y silenciosos. La suntuosa sala ofrecía una vista melancólica sobre los edificios de la avenida Alvear. De acuerdo con el cronograma trazado hacía dos meses, Dumont debía partir otra vez la semana siguiente, pero Santiago demoraba la entrega de los pasajes debido a que había llegado a su conocimiento que Dumont también respondía a Ramón Chávez, lo cual le había creado incomodidad. Luego de la explosiva conversación mantenida en el auto de su amigo esa mañana, las razones se habían multiplicado.

Santiago Branca se hundió en el sofá y emitió un suspiro. Eructó las aspirinas que venía tomando desde la madrugada.

—Se han complicado las cosas —dijo—. El horno no está para bollos, Horacio. Ahora necesito que me cuente de nuevo, con la misma franqueza que yo lo hago, cómo son sus relaciones con la SIDE y qué le confesó a la Tíbori.

Dumont pasó por varios estados anímicos: sorpresa, duda, intranquilidad.

—Usted lo sabe —respondió.

—No todo.

—Se lo dije apenas vine, no podía comentárselo desde Francfort. Su amigo del alma me pidió que cambiara el vuelo.

—"Amigo del alma"… —repitió Santiago.

—¿Cómo dice?

—Nada, nada, continúe.

—Sí, dije amigo del alma porque usted mismo me contó sobre su apoyo incondicional. Pero me parece que se guardan recíprocos secretos. Lo ignoraba, disculpe. A mí me viene bien la guita que me pasa por cosas bastante chicas, datos que recojo por ahí.

—¿Y con la Tíbori? ¿Qué pasó con ella?

—Pero Santiago, ¿ya se le olvidó? Lo hice por usted.

Santiago Branca carraspeó.

—Lo hice por usted —insistió—, para confundirla. Usted habló por demás, había que mezclar la fichas.

—Pero le contó sobre el cambio de vuelo y la presencia de unos jóvenes árabes en clase ejecutiva.

—Era lo que ella quería escuchar. Se le enrojeció la cara y alzó las cejas. Como si le hubiese pasado una noticia sensacional. Fue apenas una conjetura. Qué sé yo, tal vez esos muchachos eran hijos de algún emir del Golfo que venían a esquiar en Bariloche.

—Mencionó a la SIDE.

—Para frenarla. ¡Ya se lo expliqué, Santiago! Cuando aquí se dice SIDE la gente capta el mensaje: hay que dejarse de joder. Y tuve éxito, claro que sí. ¿Acaso habló en algún sitio del tema? ¿trascendió algo?

Branca se puso de pie. La mancha de su mejilla tenía el color púrpura de los hematomas. Le puso una mano sobre el hombro.

—Horacio, quiero pedirle que no vuelva a decir una

palabra sobre mis relaciones con Chávez y que niegue haber recibido una orden para cambiar de vuelo.

Horacio Dumont bajó la cabeza y antes de salir le comentó que iba a un restaurante de la Recoleta para almorzar con un colaborador de Chávez. No quería que se enterase por terceros y supusiera que era un traidor.

—¿Quién es?

—Ricardo Salgán. Me llamó temprano para reunirse conmigo a solas. Por su tono, creo que anda en apuros y busca consejo.

Santiago Branca se enderezó como resorte.

—Está bien, vaya nomás —concedió Branca—. Usted trabaja a varias puntas, pero no olvide la mía. ¿Me entiende?

Lo acompañó hasta el ascensor y le palmeó la espalda:

—Confío en usted. Avíseme si algo me involucra —insistió.

Horacio Dumont llegó a la planta baja, se arregló el pañuelo de la chaqueta delante de un espejo, saludó a los empleados, miró el sector de opalinas y salió a la calle. Levantó el cuello del sobretodo y se dirigió presuroso a la avenida Quintana. En el costado de las veredas los canteros de flores invernales lucían al débil sol su resistencia a las escarchas. Dobló en Junín e ingresó en el restaurante Munich. Sentado a una mesa, lo esperaba Ricardo Salgán; sobresalía por su estatura, pero no tenía puestos sus habituales anteojos de sol, se había afeitado el bigote y el pelo dejaba caer unos mechones que ablandaban la dureza de sus cerradas cejas.

—¿Nuevo *look*? —sonrió mientras le estrechaba la mano.

De la boca de Salgán brotó una rancia nube de alcohol. Sus ojos estaban inyectados, rojas la nariz y las mejillas.

No intentó levantarse; estaba tan ebrio como si hubiese consumido un barril. Dumont se desconcertó y pensó en mandarse a mudar.

—Hoy —tartajeó Salgan apenas Dumont, dubitativo, tomó asiento frente a él—, es un día de ésos. ¿Qué quiere comer?

—¿Está muy apurado?

—La verdad que sí. Pero hace tiempo que nos veníamos prometiendo este almuerzo y no lo quise suspender —hipó—. Sonaría a excusa, falsa excusa. Hoy es un día espe...cial.

—Aprecio su gesto. ¿Por qué es un día especial?

—¿Ordenamos primero la comida? Aunque no tengo hambre.

—Para mí, el clásico revuelto Gramajo —dijo Dumont al mozo, que depositaba la bandeja de panes y un platito con trozos de manteca.

—Carré de cerdo con, ¿cómo se dice? con puré de manzanas —indicó Ricardo Salgán luego de mirar las móviles líneas de su menú—. Y cerveza tirada, tengo sed.

—Dos cervezas, entonces —accedió Dumont.

Cuando quedaron solos, los ojitos del contrabandista reclamaron la respuesta suspendida en el aire. Su interlocutor puso con tropeza la rebanada de pan negro sobre su plato y comenzó a untarla. Inclinaba la cabeza hacia un lado y otro para mejorar su visión.

—Sí, es un día muy especial porque... —dijo al fin—. Ando entusiasmado, ¿sabe? Sin mi concurso, no sería un día especial. ¿Alguna vez escribió letras de tango? Qué va a escribir. Yo tampoco, pero ahora soy el autor de una letra que cantarán muchos. Duele, duele —se llevó la mano al pecho— que nadie sepa quién la escribió. Es como regalar una obra de arte; usted conoce de arte.

—¿Qué clase de letra, Ricardo? —lo apuró.

—Sin letra, ¿qué se canta? Se puede tararear, pero cantar, no.

—Francamente —Horacio Dumont eligió un grisín y lo quebró ruidosamente—, no entiendo. Sea más claro.

Salgán mordió su pan y lo masticó con el lado derecho de la boca, agresivo. Con una pequeña miga en los labios, dejó salir una frase extraña:

—Ayudé en la compra de una Trafic, usted lo sabe, yo mismo se lo conté —su entonación era tanguera, como si fuese el verso de una canción.

—¿Cómo sigue la letra?

—Esta tarde —tragó y se dispuso a dar otro mordisco—, esta tarde, esta tarde… No, no, suena mejor antes de empezar la noche —levantó el cuchillo como batuta—, a eso de las siete, o siete y cuarto, ¡qué carajo importa la hora!, la Trafic, la Trafic dará que hablar. Y yo iré a cagar. ¡Chan, chan! ¿Le gusta la letra?

Dumont se movió inquieto, el borracho comenzaba a soltarle una revelación importante.

Llegó el mozo con las jarras de cerveza. Las empuñaron, las entrechocaron y bebieron un sorbo.

—Dará que hablar —tanteó Dumont—. ¿Por qué no me dice todo?

—Porque me harán mierda, Horacio —su voz fue interrumpida por la súbita amenaza del llanto.

—Soy su amigo.

—Sí, claro. Por eso le pedí que nos reuniéramos acá. Usted es un buen amigo, es mi amigo, ¿no? Amigo en serio, como los de antes. ¡La puta! tanto coraje y tengo ganas de llorar como una mujer.

—Cuénteme.

—Me harán mierda, en serio. Pero yo sólo ayudé a

293

comprar la Trafic, nada más. Le juro que nada más. Esos hijos de puta, sin embargo. No, no puedo contarle.

—Sí que puede. Para eso estamos aquí. Dígamelo al oído —se incorporó un tanto para acercarle la cabeza, y dejó de respirar para que no lo voltease la nube de alcohol.

—Es que son, son... sospechas.

—¿Sólo sospechas? ¡Dígamelas!

—Escucho todo en mi trabajo, todo. Pero en las últimas semanas mi jefe anda mal, me habla enojado. No me quejo, soy un perro fiel, por eso me quiere. Usted también me quiere —le apretó la muñeca.

—Por supuesto.

—Anda enojado mi jefe. Eso es algo, ¿cómo decir? algo... ¡Pero si usted lo conoce tan bien como yo!

—Casi nada, sólo hago trabajos *free lance*.

—En nuestro mundo, Horacio, alcanzan los indicios. ¡Usted lo conoce! —le agitó el índice mientras hacía una mueca sobradora.

—Entonces.

—Entonces sospecho, pero sospecho mucho, que la Trafic que he ayudado a comprar y modificar... —se detuvo.

Dumont tenía clavadas las pupilas en él.

—Esa Trafic —movió otra vez el cuchillo en el aire, pero no para dirigir música, sino para encontrar las palabras.

—Dígalo.

—Esa Trafic va a ser cargada con amonal. ¿Sabe qué carajo es? Bueno, le dije toda la letra. —Hacía fuerza para no soltar el llanto.

—¿Me está hablando de otro atentado? —casi se incorpora.

Ricardo Salgán cruzó el índice.

—¡Shhhht...!

Dumont acercó más su cabeza a la de Salgán.

—¿Cuál es el objetivo?

Salgán alzó de nuevo la jarra, bebió otro sorbo y también se inclinó hacia delante.

—No estoy seguro. Pero mire, Horacio, si lo hacen, van a morir por lo menos quinientos tipos.

—¡Qué me está diciendo!

—Tendré que borrarme del país. No será moco de pavo. Quinientos muertos, ¿se da cuenta? No me van a alcanzar quinientas vidas para... para... pudrirme en la cárcel.

—¡Es espantoso!

—Y yo estoy cagado de miedo —le volvió a comprimir la muñeca—. ¡Qué hago! Ayúdeme.

—Dígame qué más sabe, Ricardo. Qué atacarán.

—No... no...

—Ya me dijo que hoy, a las siete. Pero dónde.

—No sé, sospecho que volarán una institución judía. ¡Mi Dios! Será peor que lo de la embajada.

—¿Qué institución? Vamos, no se achique, dígame.

—La más grande. No estoy seguro, pero la más grande. Creo que Hebraica.

Dos segundos después el mozo depositaba el humeante revuelto Gramajo y el carré de cerdo con puré de manzanas. Dumont miró su plato sin interés.

—¿Qué harán para impedirlo?

—¿Impe...? ¡Ja, ja,ja! —su mano torpe arrojó los cubiertos al piso.

—Pero —Dumont aumentó la sordina—, me pregunto si en la SIDE aceptan que se lleve a cabo semejante masacre.

—La SIDE es una vizcachera. Unos desconfían de otros, unos desprecian a otros. Y a mí me harán mierda. ¿Supone que el Señor 5 tiene idea de lo que se mueve por debajo de su propio escritorio?

—Chávez…

—¡Shhht! No haga nombres, por favor. Nuestro jefe, el que acaba de citar, no está arriba de todo, pero tiene la confianza de arriba. Por eso es jefe, uno de los importantes.

—Me ha espantado —confesó Dumont al borde del agotamiento.

Ricardo Salgán volvió a apretarle la muñeca, pero esta vez con tanta fuerza que casi lo hizo gritar.

—¡No se ponga sentimental! —gruñó con repentina fortaleza—. Está temblando como un viejo chocho. Usted debe ayudarme a mí. Le he confesado un gran secreto, seguro de que tenía coraje. ¡Mantenga el coraje, entonces! Lo que pasará al final no le concierne. ¡Ayúdeme…! —soltó el llanto.

Dumont llamó al mozo, explicó que su amigo no se sentía bien porque había muerto un pariente, y que se iban. El mozo se deshizo en buenos deseos, mientras cobraba la cuenta que pagó Dumont.

Llevó a Ricardo Salgán hasta la parada de taxis, lo despachó a su casa y él caminó a ciegas, ensimismado, hasta su departamento en avenida Las Heras. Se sirvió una copa de Drambuie y se hundió en un sillón del living, cercano a la ventana por donde ingresaba un haz de luz. Miró el cielorraso estucado, del que pendía una araña de estilo vienés. En su vida se había enterado de muchos acontecimientos que helaban la sangre, pero el que iba a suceder dentro de pocas horas excedía todo el resto. Elucubró qué correspondía hacer. ¿Hablar con Ramón Chávez para que detuviera la catástrofe? ¿Hacer una denuncia policial? ¿Contarle a un periodista? ¿Llamar a una radio en forma anónima? No, no. A lo mejor las sospechas de Salgán eran producto de los delirios que nacían en ámbitos insalubres como la SIDE; la paranoia energiza a los espías.

Pero desde la madrugada se la pasó tomando whisky, estaba seguro de lo que se avecinaba y no podía soportar la presión de su angustia.

Se durmió sobre el sillón. Tuvo una siesta agitada y despertó con la boca seca. Fue a lavarse los dientes, la cara, el cuello. Un peso enorme le aplastaba los hombros. Caminaba arrastrando los pies, como si hubiese envejecido más aún. Se miró en el espejo interrogativamente. Tenía que hacer algo, pero no sabía qué: sus ocurrencias caían unas tras otras, por ingenuas o por suicidas. Salió a caminar. Estaba sentado en un café, mirando a los demás parroquianos, cuando averiguó la hora. Se sobresaltó: eran las cinco y media. No faltaba mucho para que la ciudad fuese sacudida por la bomba. Pagó y retornó al negocio de antigüedades. Recordó que Santiago Branca estaba en la mira acusadora de Cristina Tíbori y esta información podía servir para matar dos pájaros de un tiro: impedir la catástrofe y limpiar el prontuario de Branca.

Pero Branca no estaba, había salido a realizar un trámite. Dumont decidió esperarlo; a cada instante miraba la hora. Pronto serían las seis de la tarde. El empleado se percató de la palidez de su rostro y le preguntó si no se sentía bien.

—Estoy bien. Un poco impaciente. ¿Tardará mucho?

—Creo que no, tiene que cerrar algunas cosas aquí, así que vendrá, seguro —intentó calmarlo—. ¿Le hago servir un café?

—Sí, gracias. Me va a venir bien.

El café y Santiago llegaron juntos. Éste se asombró de verlo.

—¿Ocurre algo, Horacio?

Dumont bebió el pocillo y le hizo señas de ir al noveno piso.

Apenas ingresaron en el cálido despacho y cerraron la puerta, antes de sentarse, Dumont descargó su peso.

—Hay fundadas sospechas de que al final de esta tarde harán volar Hebraica.

—¡Cómo! —Branca contrajo la frente y lo llevó del brazo hacia un sofá.

—Estuve dando vueltas con este dato sin saber qué hacer. Acaba de ocurrírseme que le puede ser muy útil.

—No entiendo.

—¿No quiere congraciarse con la Tíbori?

El rostro de Santiago Branca se iluminó. Ató cabos sueltos con la velocidad de un relámpago.

—Cuénteme más. Quién le dijo esto.

Horacio Dumont lo tomó de las solapas y habló en tono de súplica.

—Me pondrán una pistola en la cabeza si le digo más. Limítese a contarle que escuchó estas sospechas, que las escuchó por casualidad en la vereda, y que no sabe nada más. Pero que cumple con su deber de trasmitirlas. Usted quedará bien y, en una de ésas, se evitará una tragedia.

Dumont bajó la vista. Era un hombre a punto de caer de bruces por la tensión acumulada. Santiago miró el desorden que había en su cabello y en su ropa; su aspecto era más elocuente que sus palabras. La sospecha que tenía era convicción. Fue al teléfono y pidió hablar con Cristina Tíbori. Debió aclararse la voz, porque le salía un falsete arenoso. De todos modos esa voz, como el aspecto de Dumont, tenían más verosimilitud que cualquier argumento.

Cristina lo escuchó en silencio, aunque al principio supuso que le gastaba una broma. Frente a ella se encontraba Esteban, que advirtió cómo por su rostro corría una racha de fuego; la miró interrogante y ella le hizo señas para que levantase el otro tubo del teléfono, así escuchaba también. Cristina se acarició la frente súbitamente acalorada y le formuló preguntas, las más serenas que podía emitir. Santiago Branca confesó su impotencia, no se las podía contestar; se limitaba a repetir la versión propuesta por Horacio. Dijo una y otra vez, con la misma deformada voz, que lo había escuchado en la calle, en la vereda, ni siquiera podía identificar quién lo dijo, porque circulaba mucha gente. Pero era grave y quería hacerle este favor a Cristina, a la sociedad, pero en especial a Cristina, para demostrarle que no era tan mal sujeto como ella se empeñaba en creer.

—¿Por qué me avisás a mí? ¿Por qué precisamente a mí?

—Porque se... se me... ocurrió —tartamudeó Santiago Branca—, tenés mejores medios para hacer algo. O porque recuerdo que una vez dijiste en una audición que era posible un segundo atentado.

Ella procesaba las palabras con angustia y miró a Esteban, que le dio a entender su certeza de que no lograría más datos por teléfono. Antes de cortar volvió a agradecerle la información y su confianza. Su corazón le dictaba que, aunque era difícil de creer, ese delincuente le había trasmitido una verdad.

Santiago se dejó caer en el sofá enfrentado al de Dumont. Ambos se miraron con fatiga.

—¡Bueno, hice lo que pude, carajo!

Cristina Tíbori también se dejó caer sobre su sillón rojo, introdujo los dedos bajo su pelo y se frotó la nuca. Miró la hora: demasiado tarde para soñar con un encuentro personal con Fidel Juárez o el ministro del Interior. Telefoneó al número directo del Señor 5. Se esforzó en usar un tono tranquilo. La secretaria dudó en pasarle la comunicación, era su último filtro; pero Cristina la amenazó con informar esa misma noche, en el noticiero, que la secretaria había impedido que trasmitiese al jefe de la SIDE un dato que comprometía la seguridad nacional. En dos segundos Fidel Juárez estaba sobre la línea.

—¿Qué ocurre?

Mientras ella le explicaba, Esteban escribía una nota que puso bajo sus ojos:

"Me disfrazo de Ibrahim Kassem y corro a lo de Branca. Tal vez le saque más datos. Te amo". Voló hacia su casa, buscó el discreto almohadón que le ensanchaba el abdomen, la dentadura postiza, la barba, el bigote y la peluca. Puso cuidado en fijarlos con arte. Luego se sentó frente al espejo y utilizó la batería cosmética que le había recomendado Ivonne para que su aspecto no tuviese fallas. Extrajo su celular y llamó al de Santiago.

—¡Mi querido amigo! —exclamó con fuerte y alegre acento árabe—. Estoy de regreso en esta hermosa ciudad. Tengo que verlo enseguida... Sí, sí, llegué hoy. ¿Que no puede ahora? ¡Pero he traído algo importante! Por favor... Me espera un remís en la puerta. Estaré llegando en quince minutos. Bueno, veinte. Iré directamente a su negocio. Me encanta el pisito... ¿número? Ah, sí, número nueve. Ahí charlemos. Hágame preparar ese cóctel de la última vez.

Fidel Juárez escuchó a Cristina con sorpresa y escepticismo.

—Tengo la mejor buena voluntad, pero compréndame, Cristina —suspiró—. Soy el jefe de la SIDE y no puedo cometer un papelón. A mí no me ha llegado nada. Lo que a usted le dijeron puede haber sido un error de escucha, alguien que contaba una novela.

—Mire, doctor, si se produce la voladura de la Hebraica, yo lo denunciaré a usted por negligencia o por cómplice de la masacre. Estoy grabando esta conversación.

El Señor 5 se atragantó con saliva. Empezó a toser.

—Disculpe —pudo decir, convencido de que esta mujer cumpliría su amenaza—. Está bien, me arriesgaré al papelón.

—¿Qué hará?

—Grabe también esto: ya mismo aviso al comandante de la Gendarmería y al ministerio del Interior. Pongo la maquinaria en acción, ellos también serán responsables si no participan.

—Perfecto, gracias.

El comandante de la Gendarmería y el ministro del Interior fueron todavía más incrédulos que Juárez. Como si se hubiesen puesto de acuerdo dijeron que esa denuncia se parecía a las amenazas que llegaban por docenas a las telefonistas de varias instituciones judías, pero que jamás pasaron de eso. De todas formas, el comandante destacaría algunos gendarmes en los alrededores de la Hebraica y el ministro le diría al jefe de la Policía Federal que hiciera lo mismo con sus agentes.

El Señor 5 llamó entonces a media docena de colaboradores y los puso al tanto de la situación. El encuentro duró tres minutos y cada uno partió hacia su respectiva oficina para recabar datos. Ramón Chávez pidió que le trajesen los resúmenes de las últimas conversaciones de treinta y siete personas que tenían sus teléfonos intervenidos. Había ministros, diputados, embajadores, periodistas y gente de la farándula. Miró los papeles con resúmenes precisos. La hoja destinada a Santiago Branca lo hizo parpadear: hacía quince minutos había telefoneado a Cristina Tíbori para informarle sobre el atentado a Hebraica. "¡Grandísimo hijo de puta, buchón de mierda!" Y eso que le previno. Releyó la hoja y empezaron a temblarle las manos.

—Te habías convertido en un sorete —pensó—. Pero nunca imaginé que llegarías tan bajo. ¡Sos un pelotudo a la décima potencia!

Mantuvo la hoja entre sus dedos contraídos. Debía hacer algo sin pérdida de tiempo, tal vez indicarle a Tabbani que acelerase los tiempos, que se adelantase a la Gendermería y la Federal.

Sonó el teléfono en la casa del imam Zacarías Najaf.

—Soy Cristina —dijo, sin importarle que los servicios la estuviesen controlando—. Su intuición fue correcta, ¡quieren hacer volar la Hebraica!

Del otro lado de la línea hubo un silencio cargado de significado.

—Hoy mismo quieren hacerlo. Dentro de un rato, tal vez enseguida, no sé. Ya advertí a cuantos pude.

CAPÍTULO 34

Dos autos de la embajada de Irán recogieron a Dawud, Hussein, Rudhollah y Sayyid. Marcharon a prudente distancia uno del otro. Sus equipajes estaban guardados en el baúl y en el bolsillo tenían los pasajes para tomar los vuelos de esa noche hacia el exterior. Dawud era el único diferente: vestía el mismo jean de la mañana, camisa gris y campera de cuero, llevaba un ejemplar del *Corán* en una mano y la vincha del Hezbolá en la otra. En menos de una hora volaría al Paraíso, conducido por las tiernas manos de los ángeles. Sería un privilegiado rumbo a la gloria de Alá.

Había empezado el crepúsculo. Algunas nubes manifestaban indecisión y mantenían un leve carmesí, mientras otras se abandonaban al morado de los hematomas. Un ocre sucio, propio del herrumbe que afecta a los metales y las almas degeneradas, se interponía entre las áreas rojas de ese cielo expectante. Dawud se sentía lúcido y exaltado, con la disimulada aceleración respiratoria que se desencadena ante la magia del peligro.

Cerró los párpados y evocó las banderas de Beirut.

Celebraban triunfos del Hezbolá imbatible. Recordaba cómo el tumultuoso desfile enfervorizaba a miles de personas. Aullaban y saltaban. Las mujeres aparecían con chador y los hombres con vinchas negras. Por sobre las cabezas bramaban las Kalashnikov y los puñales desenvainados. Balanceaban los retratos del ayatolá Jomeini y fotos de los mártires que se habían ofrendado para matar americanos, franceses, italianos y judíos. Las bocas escupían insultos y los ojos ardían de odio. Entre la masa de cuerpos avanzaban también grandes camiones; a sus cajas, techos y guardabarros trepaban jóvenes con los puños en alto. Cada persona —hombre, mujer, niño— dejaba de considerarse individuo para convertirse en una dorada partícula de Alá. El gozo rompía las costuras del alma, nadie quería que el deleite acabase. Por eso insistían en gritar, blandir armas, desplegar banderas, levantar retratos y estremecer el cielo con ansias que les nacían en las vísceras. Su júbilo aumentaba al imaginar el miedo que producían en los enemigos. Cámaras ubicadas en diversos ángulos registraban y difundían la manifestación en el Líbano, en los países árabes, en el mundo. Conformaban una legión irrefrenable, más arrasadora que una pesadilla, capaz de transformar en polvo ejércitos enteros.

El tránsito se complicaba en el centro de Buenos Aires, pero en un sentido opuesto a la dirección en que marchaban los vehículos de la embajada. Hussein a su lado, y Omar Azadegh junto al chofer, recitaban párrafos del *Corán*. Navegaban en un barco celestial por entre las luces de otra galaxia.

En el cruce de las calles Bartolomé Mitre y Gascón el primer auto se detuvo junto al cordón de la vereda. Veinte metros más atrás logró estacionar el segundo. Los pasajeros mantenían abiertos los ojos ante cualquier interferencia. Omar Azadegh caminó con Dawud hacia el modesto estacionamiento privado que estaba enfrente. Seis minutos más tarde regresaba solo a su auto, el segundo, que retomó la marcha para escoltar la salida del estacionamiento. En ese instante apareció la camioneta Trafic conducida por Dawud. Siguieron a lo largo de Bartolomé Mitre rumbo al centro. Los dos vehículos de la embajada se instalaron por delante y por detrás para custodiarla con celo e impedir que alguien rozara antes de tiempo su estructura cargada de explosivos.

Dawud tenía otro ejemplar del *Corán* en el bolsillo superior de la camisa, junto al corazón, y llevaba en su campera la negra vincha del Hezbolá. Sus labios murmuraban oraciones mientras en su mente giraban ardorosas ideas. Varios ángeles se ocuparían de recoger hasta el más diminuto de sus trozos corporales, mientras otros acariciarían su alma y la pondrían cerca de los segmentos quemados. Su alma podría ver todo lo que sucedía en la tierra, quiénes lloraban, quiénes reían, qué comentaban. Podría gozar el espectáculo de los homenajes que le brindarían en varias partes del mundo, especialmente en Beirut. Grupos de fieles admirados rezarían por él, hablarían de él, mostrarían su retrato y habría sesiones en escuelas y centros culturales donde se exhibiría el video que había filmado en el hotel. Tanto reconocimiento lo conmovía hasta las lágrimas.

Su alma sería envuelta en sedosas y aromáticas mortajas del Paraíso, y luego conducida por los espacios hasta el trono de Alá. Los heraldos anunciarían con solemnidad quién era Dawud Habbif y una maravillosa voz ordenaría que inscribieran su nombre para que ingresara al Paraíso luego del Juicio. Entonces su alma sería trasladada hacia la tumba excepcional que los ángeles labran en un sitio del universo para los mártires que se pulverizan, porque alma y restos mortales deben permanecer próximos en el tiempo de espera. Espera que nunca es tediosa para los amados de Alá: dormiría plácidamente, con frecuentes y agradables visiones. Por su calidad de *shahid* estaría libre, por toda la eternidad, de las penosas torturas de la tumba que carcomen a los pecadores.

Miró a los costados y corroboró que le faltaban escasas manzanas para llegar a la culminación de su destino. Palpó el *Corán* junto a su pecho y la vincha en el bolsillo de la campera. Con decisión impactaría su Trafic en la puerta principal del edificio y se remontaría hacia las estrellas en millones de partículas. El estallido sería como la erupción de un volcán. Recordó más enseñanzas en ese momento, que le venían en tropel. Cuando llegue el día del Juicio Final, pese a que ya estaba inscripto para ingresar en el Paraíso, debería conocer los horrores del infierno, porque cada hombre y mujer, incluso los más puros, tendrá que sentir pánico frente al sitio donde son enviados los desobedientes de Alá. Llamaradas de kilómetros de altura harían saltar por los aires gigantescos tizones. El calor insoportable aterrorizaría al más valiente. Nadie dejaría de reconocer que Alá decía verdad cuando prometió castigar a los malvados. Ante los ojos de Dawud, filas de ángeles arrojarían en ese agujero interminable y espantoso a los autores de crímenes abominables mientras el resto, compuesto por culpables menores, debería sufrir una jornada espeluznante sobre el puente *Sirat*, que atraviesa en arco el infierno y termina junto a las puertas del Paraíso. El puente sería fino como la hoja de una navaja y aserrado con agujas que dificultarían la marcha. Los profetas y los seres justos se desplazarían invictos sobre su superficie como si fuese un resguardado tobogán. Los injustos caerían al abismo y, si tuvieran algún mérito, conseguirían llegar, deshechos, a las anheladas puertas.

Se acercaban a la avenida Pueyrredón. En no más de diez minutos doblaría por Junín y tomaría Sarmiento, la calle de la Hebraica. Produciría medio millar de muertos y muchos más heridos. Habrá gente que perderá un brazo o una pierna, en el mejor de los casos. Le habían enseñado que diecinueve ángeles patru-

llarán los bordes del infierno, para que nadie logre escapar. El fuego será setenta veces más caliente que el de la tierra. En el orfanato uno de sus severos maestros parecía haberlo visto personalmente, por la energía de sus descripciones; en sus clases se le agrandaban los ojos y le sobresalían los dientes. Sus brazos agitaban las mangas del albornoz para ilustrar las impresionantes montañas de carbón encendido. Sus dedos se curvaban para imitar los colmillos de las serpientes y los garfios de los escorpiones que picarían a los condenados. Se tironeaba de la túnica y decía que los pecadores vestirían ropas de brea ardiente. Se señalaba los labios y aseguraba que beberían aceite hirviendo. Sacaba la lengua y decía que morderían frutas llenas de espinas. Cuando el cuerpo les quedara destruido, nuevos músculos y piel sensible se materializaría sobre sus quemados restos para que volvieran a padecer bajo los peines de acero al rojo que les roturarían la piel como si arasen la tierra.

A pocos metros de la colmada avenida Pueyrredón sonó el celular de Omar Azadegh. Era Hassem Tabbani que, a los gritos, ordenaba abortar la operación.

El aparato casi le saltó de la mano.

Resultaba difícil entenderlo, porque no parecía su voz, siempre clara y rotunda. Estaba fuera de control, desesperado. Dijo atropelladamente que la Gendarmería y la Policía Federal ya habían comenzado a rodear la Hebraica. Alguien filtró la noticia. Hay traidores en nuestras filas o entre nuestros amigos. ¿Me escucha, Omar? ¿Me entiende? ¡Regresen de inmediato! ¡Regresen antes de que los descubran!

—Pero… —titubeó Omar Azadegh, que no lograba acomodar sus neuronas.

—¡Nada de peros! ¡Obedezca! ¡Regresen y escondan la Trafic!

—Sí… sí…

¿Cómo le avisaba a Dawud, que no tenía un celular y estaba ensimismado con las frases del *Corán* que se recitan antes del martirio? La camioneta avanzaba a buen ritmo, precedida por el otro auto de la embajada. Abrió la ventanilla y sacó el brazo para indicarle que se arrimase al cordón de la vereda; tal vez Dawud echaba de vez en cuando una ojeada al espejo retrovisor. Nada, seguía como si nada. ¡Qué hacer! Llamó al celular del auto que iba delante para trasmitirle la inesperada orden y obligara a Dawud a frenar. Hubo un largo minuto de confusión hasta que consiguieron hacerlo detenerse en doble fila. Omar bajó como un rayo y voló hacia la ventanilla del mártir viviente, quien lo miraba con ojos que ya no parecían humanos. Tuvo que apretarle fuerte las muñecas para hacerle comprender que no era posible atravesar las barricadas tendidas por los agentes de la Policía Federal y la Gendarmería. Debían regresar. Quedaba abortado el Plan A, pero existía la alternativa de un Plan B y un Plan C.

Dawud lo miró con desconfianza, no toleraba las contraórdenes. Finalmente Omar Azadegh tuvo que invocar a Mohammed Nasserhalá, quien desde Beirut indicó que el operativo sería realizado otro día, bajo condiciones que permitieran su éxito.

Sonaban las bocinas de los vehículos que empezaron a aglomerarse detrás de ellos. Omar impartió directivas cortantes al primer auto y encareció a Dawud que lo siguiese. Doblarían en la próxima cuadra para reingresar la Trafic en su escondite. Tenían que apurarse antes de que fuesen identificados.

Capítulo 35

Zacarías Najaf telefoneó a Cristina.

—Ah, es usted. Qué bueno escucharlo.

—Estoy viendo el programa al que me invitó. Aprovecho la tanda publicitaria para hablarle. Cuando grabamos, creí que había hablado de más, ahora me parece que fue de menos.

—Por qué —lanzó una breve risita.

—Por lo que iba a ocurrir esta tarde y que, por lo visto, no ocurrió.

—Es verdad, es un gran alivio. Nos movemos en una oscuridad angustiante, pero tengo la certeza de que conseguimos evitar una catástrofe. ¿Opina lo mismo?

—¿Se lo pregunta a mi intuición? Usted la valora más que yo mismo —devolvió la risita—. Pero esa intuición me dice que, en efecto, sucedió algo maravilloso. En lugar de lamentar un atentado, ahora disfrutamos de un programa esclarecedor.

—Aquí me acompaña Esteban, que pide le mande sus saludos. Abrió una botella de champán. ¿Sabe por qué? Porque corroboró que ¡era cierto que iba a producirse el atentado! ¡Conseguimos abortarlo, mi querido imam! La Federal y la Gendarmería destacaron agentes para disuadir al comando. ¡Y lo disuadió! Esos operativos se hacen en el momento y lugar programados; si fallan, son desplazados a otro sitio, del que no se sospeche. No creo que

309

puedan apresarlo; ésa es la pena. Debe de tener demasiadas simpatías locales.

—¿A qué se debe que Esteban esté tan seguro?

—A sus artes de actor. Le tiró de la lengua a una persona que había recibido la noticia de una fuente directa.

—¡No me diga! Se me ponen los pelos de punta. *¡Allahu akbar!*

—Dios es grande, estoy de acuerdo. Y estoy feliz.

—¿Sabe qué se me ocurre? —murmuró el clérigo—. Decirle que el malestar de esta mañana se lo había mandado el Señor para convertirla en heroína. Hoy es un día de gloria para usted, salvó vidas creadas por Alá. Ha hecho un bien inmenso. Se ha ganado el Paraíso. Se lo agradezco como hombre de fe y como musulmán practicante. Ese crimen hubiera sido otra mancha para mi fe. Ya tenemos demasiadas.

—Lástima que este triunfo de la vida no se pueda publicitar con la misma parafernalia que la explosión de una bomba.

—Lástima, es cierto. Pero así son las cosas, el mal tiene mejor prensa.

Dawud fue devuelto al domicilio transitorio donde había pensado no volver jamás. Por sus venas circulaba la arenisca de una frustración insoportable. Omar Azadegh le rogó que hiciera el máximo esfuerzo para mantener la calma y no traicionarse, porque era un *shahid al jai* y su misión iba a culminar en los próximos días, seguramente.

Ingresó a su modesta habitación y se tendió en la cama. Palpó el *Corán* y la vincha negra, que debían sentirse tan frustrados como él. En ese instante el libro, la tela y él mismo hubieron debido convertirse en un polvo de oro que se desplazaba veloz hacia las alturas. Pero eran materia orgánica destinada a pudrirse. Se quedó mirando el cielorraso. Por su mente desfilaron los episodios vividos desde que recibió la comunicación de dirigirse a Francfort. Una hora más tarde le avisaron por teléfono, con frases en código, que pasarían a buscarlo nuevamente. Otra vez cambiaría de domicilio; nunca es suficiente lo que se haga para confundir a los perros de Satán.

Lo llevaron a un hotel ubicado en la zona de Constitución, al otro lado de la ciudad. Allí se alojaban inmigrantes provenientes de Perú, Paraguay y Bolivia. Era más fácil pasar inadvertido en el trajín con olor a fritanga latinoamericana que en las zonas de carácter europeo. El hotel se llamaba Santa Isabel y era de dos estrellas. Lo llevaron a su habitación, donde ya esperaban Sayyid, Rudhollah y Hussein con instrucciones de brindar al mártir viviente una intensa apoyatura espiritual. El cuarto era estrecho y tuvieron que correr la cama, las mesitas de luz y un pequeño sillón para hacerse lugar. Compartirían la última plegaria de ese día atravesado por inesperados cambios de rumbo.

El comando se despojó de las ataduras terrenales y oró con unción apasionada. Los cuatro estaban llenos de punzadas y de amarguras. Era arduo remontar la frustración.

Después se sirvieron té con galletas dulces y hablaron sobre los padecimientos que proveen de virtudes adicionales al martirio. Cada uno se esmeró en evocar lecciones aprendidas o glosar sermones que calaban hondo; la conversación salpicada de citas solemnes los ayudaría a transitar esa difícil circunstancia.

Al dejarlos en el hotel, Omar Azadegh les había informado que durante cuarenta y ocho horas debían permanecer encerrados, como si ensayasen la vida en la tumba. Recibirían los alimentos en sus cuartos y sólo podían reunirse en alguno de ellos, sin siquiera asomarse al lobby. Para soldados experimentados no era la peor de las pruebas. El lunes 18 recibirán nuevas órdenes, los jefes no cesaban de estudiar su situación y ellos debían estar listos para reanudar el combate.

Chávez caminaba en torno a la mesa del living con su copa en la mano. Bebía y gruñía. Tanto se había asomado a la cornisa que el abismo empezaba a tironearlo con la fuerza de un magneto. Su carrera se había desarrollado en forma impecable hasta hacía unas horas, al extremo de que su fallecido tutor no tendría palabras para expresarle la dicha que embargaba su pecho: lo había rescatado de la miseria, lo hizo estudiar con ahínco, lo apuntaló en cuanta oportunidad se presentaba con una generosidad que no era de este mundo y se ocupó de hacerlo ingresar en la SIDE. Consiguió que, como si fuera una parte de él mismo, llegase a las cumbres que le estaban vedadas por su precaria educación. En la SIDE escaló posiciones y ganó dinero extra gracias a poderosos contactos. Pero no se cuidó bastante. Como decían por ahí, lo quemaba la voracidad. Tendría que haber sido más desconfiado: esos iraníes de mierda resultaban ser más calculadores y miedosos de lo que uno podía suponer. Bastó que unos cuantos agentes de la Federal y la Gendarmería saliesen a rondar por la Hebraica para que metieran violín en bolsa, más veloces que ratas en pánico.

Encendió el televisor y casi arrojó su vaso contra la pantalla al ver aparecer a Cristina Tíbori y el imam Zacarías Najaf. Tenían el descaro de meterse en su casa. Se dio cuenta de que era un programa grabado hacía uno o dos días, pero él lo masticaba como si fuese en vivo y estuviera dedicado a él, para burlarse. El alto nivel del debate le sonaba a insulto, a carcajada. Lucían victoriosos, seguros, displicentes.

—¡Hijos de la gran puta! —rugió.

Vació el vaso de un golpe, para que el whisky quemara su garganta como hubiera querido quemar a esos dos monstruos con pose de santos. Eran los culpables de la contraofensiva. Ahora tratarían de sacarle más provecho. "La puta removerá cuanto archivo pueda encontrar para darme caza; no se tranquilizarán sus colmillos hasta que me los clave aquí, en las carótidas. La enloquece mi sangre. Presionará a Fidel Juárez y me hará perder la impunidad de que gozo en la SIDE, presionará al ejército para que me acusen de las pelotudeces que hizo Sucksdorf, presionará al ministerio del Interior para que me señale como el falsificador de pistas, presionará a la Justicia para que me tape de mierda y ahogue en la cárcel. ¡Esa puta no descansará jamás!"

Los iraníes tampoco le serían leales. No pagarían la última cuota, pero era lo menos importante en ese momento. Apenas la Tíbori difundiera lo que sabía, se lavarían las manos cargándole la roldana. "Hasta son capaces de argumentar que yo fui a proponerles un atentado y que ellos rechazaron semejante oferta. Dirán que compré la Trafic para forzarlos a una decisión, dirán que los amenacé, dirán cualquier disparate."

Caminó hasta su escritorio y se aplicó a repasar sus cuentas en bancos argentinos y extranjeros. Debería girar hacia Luxemburgo la mayor parte, otra quedaría en el Caribe. Tal vez necesitara documentos falsos, con otro rostro. Se teñiría el pelo, dejaría crecer el bigote y usaría anteojos permanentes; hasta debía pensar en la cirugía plástica. Fue al baño para mirarse en el espejo y probó cómo le quedaría la nariz más respingada y una cicatriz en la frente que cambiase la forma de su entrecejo.

Lo único que le producía una pizca de satisfacción era que esa noche aplicaría el debido castigo a un traidor. Ojalá pudiera hacer lo mismo con la Tíbori.

Capítulo 36

Cuando le taparon la boca con una cinta adhesiva creyó que iba a dejar de respirar. Se ahogaba y los ojos le saltaron de las órbitas. La mancha de la mejilla ya no era vinosa, sino negra.

—¡Verás lo que te espera todavía! —gruñó el asaltante mientras le sujetaba las muñecas a la espalda con unas ligaduras que cortaban la piel.

Los golpes en el cráneo le habían quitado capacidad de respuesta. Tenía ganas de llorar. Lo metieron a empujones en el asiento posterior de un auto con olor a nuevo y lo dejaron mirar por las ventanillas polarizadas. Eso tenía mal pronóstico: cuando a uno lo dejan mirar, es porque ya es boleta. Otro matón cuya cabeza llegaba al techo acompañaba al chofer. A su derecha estaba el desconocido que lo había atado y a su izquierda un gordo con una fea cicatriz en la papada. ¡Lo reconoció! Era el más morboso de los asesinos, gozaba despedazando a sus víctimas. Empezó a sudar y a pensar aceleradamente cómo obtener clemencia.

El auto se desplazaba a mediana velocidad por la avenida Santa Fe. Tenía encendida la calefacción. Sus captores no parecían tensos, pero irradiaban una amenazante seriedad.

Algún policía podría salvarlo, pensó, deseó; algún policía se daría cuenta, pese a la opacidad de los vidrios, de que lo tenían maniatado y que a su boca la cruzaba una mordaza. "Los agentes sólo miran lo que quieren", lamentó Santiago Branca. En la próxima esquina deberían frenar porque el semáforo estaba en rojo y un policía le hacía la multa a un auto mal estacionado. "Que el boludo se avive de mi secuestro, por Dios." Suponía —tenía desesperada necesidad de suponer— que llamaría la atención su boca, su posición, su mirada implorante. Pero el cana de mierda ni siquiera levantó la cabeza. Nadie los detuvo ni los detendría. Éste no era un asalto de gente improvisada, estos tipos eran de los servicios. ¡Si Ramón supiera! ¿O Ramón lo sabía? Su temblor era irrefrenable.

Avanzaron por Callao, luego por Las Heras, tomaron Austria y por Libertador ingresaron en la avenida Alvear. Comprendió que lo llevaban a su negocio; querían desvalijarlo. El edificio permanecía vacío durante la noche, pero siempre había serenos de guardia. Aún era posible que alguien advirtiese lo que pasaba y consiguiera rescatarlo. Pero no sería fácil, los cuatro estaban armados con pistolas, lo supo desde el primer momento, cuando se les abrió la chaqueta al lanzarle puñetazos y patadas. El coche giró y, para su sorpresa, activaron el portón automático: se habían apropiado hasta del control remoto.

Su captor de la derecha le comprimió la nuca con su mano en horqueta y, ayudado por el gordo, lo hundió hasta el piso como si fuese un muñeco de trapo. El dolor de la espalda quebrada era tan intenso que ni siquiera percibió el golpe que dio su frente contra la rugosa alfombra.

Escuchó, congestionado, el chirrido familiar de los engranajes que abrían el portón. ¿Cómo zafar de ésta? Tío Adolfo le había contado sobre casos parecidos que pudo resolver con armas o con negociaciones. A estos tipos tendría que darles lo que pidieran. Y ojalá se conformaran.

Debían de haberse enterado de que sus antigüedades eran una máscara de la otra actividad verdaderamente rentable. Si querían algunas piezas, exigirían las mejores. Pero seguro que preferirían dólares o los paquetes con droga. Hasta debían de haber averiguado cómo la recibía y dónde la guardaba. "Me ordenarán abrir la caja de seguridad y regalarles hasta el último paquete y documento escondido, y después van a exigirme desmontar la doble pared del fondo. No me dejarán nada. ¿Dónde estás ahora, tío Adolfo?"

Sus acompañantes salieron del auto y lo arrancaron de la alfombra como si hubiese quedado adherido a ella. El estacionamiento vacío olía a nafta y gas. A Santiago le dolía cada segmento del cuerpo; estaba enredado en sus propias extremidades y se desovilló como un objeto plegable. Supuso que con el tirón le acababan de luxar un hombro. Se había convertido en una marioneta despanzurrada, sin piernas ni equilibrio. La garganta se le había secado y sus gemidos sonaban a cartón. Enganchado por las axilas lo arrastraron hacia el ascensor del fondo. Por momentos se sentía en el aire, pero en realidad sus pasos resonaban sobre el piso de hormigón. Ingresaron los cinco, apretadamente, y a él lo dejaron deslizarse hacia abajo como si fuese un cadáver. Al llegar al noveno piso volvieron a izarlo. El gordo abrió las cerraduras de la oficina y empujó la puerta. Penetraron en la sala sobrecargada de vitrinas llenas de objetos y lo arrojaron sobre un sofá. Antes de encender las luces se aseguraron de que estuvieran corridas las cortinas.

Uno de los captores abrió el pequeño bar disimulado junto a una biblioteca formada por colecciones de libros. Sacó vasos y les puso cubitos de hielo; después vertió generosos chorros de whisky. Distribuyó los vasos entre sus compañeros y bebieron complacidos, mientras Santiago

Branca los miraba desde su sofá como un animal en el matadero. Le dolían los huesos y estiraba la mandíbula de manera espasmódica para decirles que estaba dispuesto a negociar lo que quisieran. Pero quien lo había maniatado no se preocupaba de entenderlo y fue tajante.

—Vamos a soltarte las muñecas para que abras la caja de seguridad. El código es lo único que no pudimos conseguir.

¿Y la mordaza?, quiso preguntarles. Lo levantaron de los pelos con tanta fuerza que casi le arrancaron el cuero cabelludo. Lo desataron y arrojaron contra la pared. Estaba a punto de desmayarse. Una arcada lo proyectó hacia el suelo y hubiera terminado con los dientes partidos si uno de los matones no lo sujetaba a tiempo. Lo sentaron sobre una silla, frente a la caja; era el primer gesto de cordialidad desde que había empezado su cautiverio. Tenía los ojos llenos de lágrimas y apenas podía ver. Los dedos se le habían deformado. No sabía si era preferible demorarse un poco o acelerar la conclusión de su tragedia. Aproximó su mano vacilante a la gruesa rosca de metal y la tocó apenas, como si el solo roce pudiera provocar una descarga. Uno de los matones le pellizcó los hombros y lo obligó a apurar el trámite. Giró la rosca hacia la izquierda, luego a la derecha, varias veces a la izquierda, derecha, izquierda, derecha… y la gruesa puerta se despegó del marco.

Lo empujaron con odio. Inservible ya, Santiago se desplomó de bruces, pero no se partió los dientes, como hubiera ocurrido hacía unos minutos, sino la nariz. El dolor insoportable le produjo una reacción suicida y desafió a sus captores quitándose de un tirón la mordaza. Reunió sus últimas fuerzas para levantarse y atacarlos como un león descontrolado. Bastaba que se apropiase de una so-

317

la arma y los perforaría a balazos. Pero no pudo terminar de incorporarse, porque un zapato le aplastó la cara. Lo último que sintió fue que la sangre de la boca se mezclaba con la de la nariz y le inundaba la tráquea.

Los asaltantes trasladaron el contenido de la caja fuerte a sus bolsos: paquetes con heroína, fajos de dólares, una agenda automática llena de direcciones. Luego se dedicaron a preparar el cajón.

Parecía un simple cajón de mercaderías, perfectamente cúbico, que esperaba en un ángulo de la sala; había sido puesto en ese sitio unas horas antes, según el detallado plan. Lo instalaron en el centro y rociaron con bidones de nafta. Los asaltantes se miraron satisfechos.

Luego el gordo extrajo una cuchara de su bolsillo para regalarse el más morboso de sus placeres. La hundió en la órbita derecha de Santiago, la hizo girar con firmeza, sin importarle los aullidos de la víctima, y le sacó limpio el globo del ojo. Del mismo bolsillo donde había estado guardada la cuchara salió una bolsita de nailon dentro de la cual deslizó la esférica pieza anatómica. La órbita vaciada produjo hilos de sangre. Entonces hundió la cuchara en la otra órbita y extrajo el segundo ojo con idéntica habilidad. Lo guardó en la misma bolsa.

Santiago, ciego e impotente, recordó el momento en que se había encontrado por primera vez con el gordo de la fea cicatriz en forma de empanada criolla: era Ramiro Serra, compañero de las Tres A, que empezaba a burlarse de las colecciones que tenía Santiago.

—¡Son boludeces de pendejos! —rió en aquella oportunidad—. Mejor coleccioná guita o cadáveres.

Después se había incorporado a la SIDE. En su prontuario secreto, le contó Ramón, figuraba como meritoria su morbosa crueldad.

Alzaron a la inerme víctima entre los tres, porque había vuelto a perder el conocimiento.

—A ver si con agua helada lo despertamos —propuso uno.

No alcanzó con el agua, de modo que le arrojaron hielo. Los cubitos resbalaron por su rostro enchastrado con la sangre que manaba de las órbitas vacías. Empezó a despertar con quejidos burbujeantes de flema.

—Muy bien —dijo Ramiro mientras se acariciaba la gruesa cicatriz de antiguas guerras—. Ahora apreciarás el castigo que se aplica a los buchones. ¡¿Me escuchás, hijo de puta?! —le gritó a la oreja.

Aproximó su whisky a los temblorosos labios de la víctima y lo forzó a beber.

—¡Te ayudará, carajo! Te limpiará la sangre, te despertará, delator de mierda. Así disfrutarás con plena conciencia de tu grandioso final.

Santiago se atragantó, escupió coágulos y deglutió algo de bebida. Al cabo de unos segundos volvió en sí. Presintió su futuro y el pavor lo erizó como si fuese una víbora amenazada. No podía gritar por el moco y la sangre que inundaba su garganta, pero alcanzó a tartajear:

—Qué... qué...

—¿Qué te vamos a hacer? Te vamos a desinfectar.

Lo levantaron de los tobillos y muñecas y lo dejaron caer sin el menor cuidado en el estrecho cajón. Su espalda se aplastó contra las maderas y las rodillas le golpearon en la mandíbula; quedó enrollado como un feto. El combustible que impregnaba el cajón lubricó su ingreso. Emitió los últimos quejidos, inaudibles, agónicos. Pedía auxilio, pedía perdón, prometía hacer lo que quisieran. Nadie lo entendía, a nadie le interesaba entenderlo. El olor de la nafta se mezclaba con el poco oxígeno que procuraba llegar a sus pulmones exhaustos. Entonces recibió una ducha que lo empapó íntegro: era otro bidón de nafta que le vaciaban desde arriba, como un último regalo. No podía ser cierto lo que estaban por hacerle. Tenía que despertar de la pesadilla.

Bajaron la tapa del cajón y escuchó los martillazos que hundían los clavos. Lo habían comprimido en el más humillante de los féretros. No lograba mover una sola articulación. Este final era imposible, ahora estallaría la sorpresa, el milagro.

Estalló.

Un fogonazo le hizo creer que saltaría por las nubes. Alcanzó a oír que sus captores salían corriendo. Fue lo último que percibió porque las llamas lo envolvieron.

Media hora después los bomberos ingresaron por las ventanas del noveno piso y se aplicaron a dirigir los chorros de sus mangueras sobre la fuente del incendio. Descubrieron que allí, entre el humo, las llamas y los tizones ardientes había un esqueleto carbonizado. Pese a su entrenamiento profesional, uno de los bomberos no pudo aguantar el espectáculo y vomitó sobre la ciénaga donde flotaban los restos calcinados.

Capítulo 37

Antes de que amaneciera un helicóptero estuvo dibujando círculos por el cielo helado de la dormida Buenos Aires. Mucha gente escuchó el bramido que vagaba sin rumbo. Cuando despuntó la madrugada el helicóptero se fugó con las tinieblas y nadie pudo brindar una explicación sobre su pertenencia ni el sentido de sus evoluciones.

Los noticieros del lunes 18 de julio de 1994 anunciaban desde las seis de la mañana que había un aumento de la presión sobre Corea del Norte para que interrumpiese su programa nuclear. Por otro lado, avanzaba el proceso de paz en Medio Oriente, encabezado por Rabin, Peres y Arafat. También acababa de anunciarse en Jerusalén y la Santa Sede el establecimiento de vínculos formales entre el Vaticano e Israel. Un cometa se iba a estrellar contra Júpiter y provocaría explosiones superiores a las de todas las armas nucleares existentes en la Tierra.

Los obreros que trabajaban en las refacciones de la AMIA, en el domicilio de Pasteur 633, ingresaron puntuales en el edificio, calentándose las manos con su aliento. Una de las ascensoristas había llegado veinte minutos antes de comenzar su turno y fue a ponerse el uniforme en el vestuario ubicado en el fondo de la planta baja. El plomero José Millán se aplicó enseguida a sus trabajos de entubamiento de la caldera en el subsuelo. Bernardo Rojman, de setenta años, encargado de la cocina, limpió los trastos, puso a calentar agua y revisó la provisión de té, café y medialunas que iba a ser consumida por los funcionarios de la bulliciosa mutual.

En la calle, un electricista pidió permiso al patrullero de la policía asignado a la vigilancia del edificio; necesitaba estacionar su viejo Renault junto al cordón de la vereda. Luego, ayudado por otros obreros, sacó una escalera desarmable, rollos de cables y cajas de herramientas.

Luis Alberto López, de la empresa Santa Rita, avanzó por avenida Corrientes, dobló en Pasteur y estacionó detrás del Renault para descargar un volquete cerca de la puerta principal de la AMIA. Cumplida esa tarea pidió al arquitecto que dirigía las obras que le firmase un recibo; regresó al camión para asegurar las cadenas del otro volquete, ya vacío, y buscó en su libreta de direcciones la próxima entrega. Arrancó el motor, siguió hasta la esquina y dobló tranquilo por la calle Viamonte.

En ese momento frenaron en la cuadra dos autos. Uno era un Peugeot 405 bordó, manejado por Horacio Neuah, que bajó presuroso para retirar mercaderías y pagar unas facturas en Susy, un local de artículos importados que estaba en la vereda opuesta a la de la mutual judía. El otro auto era un Dodge 1500 naranja, manejado por el cabo de policía José Rodríguez, de la comisaría 7ª, que decía llevar a uno de sus hijos al Hospital de Clínicas; estacionó detrás del patrullero. El cabo primero Jorge Bordón, del patrullero, se había bajado para estirar las piernas y tomar un café en el bar Caoba; al volante quedaba el sargento Adolfo Guzmán.

Minutos después salió de la AMIA el electricista, que arrancó su Renault; a los pocos metros las sacudidas del coche lo obligaron a detenerse por un problema de carburación que no había tenido tiempo de hacer arreglar.

322

Lo estacionó en doble fila, soltó un rosario de maldiciones y encendió las balizas. Enojado, levantó el capot y le hizo señas al patrullero para explicarle que no tenía la culpa de lo mal que funcionaba su achacoso auto. El sargento Guzmán asintió con un resignado movimiento de cabeza y segundos después también bajó del patrullero, que quedó solo.

Los vehículos de la embajada iraní recogieron a Dawud, Hussein, Rudhollah y Sayyid del hotel Santa Isabel y los llevaron a una casa de Palermo Viejo. Omar Azadegh los esperaba con el abrigo puesto y una bufanda alrededor del cuello, ansioso por finalizar la misión que había empezado a complicarse desde la tarde del viernes. La Hebraica no había sido cercada por fuerzas de la Gendarmería ni hubo un despliegue importante de la Policía Federal. Lo que sí hubo fue un sabotaje a cargo de individuos que tenían algún conocimiento sobre el Plan A y obligaron a que Hassem Tabbani ordenase su cancelación. El agregado cultural ardía de cólera, porque ahora comprendía que el operativo hubiera podido efectuarse sin tropiezos. Los once pisos del club social ya habrían sepultado a quinientos judíos.

Al entrar en la casa los cuatro militantes, la atmósfera comenzó a cargarse de hierro y pólvora. Pese a sus oraciones y diálogos, seguían iracundos; las orejas encendidas y crispados los dedos. El diplomático forzó una sonrisa y solicitó que se sentasen para tomar nota de lo que les iba a informar. Dawud Habbif cruzó los brazos sobre el pecho con una impaciencia que ya no podía disimular. Sayyid Nafra miró alternativamente al enviado de la embajada y a Dawud. Vivían un suspenso demoníaco.

Omar disculpó al agregado cultural, que no había podido venir personalmente, como deseaba y los soldados merecían, por las razones que venía a darles. Se acarició la barba y el cabello negros antes de continuar. Pasó la lengua por sus labios secos y se aclaró la garganta con un golpe de tos. El señor Tabbani les enviaba los pasajes para evacuar de inmediato el país.

—¡Qué! ¡Cómo!

Dawud y Rudhollah irían a Montevideo —prosiguió— y desde allí a París con escala en San Pablo; en París los esperarían en el aeropuerto, donde recibirían nuevas instrucciones. Hussein y Sayyid debían salir hacia Santiago de Chile, continuar a México y de allí a Roma, donde también los aguardarían en el aeropuerto con instrucciones. Su lucha continuaba pero debía comunicarles que, lamentablemente, habían sido detectados y el enemigo vigilaba sus movimientos. El plan diagramado con minucia durante meses tenía que ser descartado porque amenazaba con provocar la caída de toda una red de contactos e influencias laboriosamente elaborada. Y no sólo eso: saltaría a la luz la intervención de la embajada iraní.

Dawud palideció. Sus labios se afinaron y las invisibles orejas empezaron a tiritar. Su inminente salto al Paraíso debía volver a postergarse. Sentía en su boca el sabor acre de la frustración. Pese a su disciplina, era tan intensa la rabia que no pudo frenar una pregunta que tenía en la garganta desde que tuvo que devolver la Trafic llena de amonal:

—¿No podría hacerse el atentado contra otro objetivo? Había varios planes: el embajador israelí y su staff, una escuela, una sinagoga.

Omar lo miró con respetuosa comprensión.

—Hay cosas que ignoro, hermano.

—¡*Allahu akbar!*

—El señor Tabbani me pidió que les dijese la verdad

cruda: ustedes han sido identificados y deben abandonar el país. Enseguida. Desde el viernes a la tarde no han cesado sus comunicaciones con Mohammed Nasserhalá y tomaron varias decisiones, de las cuales sólo conozco la que acabo de trasmitirles.

Los militantes sintieron el infaltable estremecimiento que producía el nombre de su jefe. Lo habían escuchado en prédicas, manifestaciones y homenajes, recibieron sus besos y su bendición poderosa. Los cuatro sabían de su ardiente agresividad. Si él había decidido suspender o cambiar el operativo, habría tenido razones extraordinarias, no era un hombre que retrocediera ante obstáculos menores.

—Queda poco tiempo —Omar Azadegh señaló su reloj con nerviosismo—. El vuelo a Montevideo sale del aeroparque, aquí cerca, dentro de dos horas. El vuelo a Santiago sale de Ezeiza dentro de tres, pero queda más lejos. Vendrán los coches en forma separada, para que no los vean partir juntos.

—Frustramos a los sabuesos —lamentó Dawud—, pero quedó arruinada mi ofrenda.

Omar le puso una mano solidaria sobre el hombro.

—Eres un valiente. Pero ya tendrás ocasión de mandar al infierno a otros centenares de judíos. Sólo te espera la gloria. No olvides que ya eres un *shahid al jai* —lo abrazó y besó en ambas mejillas.

El rabino Ángel Kreiman telefoneó a su esposa Julia Susana, que trabajaba en la AMIA. Ella le contestó en forma telegráfica: "Disculpame, pero tengo que cortar porque se está llenando de gente". Eran quince minutos antes de la diez de la mañana. Muchos jóvenes se amontonaban ante las ventanillas de las bolsas de trabajo. Grupos familiares esperaban ser atendidos por los funcionarios que resolvían trámites inherentes al sepelio. Hombres y mujeres de diversas edades hacían fila en las áreas destinadas al servicio social. Algunos investigadores concurrían a la Biblioteca y pedían ver los ficheros. En el departamento de Cultura se pasaba lista a la serie de actos, mesas redondas, exposiciones, seminarios y publicaciones de índole literaria, histórica o pedagógica que estaban en curso.

El anciano Bernardo Rojman recorría pisos y salas distribuyendo infusiones, café, medialunas y palabras de afecto. Volvió a la cocina para hacer un té con leche para la telefonista Verónica Goldenberg, a la que llamaba "mi amorcito". Onduló su plateada bandeja rumbo a la cabina y estaba a menos de dos metros de ella cuando oyó un trueno. Alcanzó a ver cómo se deformaba el rostro de Verónica y nada más. Lanzó un quejido que le nació de las vísceras y quedó paralizado de horror: estaba parado junto a un precipicio y delante de sí se filtraba la increíble y fría luz de la calle. Aún sostenía la bandeja con el tembloroso té. Sus ojos giraron con un miedo de niño desamparado, estaba solo, rodeado de siniestro humo picante. La recepción y el escritorio de Verónica se habían derrumbado junto con todo el sector derecho de la AMIA, tan limpiamente como si hubiera sido cortado por un hachazo. El viejo se apoyó en el marco de la desaparecida puerta y miró hacia el abismo, donde rodaban el humo y los escombros como en una molienda.

Mario Seltzer estaba reunido con su mujer y sus tres hijos en el quinto piso de un edificio enfrentado con el de la AMIA. Escuchó un silbido perforante que aumentó su intensidad hasta parecerse al que produce un huracán entre los árboles. Enseguida todo empezó a caer y la casa se llenó de polvo.

A unos veinte metros de la AMIA, sobre la misma vereda, Eduardo Periano estaba en su departamento del segundo piso. Oyó el estampido de la bomba y el cielo se llenó de astillas, como si acabase de explotar una cristalería monumental. Le zumbaba la cabeza y oscilaba el cuerpo. Por entre la irreal nube creyó que todo era ficción, porque los cuarenta platos de cerámica que adornaban las paredes permanecían colgados en sus sitios, sin presentar rajaduras; la araña de cristal que colgaba del techo también estaba entera y mágicamente quieta. Soñaba.

Adriana Mena, empleada de la imprenta ubicada en Pasteur 630 hablaba por teléfono desde su escritorio instalado cerca de la calle. Sintió un viento cargado de imanes y creyó que el teléfono la había pateado.

Alberto Brescia, promotor de Amsa, entró en el negocio de fotografía de Mario Damp, en Pasteur 634. Ambos hablaban separados por el barnizado mostrador. Se hundió el piso y Brescia creyó que el corazón le saltaba al cielo. Tanteando bordes irreales, sin saber qué hacía, logró emerger del hueco con un tajo en la cabeza y chorreando sangre de la nariz. Tambaleó por la calle, donde cundía una murga de fantasmas. No veía casi, y estaba seguro de que Damp había muerto. Recién tres cuadras más adelante una mujer salió de un negocio, le vendó la cabeza y le hizo notar que tenía quebrada una pierna. Alberto, mareado aún, no se había dado cuenta.

A Sebastián le faltaban veinte días para cumplir seis años de edad. Rosa, su madre, había conseguido turno en el Hospital de Clínicas para esa mañana. Vivían en la provincia y nunca habían estado en el Hospital. Llegaron a la Chacarita puntualmente y siguieron en subterráneo hasta la estación Pasteur. Sebastián se sintió feliz de conocer el famoso subterráneo y sus escaleras automáticas. Mientras caminaban por la calle Pasteur rumbo al Clínicas llamó la atención del niño un viejo Renault estacionado en doble fila, con el capot abierto y las luces intermitentes encendidas. Pasaron junto al patrullero sin conductor ni acompañante, abandonado por los dos policías que también, puntualmente, desaparecieron del lugar como si alguien les hubiese trasmitido la orden de marcharse. El pequeño Sebastián apretó la mano de su madre cuando escuchó un fuerte ruido. Eran dos obreros que vaciaban escombros en el volquete ubicado junto a la AMIA. En ese instante la mujer fue empujada por un colosal soplido que la hizo caer junto al cordón de la vereda. Olió nafta quemada. Se incorporó apenas, horrorizada, con una mano llena de sangre y los huesos del brazo expuestos. Su hijito no estaba. Miró hacia atrás y lo vio tendido en el pavimento delante de una pareja que unos segundos antes también se asustó por el ruido que habían hecho los trabajadores al arrojar su carga dentro del volquete; tanto el hombre como la mujer parecían muertos. Rengueó hasta Sebastián y no pudo alzarlo. Vio a un hombre corriendo y le pidió ayuda a los gritos, pero nadie la escuchaba. El humo ahogaba y era imposible entender qué había sucedido. Rosa intentó levantar otra vez al niño con su brazo sano, pero la impotencia la obligó a cambiar de recurso y caminó a los saltos hacia la esquina, donde terminaba el humo, para encontrar a alguien que la ayudase.

En el viaje al aeroparque Dawud y Rudhollah escuchaban la radio, que interrumpió la música para dar lugar a un informativo de urgencia. Decía que a las 9 y 51 minutos de esa mañana una bomba había hecho estallar el edificio de la AMIA, en la calle Pasteur 633.

Dawud se inclinó para escuchar mejor. Su castellano era suficiente como para no perder lo esencial de las noticias. Le brotaron gotas de sudor en la frente. Un huracán

de sentimientos contradictorios lo sacudió de arriba abajo. Se sentía burlado, perplejo y encolerizado a la vez. Otro
había usurpado su lugar, otro se había alzado con el mérito. Era terrible. Pero lo habían marginado —intentó consolarse— porque alguien había hecho la denuncia, no porque hubiesen perdido confianza en él. Seguía siendo un
shahid al jai. Los jefes decidieron cambiar de protagonista
a último momento para esquivar a los esbirros de Satán.
Lógico, pero también insoportable. ¡Maldición! se golpeó
una rodilla con la palma derecha. Su turbulencia, sin embargo, no le impidió entender que debía aceptar las decisiones superiores y murmuró "*Allahu akbar*" mientras se ta-
paba los ojos con las manos. Tenía que sentir júbilo por el
éxito del nuevo atentado: era una victoria de su pueblo, de
su causa. Acababan de destruir otro enclave enemigo, con
decenas de muertos y centenares de heridos. No tanto como los que él hubiera logrado con la voladura de la Hebraica, pero suficientes para generar una ola de pánico. El
mundo era sacudido por la potencia de sus hermanos, que
de esa forma compensaban las humillaciones padecidas.
Actos de semejante envergadura esfumaban la vergüenza
de pertenecer a gente que no podía devolver los golpes.
Ahora los devolvían, ¡y de qué forma!

No debía envidiar al *shahid* que se remontaba al Paraíso en su lugar. Era, en definitiva, la voluntad de Alá, una
bendición para el conjunto. De no habérsele impedido
volar la Hebraica, en ese momento su cuerpo no estaría
blandamente sentado en el coche junto a Rudholah, sino
desparramado por los aires en fragmentos que los ángeles recogerían con amor. Su alma ya no permanecería en-
trelazada a células orgánicas, sino desprendida como un
ave que asciende luminosa por los caminos del cielo. Nunca había estado tan cerca de llegar al Paraíso, ni siquiera

cuando iba cargado de explosivos en sus incursiones a Galilea con Alí, Sharif y Hussein.

Mientras el auto avanzaba hacia el aeropuerto y la radio derramaba histéricas noticias, Dawud mantuvo comprimidas sus órbitas con los dedos. No necesitó exprimir su imaginación para ver los escombros de la AMIA, el humo, los cadáveres semisepultados y los heridos que aullaban. Vio correr a los equipos de salvamento. Vio las ambulancias, los policías, los periodistas, la sangre, los miembros amputados. Vio también pedazos del coche-bomba que él mismo había conducido el viernes a la tarde. Muchas almas evolucionaban hacia la estratósfera sin merecer clemencia, porque eran la ofrenda que terminaría consumiéndose en las llamas del infierno. Del caos se desprendía el *shahid* victorioso que, escoltado por ángeles, volaba como flecha hacia las puertas del cielo.

Soy shahid al jai y en la primera ocasión también realizaré ese vuelo. Llegaré al muro provisto de ocho puertas rutilantes, individualizadas con el nombre de las acciones recomendadas por Alá. Cada alma elige la que corresponde a su mayor mérito, sea plegaria, caridad, lucha contra el mal, y yo, por supuesto, elegiré el gran portal del martirio. Ante las entradas hacen guardia de honor los ángeles, que me saludarán con alborozo: "¡Loado seas, shahid Dawud Habbif!" El Paraíso te aguarda con sus delicias incomparables, porque dijo Alá: "Yo he preparado para mis siervos algo que jamás vio un ojo, ni oyó un oído".

Sentiré la exaltación de ver confirmadas las descripciones de los ulemas. Se parecerá a un país imposible en la Tierra, con exquisitos jardines, suaves montañas, bosques en primavera eterna y arroyos sobre cuyas aguas danzan los perfumes. Quien en vida fue rengo, ciego, sordo, manco o sufría de alguna enfermedad, tendrá un cuerpo en plenitud. Me sentiré más fuerte y alegre que nunca, porque allí nadie enferma, ni siente dolor, ni debilidad, ni cansancio, ni tedio, ni tristeza.

Recorreré los siete niveles del Paraíso donde se instalan las almas según su virtud. Comprobaré que los siete niveles son espléndidos y nadie tendrá ganas de pedir un cambio. Estará permitido encontrarse y disfrutar con amigos y familiares de la forma que a uno se le antoje, me abrazaré con mi padre y mi madre y mis hermanas, plenamente restablecidos y contentos. Disfrutaré mi fusión con la gente que quiero y, fundamentalmente, la fusión con Alá.

Por doquier habrá huríes hermosas dedicadas a brindar los máximos placeres en un clima falto de vicios. El sexo no provocará culpa y lo disfrutaré hasta el hartazgo. También beberé exquisitos vinos, mucho mejores que los de la Tierra. Las comidas tendrán por objeto dar goce, ya que no se necesitarán como alimento. Nadie se aburrirá. Toda pregunta obtendrá respuesta; cada deseo, satisfacción. Un placer será sucedido por otro, interminablemente. Y algunos, en fin, también podrán acceder a la más impresionante de las maravillas que es la visión de Alá, y la fusión con Alá, por encima del séptimo nivel. Nunca, en ninguna imaginación humana se conseguirá tener una idea del espectáculo de luz que rodea a su omnipotente presencia. Yo, el shahid *Dawud Habbif, seré agraciado.*

El mártir que lo sustituyó continuaba ascendiendo hacia esferas de mayor claridad. Tal vez lo había conocido en el orfanato o en los entrenamientos militares o en manifestaciones callejeras o quemando banderas americanas e israelíes o en arriesgadas acciones contra el enemigo. Debía de ser un hombre joven como él, alguien que sufrió golpes y humillaciones y juró vengarse matando cuanto infiel se interpusiera en el camino. Debía de haber sido un buen estudiante que repetía a coro los párrafos del Corán, que escuchaba atento las enseñanzas de los maestros y quedó embelesado al instruirse sobre las cualidades del martirio. Como él, ese *shahid* debió sentirse transportado cuando escuchaba, una y otra vez, el relato de la promesa que efectuó Mahoma antes de la batalla de Badr: "Seguirán viviendo en el Paraíso si mueren durante el combate". Porque morir en combate no es morir, es asegurarse la inmortalidad.

Dawud seguía apretándose los doloridos ojos; los colores se iban modificando de acuerdo con las imágenes y pensamientos que anegaban su mente. Comenzó a imaginar que el nombre del *shahid* sustituto también era Dawud. ¿Por qué no? Debía llamarse Dawud, como él, porque en la decisión de los jefes repicaba ese nombre, el nombre del gran profeta Dawud, autor de los salmos que elogian con sobrenatural inspiración la gloria de Alá. Ese mártir sustituto había sufrido aflicciones parecidas o idénticas a las suyas, era seguramente muy parecido a él. O idéntico a él. ¿Era él?... Un torbellino ingresó en su cabeza y tuvo que apoyar la nuca en el respaldo del asiento. Imaginó que él, Dawud, había conducido la Trafic contra el nuevo objetivo. Él, Dawud, hizo estallar la AMIA. Él, Dawud, era quien desencadenó el torrente de noticias que se desparramaban veloces por el mundo como las esquirlas de la explosión que hacía unos minutos se alzaron violentas hacia las nubes. Mató decenas de enemigos y volaba hacia el Paraíso escoltado por los ángeles.

Se apretó con más fuerza las órbitas hasta que los ojos estuvieron a punto de reventar. Todo daba vueltas, mientras el auto aceleraba hacia el aeropuerto. La transpiración le resbalaba desde los cabellos.

Apretó y apretó, extasiado. Sus dedos iban a hacerlos

estallar, como estalló el coche-bomba. Las imágenes del cielo y de la tierra se unían y separaban. Veía los escombros aún en movimiento y veía las serenas colinas del Paraíso. Los contrastes le apuraban la sangre. Su cuerpo era una tempestad y la tempestad era fabulosa. Los ángeles se habían encendido de colores brillantes mientras lejos, muy lejos, quedaban rezagados los muertos por la explosión. En sus oídos resonaban los familiares párrafos del *Corán.*

Por fin divisó un altísimo pórtico dorado, frente al cual hacía guardia una legión de seres gigantescos. Feliz, ingresó como un bólido. De inmediato se cerró el pórtico con un ruido de catástrofe y Dawud leyó una inscripción que lo dejó atónito: "Infierno para los que quitan la vida creada por Alá".

Empezaron a doblársele las rodillas. La boca se le había secado y la lengua quedó pegada al paladar. Empezó a torturarlo un ciclón de vidrios rotos y pedregullo ardiente. Le dolían los oídos, como pinchados por agujas. Sólo un ángel quedó a su lado y le permitió enterarse del destino de las criaturas que él había hecho morir con la bomba: niños, mujeres, hombres y ancianos —judíos y no judíos—, que se encolumnaban felices hacia otro pórtico, también colosal pero nada suntuoso. Era apacible y decía en un fulgurante arabesco: "Paraíso".

Rudhollah le tocó el hombro. Creía que su bravo amigo había muerto.

FIN

AGRADECIMIENTOS

La construcción de esta novela me ha demandado una investigación en diversos campos, dentro y fuera del país. He debido leer documentos, explorar diarios y revistas, buscar libros y consultar con personas informadas. Un arduo recorrido que prometía resultados importantes en ciertos casos acababa en datos menores; en otros, contrariamente a lo esperado, aparecían huellas de relevancia. A medida que iba pergeñando la trama y se calrificaba el perfil de los personajes, los cabos sueltos se entretejían ante mi ansiedad y mi sorpresa de autor.

El libro está inspirado en hechos históricos recientes, pero no se limita a ellos porque anhela penentrar en los fantasmas que pueblan de horror, deseo, odio y coraje nuestro presente. Como toda novela, toma materiales de la realidad pero no se queda en ella porque aspira a transformarla. Intenta crear un mundo paralelo desde el que podamos ver mejor y sentir de otra forma. Quiere elevar nuestro observatorio y hacer más agudo el discernimiento.

En la larga lista de mi gratitud, no puedo dejar de señalar varios textos inspiradores: *Orígenes del terrorismo (psicología, ideología, teología y estados mentales)*, de Walter Reich; *Inshallah*, de Oriana Fallaci; *Cortinas de humo*, de Jorge Lanata y Joe Goldman; *Sombras de Hitler*, de Raúl Kollmann; *Islam: the straight path*, de John L. Esposito; *Understanding*

Islam, de Yahiya Emerick; el informe de Itamar Marcus sobre *Palestinian children yearning martyrdom, encouraged by parents*; el estudio de Vamik Volkan sobre *Fundamentalism, violenece and its consequences.*

El juez federal Juan José Galeano, a cargo de la causa AMIA, tuvo la deferencia de permitirme el acceso a sus abultados archivos y de confirame algunas de sus experiencias con testigos de relevancia. También agradezco las siempre sabrosas conversaciones con mi hijo Hernán y su lectura crítica de mi primer borrador, así como las impresiones que éste produjo en Nory, mi mujer. Fernando Fagnani me brindó inteligentes observaciones, y Guillermo Schavelzon, mi agente literario, me estimuló para que realizara esta obra antes de que hubiese empezado a escribirla.